曲终人在

周大新／著

人民文学出版社

图书在版编目(CIP)数据

曲终人在/周大新著. —北京:人民文学出版社,2016
ISBN 978-7-02-011596-9

Ⅰ. ①曲… Ⅱ. ①周… Ⅲ. ①长篇小说—中国—当代
Ⅳ. ①I247.5

中国版本图书馆 CIP 数据核字(2016)第 079752 号

责任编辑 付如初
装帧设计 陶 雷
责任印制 苏文强

出版发行 人民文学出版社
社 址 北京市朝内大街 166 号
邮政编码 100705
网 址 http://www.rw-cn.com

印 刷 三河市西华印务有限公司
经 销 全国新华书店等

字 数 235 千字
开 本 640 毫米×960 毫米 1/16
印 张 21 插页 2
印 数 10001—15000
版 次 2015 年 4 月北京第 1 版
印 次 2017 年 12 月第 2 次印刷

书 号 978-7-02-011596-9
定 价 39.00 元

致 网 友

亲们！本人前些日子接受一对母女的委托，为一位已过世的省长写一部传记。目前，素材收集阶段已经结束，正式的传记尚在写作之中，预计两月后即可完工。届时，想借各位的微信平台，将这部传记转给更多的人一读。眼下，如果有哪位正巧在出版社工作，看了下边我收集到的素材且又相信我撰写传记的能力，觉得这本传记有出版纸质书的价值并有卖钱的可能，请与我联系。我的条件是，首印 5 万册，版税 12%，装帧典雅。我的电子邮箱为 666666666@163.com，手机是 19999999999。

先致谢意了！

周大新

乙未年早春

素材目录

一、欧阳万彤省长去世讣告

清河省原省长、原省委副书记欧阳万彤同志，因突发心脏病医治无效，于2015年2月10日23时28分在省城成州逝世，享年六十九岁。今定于2015年2月17日9时在银山殡仪馆兰厅举行遗体告别仪式，随后火化。谨此讣告。

欧阳万彤同志治丧委员会

2015年2月11日

二、采访录音整理稿

（按采访先后顺序排列）

1. 妻子常小韫：

我很感谢周先生能接受《欧阳万彤传》的写作委托。我和我女儿过去都读过你写的书，所以我们娘俩相信，你能把他的传记写好。当然，初稿完成之后，我们想先看一遍，认可之后，才能把第二笔酬金打给你。我们委托你做这件事的目的，就是想让世人通过你的文字了解他，让后人知道有欧阳万彤这样一个省长活过。

现在我们开始吧。我先向你说说我所了解的他，之后，你再找其他熟悉他的人采访。至于找哪些人，由你决定，我们不过问。

从哪儿说起呢？就从他去世的那天晚上开头吧。

那天晚上北京一个民乐团来清河省城演出，我知道他喜欢听民乐，就让郑秘书去买了两张票。他一看节目单上最后一个节目是唢呐曲《百鸟朝凤》，就答应去了——他特别喜欢听这支曲子，平日一回到家就让保姆放这支曲子。他的司机也知道他有这个喜好，他一上车就放这支曲子的CD盘，他呐，百听不厌。我那晚陪他朝音乐厅走时，心里很高兴，我希望这有助于改善他的心情，使他能尽快从退休后的不适状态中走出来。

音乐会开始后，我注意到他听得很认真，满脸都是笑意。他在位时，整天忙这忙那，很少有和我一起听音乐会的机会。音乐会中间休息时，我去给他买了一杯热茶，他喝了几口后说：今晚的节目很棒。我笑道：你觉得棒了就好。那会儿我根本不知道，这会是他和我在一起的最后一个夜晚。后半场演出开始后，他依然笑容满面，最后一个节目《百鸟朝凤》的唢呐一响，我注意到他开始激动，几次举手鼓掌。当那位吹唢呐的演奏家吹完最后一个音符时，他猛地站了起来，大概是要向演奏家致意，我刚要随他站起时，却见他又坐了下来，与此同时用手捂了捂胸部。我问他怎么了，他说：有点不舒服。我再问要不要去医院，他摇摇头道：没大事。正说着，他的司机过来了，司机扶他向外走。到家时，我发现他的脸色不太好，就一边催他去卫生间洗手，一边就让保姆去端他睡前要喝的牛奶。

牛奶和一小碟点心上桌以后，万彤也洗完了手过来坐下，但我发现他没有像往日那样端起杯就喝，而是捏着杯子呆呆地坐在那儿，直到我催了他一句：喝呀！他才慢慢腾腾地喝了一口。

整个喝牛奶的过程中，他没有说一句话。我给他讲了几句对今晚节目的看法，他也没有应腔。这之后我去洗手间洗漱，又去卧室换睡衣，换完睡衣出来，听见他在独自说话：娘给我说过，不能随便跟人走的，我又不认识你——我当时觉着好笑，打断他的自语问他：你在说啥呢？他扭头有些茫然地看着我反问：我说话了？

我当时一笑就又去洗手间给他放洗澡水了，一点也没想到这是一个征兆……

我把床铺好后，他从浴室穿着睡衣出来，我提醒他把头发擦干，免得感冒。他没应腔，我有点奇怪，就扭头看了他一眼，这一看让我有点吃惊：他坐在床头的沙发上，两眼发直地看着屋角。我以为保姆在卧室屋角放了什么不该放的东西，就也向屋角看去，没有，什么也没有，屋角那里干干净净啥也没放。再扭头时，只听他朝着屋角问：谁让你来的？我都要休息了你还来干啥？我听着一愣，转身问他：你问谁呢？你跟谁说话？

他依旧一脸严肃地说着：有事要先给我的秘书小郑打个招呼，不要直接闯进来，我现在的睡眠非常不好！

我这时仍然什么也没意识到，没去想这其实是又一个征兆，反倒被他的一本正经弄笑了，我大声地叫了一下：嗨，万彤，你在跟谁说话呢？

他抬起头看我，眼神里分明晃过一丝惶惑和迷茫，大约有几秒钟的时间，他又扭眼看了一下屋角，这才摇摇头，恢复了原来的模样，叹了一句：唉，眼看花了，我以为又有人来找我办事，坐在屋角里。

就是有人来找你，他能进到咱卧室内？我还在笑他。

那倒是。他也解嘲似地笑笑，没再说话，就上床躺下了。

我拉灭床头的台灯时，他忽然伸过手来抓住了我的手，我再是一愣，这个动作，是过去他想要亲热时常做的，自他过了62以后，大概是身体上的原因，他基本上没再做过这个动作了。他为此有时会向我道歉：真对不住，身体不行，无法让你快乐了。每逢他这样说时，我总是笑笑，安慰他：我也年龄大了，欲望早没了，我们现在最重要的是保重身体……他那晚忽然重复这个动作，我错以为他身体行了，想亲热，就向他怀里偎去。他抱住我后，微声说：小韫，我觉得屋里有点冷，你开冷气了？温度调得是不是太低了？我说，没有呀，家里的暖气还没停哩，开冷气干啥？我想起几天前他说耳朵和牙有点疼，担心他是因耳朵和牙龈有炎症发起烧了，就抬手摸摸他的额头，不烧呀。怕不准，我又把自己的额头贴上他的额头，仍感到他体温正常。我想起看过的一本书上说过，人对气温有生理和心理上的两种感觉，也许是他心理上有冷的感觉，我就抽出胳臂反抱住他，小声对他说，睡吧，睡着就不冷了，明天咱们去医院看看……

大概是我年轻些，倒是我先睡着了，入睡后的我不自主地松开了他，并按我习惯的睡姿仰身而卧。睡梦中的我仿佛听见他“哦”了一声，但白天长时间跳健身操的我太累了，没能醒过来看他，直至一种持续的碰触将我从梦的深处扯出，我眼睛睁开的同时，感觉到他的手抓紧我的睡衣并以极微弱的动作在触动我的肋部，这不寻常的动作让我的睡意一下子没了，我急忙翻身去问他：你怎么了？他没应声，我吓得赶忙去开床头灯，灯光下才看清，他一只手紧捂住胸口，满脸痛楚，另一只手朝我举着一个东西。我立刻意识到他是心脏病犯了，按照我平时看书时看到的急救知识，我即刻从枕头下摸出救心丸，一边朝他的舌下塞，一边去抓电话。没想到还是晚了，医生们赶到时，他的眼睛已经阖上了。医生们的抢救持续了很长时间，最后还是向我宣布：心肌大面积梗死，回天无力。我失魂落魄地为他整理身上穿的睡衣，这时才发现他一只手里紧攥着一把钥匙，我回忆起我刚醒时他向我举起这只手，才明白，他走前是想把这个钥匙交给我。我含泪看着那把钥匙，平日家里的钥匙都是我管的，他手里怎会有一把钥匙？

他的身子在一点一点变凉，我的心也在一点一点变空，因为年龄上他比我大，我过去偶尔也想过我们俩有一天要分开的事，却从来没想过会分开的这么早，万彤呀，你就这样把我独自抛下了……

医生后来告诉我，说他几天前觉着耳朵疼和牙疼其实就是心脏病要发作的一种征兆，当晚在音乐厅的表现更是要发作的前兆，那时上医院就好了。我太傻了，我不是一个称职的妻子，我是一个糊涂女人呀……

事后我想起，对于这一天的到来，他可能有预感。大约半个多月前，我和他的秘书小郑陪他在玉鮤河边散步时，他忽然对小郑说，报上讲现在省城已经有了遗嘱存放中心，你哪天去打听一下具体的要求和手续，我也想写一份遗嘱存起来。我当时还拦住他的话头，说，怎么着咱们也要活到八九十岁吧，到那时再说，老讲遗嘱遗嘱的，不吉利！

他肯定是身体上有不好的感觉，才想起存遗嘱的事，可我竟然一点也没朝这方面想，我这个脑袋真是榆木做的呀……

我认识他时他还在天全市当市长。要我把我俩相识交往的过程都说出来？那肯定涉及一些个人隐私，公布出来是否合适？你将来动笔写时恐怕得确定哪些该写哪些不该写。好的，我相信你。我那时刚刚大学毕业分到天全市公安局工作，我几乎天天在《天全日报》和天全电视台的新闻节目上看见他。他那时气宇轩昂精力充沛，走路都是风风火火的。在我眼里，他是天全的政治明星，是人人敬畏的大官，我那时根本想不到有一天他和我这个小小的民警还会发生联系，根本不知道有一只手正胡乱地把一根丝线朝我俩的手上缠。

我记得那是1988年1月份。1月18日，中国民航西南航空公司222号伊尔18型客机在从北京飞往重庆途中坠毁，10名机组人员和198名乘客全部遇难；仅仅六天之后的24日，由昆明开往上海的80次特快旅客列车发生严重颠覆事故，造成90人死亡，66人重伤。国务院针对这两起责任事故，下发了紧急通知，要求各地区立即查找本地存在的管理不善、规章制度不严、劳动纪律松弛问题。这份涉及公共安全的文件自然也发到了我们公安局。那天下午我和同事们正在听传达这份文件时，局办公室的一个同志走进会议室向我招手，我以为又是通知我去领办公用品，便随他出去了，没想到出门就看到了一辆拉上窗帘的普通面包车。他拉开车门就让我上车，我很吃惊，问他：这是要去哪里？

先上车再说。车里传来了一个男子的声音，我朝车里一看，认出说话的是省公安厅的一位副厅长，穿着便衣。他身旁还坐着省检察院的一位副检察长，都是我在报纸上看到过的人物。我心里一下子明白了，是有特殊任务。果然，上车后我被告知，要去抓捕一个重要的疑犯，我届时负责敲门。抓捕小组预先给我准备了一身便衣，车边走我边在警服外边套上了那身普通城市姑娘的衣服。

我当时心里很紧张。这是我第一次参与执行这样的任务，而且是跟省厅领导一起。

看着车径向市政府的家属院里开，我就在心里判断，犯罪者可能就住在这个家属院里。我当时是第一次进这个院子，对院里住户的情况并不熟悉。车在一栋三层公寓楼前停下，省里的那位副厅长递给我一个信封说：你下车上楼，去敲302

室的门，问你找谁时，就答是市府办公室的，来送一个通知。门敲开后，你闪在一边，其余的事就不用你管了。我点头答：明白。接过信封就下了车。跟在我身后下车的，是一男一女两个便衣，与我隔了两三米的距离向楼里走。见他俩手拉着手，我知道他们扮的是一对恋人。我们三个下车后，车就向楼房一头开走了。

那会儿临近中午，楼道里有人上下，但都以为我们是这个单元住户的亲友，没谁询问我们。我走到302室门口，径直按响了门铃。门上安有门镜，里边的人能看见我，我估计所以派我来干这个是因为屋里的人认不得我。我毕业刚进局里，老家又不在市里，认识我的人极其有限。门铃按响了两遍还没人来开门，我有点慌起来，以为是自己的装束引起了屋里人的怀疑和警惕。还好，按第三遍时响起了脚步声和一句询问：哪位？我急忙照副厅长的交代作答，门跟着“咔嗒”一声开了，出现在门里的是一个十八九岁的姑娘，一看就是保姆，保姆的身后，站着一位服饰讲究的中年妇女。那中年妇女向我问道：送什么通知？我怎么不认识你？这时已不需要我回答了，隐在一旁的一男一女两个便衣已经冲了进去，一下子抓住了那个中年妇女的两只胳膊。我这时才知道，抓捕对象就是这位女性。已完成任务的我为了掩护他们抓捕，此时也已闪进了屋，并迅速关上了屋门。那中年妇女此时倒没有反抗，只是厉声喝问：光天化日之下，你们想干什么？你们知道这是谁的家吗？省里的那位男便衣一边给她戴上手铐一边说：知道，你叫林蔷薇，天全市土地局局长，我们是省检察院的，有逮捕证！那女的一听这个，分明是愣住了。

我们几个人带着林蔷薇正要出门时，意外的事情发生了：突然有人在门外用钥匙开锁。显然是这家的男主人回来了。

我和另外两个便衣意外地对视了一眼，门开了，站在门外的竟是市长欧阳万彤。天哪，怎么会是市长？在门开的那一瞬间，我看见万彤市长的脸上全是震惊。他直直地看着那位男便衣，省里来的那位男便衣倒没显出太意外的表情，他显然早知道他们抓的人是谁。只见他掏出逮捕证说：欧阳市长，我们是奉命行事，请你理解！我在吃惊之余注意到，万彤市长的脸上此刻已一变而为冷肃。他没看那张逮捕证，只是向门口摆了摆手，示意我们走。当我们带着林蔷薇出门时，林蔷薇喊了一句：万彤，替我申冤哪——

那是我此生听到的女人最慌张的喊声。

走到楼下时，原来的那辆面包车已停在单元门口，我们动作很快地上了车……

几天后我才知道，市长夫人被捕之后，市长在美国留学的儿子欧阳千籽，在首都机场下飞机时也被逮捕。这母子俩被捕的原因是索贿，有人向省纪委实名举报他们母子索贿 90 万元，举报者拿出了市长夫人索要贿赂的照片和录音。那年头，90 万是一个很大的数字。省纪委经过秘密调查，确认情况属实，随后移交司法部门处置。老实说，这件事情给我精神上的冲击很大。这是我第一次近距离观察政界的风云变化，第一次看到地市一级官员的尴尬。

一周后的一个傍晚下班时分，我们听到消息，万彤市长已被免职。公安局是归市府管的，平时大家说起万彤市长时，都是毕恭毕敬小心翼翼的，现在一听说他妻儿被抓他被免职，众人的态度立马变了，说起他有打趣的，有讽刺的，有挖苦的，有辱骂的，这让我很是惊异：人们对政治人物的恭敬和尊重竟然会转瞬间消失得无影无踪！

大概是第十天的晚饭后，我在夜色里穿便衣出门，准备去找女友聊天。走着走着，忽然看到在我的前面不远处，被免职的欧阳万彤市长正在昏黄的路灯下慢腾腾地向前走着。因为有几天前和他近距离的对视，我相信没有认错。他这是要去哪里？散步？去找朋友？一种想看个究竟的心理，让我改变了找女友聊天的计划，不紧不慢地跟在了他的身后。

仅从他的背影就能看出，他精神状态很差，腰探着，肩缩着，双脚迈得深深浅浅，与平日在电视上看到的样子相差十万八千里。

他一直沿街向前走着，直走到了城外的梡河边上。这儿已没了路灯，没有了人影。看到他一个人在夜暗中沿河岸仍继续低一脚高一脚地向远处走，我得出了判断：他八成是想不开了，想找个合适的地方跳河自尽。得出了这个判断后我很害怕：怎么办？怎么阻止他自杀？我一个女孩子，哪有力气拉住他？那年头我还没有手机，没法去通知别人，我只能边跟着他，边在脑子里飞快想着阻止他跳河的法子。

终于，他停下了脚步，面朝河面站住了。这儿离市区已远，四周除了夜暗就只有夜风抚弄河水的响动。我看见他点燃了一根烟。我估摸着，他这时在做激烈的思想斗争，这根烟吸完，怕就要跳河了。也是在这一刻，我决定先把他打倒在地——我虽没有扯住他不让其投河的力气，但在公安学院接受过格斗训练的我，突然冲上去将其打倒在地是完全可以的，打倒他之后再同他讲道理！想到此，我悄悄靠近他，然后突然一个箭步扑过去，在他毫无防备的情况下照他的两个腿弯各猛踹了一下，他随即便“扑通”一声重重倒在了地上。与此同时我高叫了一声：欧阳万彤！

我没料到我这声喊叫是如此之大，以至于把我自己也吓了一跳。被踹倒在地的欧阳万彤显然也被惊吓住了，半天没有出声。

你不能就这样跳河自尽！你妻子和儿子的案子还没进入审判程序，你还有父母！你一个大男人现在死，是对家人的不负责任！我继续大声喊着，我跟着还抓住了他的一只手。

足足过了有两分钟，我才听到他不高的声音：谁说我要自杀了？

那你为何跑到这黑暗的河岸上？我质问他。

我只是被免职了，没有人告诉说要限制我的行动，更没人告知我不准来这河岸上散心呀！

你真是来散心的？

我要想死，在家上吊不是更方便？来这儿投河对于会游泳的我来说有何意义？

哦？我有点被他问住了。

你是公安局的？他又开了口。

是的。我只能承认。

负责对我监视？

那倒不是。我急忙摇头，我是在街边无意间看见你，先是好奇，后来以为你是要自杀，就跟了过来。我这时松开了他的手。

嗬，谢谢你的关心，在人们都唯恐沾了我的晦气的时候，你还能关心我的死活，我很感动！能不能告诉我你的名字？他这时已经在地上坐好。

我叫常小韫。

我们过去认识？

不认识，我是那天跟人去抓你妻子的时候才见过你。

喔，原来如此。我想起来了，你是那个最年轻的女便衣。

抱歉，我刚才把你踹倒实在不应该。

不，不，你这个举动让我心里很温暖，让我知道，这世界上还有人真心对待我。你知道吗？就在今天晚饭前，跟随我多年，我一直把他当家人看待的秘书，因怕受我的连累，已经不接我的电话了。

你要想开些。我只能这样劝他。

谢谢，一下子想开这些挺难的。

你要把平日人们对你的尊重和恭敬，更多看成是对市长这个职务的恭敬和尊重，而不要看成是对你个人的。随着你市长职务的消失，人们收回尊重和恭敬也应该。这样想你就会好受些。

你说得有点道理。

现在老百姓对贪污受贿的人非常愤恨，你家既是有人因索贿被抓，大家说点风凉话和挖苦、讽刺的话，也属正常，你应该有承受的精神准备。如果你是一个老百姓，听说有人倒卖土地批文、把公款据为己有或向他人索要贿赂，你难道不会生气？

对，对。谁受了贿触犯法律都该受惩罚。

你能这样想最好。我告辞了。我说罢就转身走了……

这天晚上，算是我俩的第二次接触。

大约一个多月后，我听说他同他妻子林蔷薇离了婚，他儿子被释放。林蔷薇随后因受贿被正式起诉。又过了约两周，他的身影重又出现在天全市的电视新闻节目里；《天全日报》的头版上，也开始重又出现他的照片。他又奇迹般地复职了。这有点出乎大家的意料，局里的人都在私下议论他翻身怎会如此之快，不过，大家议论时都很小心，声音都很低。我虽然对他平安度过风波感到了一点惊奇，但很快就把他和他家的事忘到了脑后，毕竟，我和他过去没什么交往，职务级别也相差太多，彼此的生活没有交集的部分。

半年之后的一天，他带人来我们局里检查工作。检查结束时，他向我们局长提出要见见我。局长在一怔之后紧接着说：哎，这个小常不错，当初她去你家抓人，是我派她去的，与她个人无关。我去会议室见他时，只有他一个人坐在那儿。此时的他又恢复了过去的那副自信模样，他对我说：小常，前段我家出事时，有的人对我落井下石，有的人对我嘲讽谩骂，有的人对我冷言冷语，有的人对我敬而远之，让我尝到了世态炎凉的滋味。只有你，一个与我毫无关系的陌生人，还能出于真心来关注我的死活，让我很难忘记，如果你答应，我想明天中午请你吃顿便饭，以表示我的一点谢意。

我自然大感意外，没想到他对过去的那点小事还记在心里，更没想到他会如此正式地相邀吃饭。我当时有点不知如何是好，回绝吧，怕得罪他这位市长；不回绝吧，又怕别人说我巴结他。他当时带点笑意地看着我，静等着我的回答。可能是他的真诚打动了我，我就说：好吧，在啥地方？

清风街上的聚香楼，咱们不见不散……

这算是我俩的第三次见面。

第二天中午，我稍稍打扮了一下，穿上便衣去了聚香楼。我那天去，纯粹是因为不好意思拒绝他，根本没有别的考虑。大学毕业不久的我，根本没想到，在这个不大的、开放程度不高的城市，我和他这个公众人物的见面，是要付出代价的。

他要了一个小包间，早早地坐在那里等着我。我进去之后，他问我的口味，爱吃什么菜，我说，随便，吃什么都行。我第一次和一个没有深交的成年男人对面相坐，当然有点不自然，何况他还是我们的市长。他点了不少菜，还要了一瓶白酒。我说我不会喝酒，他就给我点了一杯鲜榨西瓜汁。他用他的酒杯伸过来碰了一下我的果汁杯，说：小常，我要发自内心地说一声：谢谢你！你知道吗？你真的救了我的命，你对我有救命之恩！我瞪大眼望着他，不知他这话是什么意思。

给你说实话，我那天晚上去桤河边，的确是想到了自杀的。

哦？我吃了一惊。

“文化大革命”的时候，我官职太低，虽也因为我岳父的事受到了些冲击，但打击不大，所以我这半生，虽命运坎坷，但起伏不大，总体算是平顺。像这次这样大的灾难，我还是第一次遇到。妻儿同时被抓，个人遭到免职，半生的奋斗归于零，而且是犯在受贿上，历朝历代都不会容许之罪，真乃奇耻大辱，一下子把我砸蒙了。我当时只觉得脸丢尽了，没法活了，只想一死了之。那天晚饭后，在我的秘书也背弃我之后，我伤心欲绝，突然觉得活着毫无意思，于是就踉踉跄跄向桤河边走，想着跳下去算了。我那晚给你说了假话，我其实并不会游泳。我只要跳到深水中，很快就会死去。所幸你跟在我后边，在最危险的时候把我打倒在地，而且用话语惊醒了我，让我一下子意识到我还有父母要养活，还有亲人在关押中，需要我来找律师辩护，我不能死，死了，我真就是一个畏罪自杀的受贿者了！

我看着他，心里暗暗庆幸：这么说，我那晚出于好奇而跟踪他是对的……

他那天是真心实意想向我表达谢意的，说了很多感谢的话，并表态说：以后你常小韫有什么事需要帮忙，可以随时找我！

我当时当然高兴，无意中建立了这种人际关系，于我今后肯定有益。以后我在这个城市万一遇到难事，就可以找他求援了。可我没想到，和他这一级官员交往，并不是简单的事情。仅仅半个月之后，刚给我介绍了一位男朋友的知心女友找到我，很严肃地问我：你真甘愿不结婚而去做那个人的情人？我像被打了一棍似的抓住她的手反问：你胡说什么？我会去当谁的情人？她二话不说，从手袋里掏出了几张照片递给我。我一看，天哪，是我那天和欧阳万彤市长在一起吃饭的照片，有他给我夹菜的场景，有他给我添饮料的场景，有他同我说话的场景。我一下子惊住，气急地问她：谁拍的？她说不知道，她是从纪委一个朋友处看到的，悄悄拿来向我求证。纪委那位朋友好意地让她转告我，与市长见面要小心些。我向女友说明了情况，但我看得出她半信半疑。这更伤我的心。这年头有情妇的官员太多，以至于连朋友都很难相信我的清白了。

见了那些照片之后不久，女友给我介绍的那位男朋友，就不再同我联系了。我知道这与那些照片的出现有关系。我咬咬牙，在心里叫道：你个臭男人，几张照片就把你对我的信任弄没了，可见你辨别事情的本领没有多高，这样的男人，不交更好！

又过了些日子，我注意到我们局里一些人看我的眼光里添了内容，有讪笑的成分，有鄙视的成分，还有讨好的成分。我估计他们也知道了照片的事情。我非常委屈，也非常愤怒，却又无法解释。我心里憋得难受，很想找人大吵一顿。恰好，有天上午，局里一位科长让我和他一块儿去市府送一份要求拨付经费的报告，我挺意外地问他：这种行政管理上的事与我从事的业务根本不搭边，为何要让我同去？他很有深意地笑笑:你不是与市领导熟吗？我一听这话，立刻明白了他的意思，肺都气炸了，张口就朝他骂了起来:你还是个人吗？你为啥不回去把你妹妹叫上？你是不是以为别人都跟你妹妹一样……这是我长这样大第一次骂人，而且是在机关当众哭骂。我被气糊涂了，什么都不顾了，把一个姑娘家应有的做派完全抛开，像极了一个泼妇……

哭骂过后的当天下午下班后，我哪有心思吃饭，一个人推着自行车径直上了梡河河岸。我在河岸上坐了很久，双眼盯住一波连一波的河水，心里想着怎么办。我这一哭骂，等于在局里把事情公开了，人们今后当面是不会再提这事了，但大多数人的心里，是不可能相信我的清白的，难道今后就要在人们异样的目光下一直过下去？咋办？还有，这样一闹，还有哪个男人愿同我谈对象？嗨，我怎会碰上这样倒霉的事？

直坐到夜色四阖，我才起身准备回家，刚一转身，猛看见市长欧阳万彤就站在我身后不远处。我一惊，问他:你怎么在这里？他苦笑了一下:怕你想不开呀！

他的话让我的眼泪一下子下来了，我捂住脸哭了起来。他站在原地，沉声说:我很抱歉，没想到给你添了这么大的麻烦。我那天不该请你吃饭的，这让我再一次明白，一个人从政，有可能给与他交往的人带来福气，即人们常说的鸡犬升天;也可能带来不尽的麻烦与灾难。我为我连累了你再一次向你表示歉意！我今晚来见你，是想告诉你，我有两个办法可以帮你，其一，是给你换个单位，换个工作环境;其二，是找人把你调到别的城市里去。你看用哪个办法好？

我停了哭声盯住他，摇了摇头。我不想和他有更深的交往和更多的来往，不管是给我换一个单位还是换一个城市，人们最终都会知道是他给我换的，到那时，我更说不清了。人们会说,市长不会无缘无故地帮助一个年轻女人,我更会被人认为是他的情人。如今,年轻女性与官员来往,二者的关系通常都会被这么认定:不是准情人就是真情人……

那年的年底,欧阳万彤市长的妻子林蔷薇二审判决结果宣布:判处有期徒刑15年。他儿子欧阳千籽受了一个记过处分。他家的事至此算有了一个结果。也是那年的年底,有人在省城我原来读书的那所学校里,给我介绍了一个对象,对方是学校教务处的一个叫祝陀的干部。他原来当过老师,后来自己要求改行当行政干部,比我大七岁,人长得一般,家境也好不到哪里去,可急于离开天全市的我不想再挑,就答应了。我结婚前提出的唯一条件,就是尽快把我调到省城去。

和祝陀结婚后,他倒是践诺把我调到了省城。省城公安局的机关难进,我被调进的是一个郊区的派出所。我的丈夫和调的工作都与自己原来的期望有很大不同,但我都平心静气地接受了。我活到这时已经明白,人想望的东西与真能得到的东西从来都有距离,还是珍惜自己能得到的吧。

结婚半年后的一天,祝陀回来说他们教务处处长的位置空出来了,他说他既然放弃了当教授,就想在政界里有一个好的发展,他很想竞争一下这个职位。我当然支持。他说,竞争这个职位的人太多,过程可能很残酷,得想一些法子。我问他有啥法子,他说只找学校领导肯定不行,别的竞争者也会找他们,只有找到市里领导才可能成功。我叹口气问他:市里领导你认识?他含笑摇摇头说:我不认识,但你认识。我吃惊道:我从天全调来时间不长,又是一个小民警,怎会认识省会城市的领导?他脸上的笑容弥漫开来:告诉你,就在昨天,原天全市的市长欧阳万彤平调到了省会城市任市长,我通过省公安厅的朋友向天全市公安局的人打听了，他们说你和万彤市长原就很熟。

哦，我瞪住他。这消息让我吃惊不小，怎么会这样巧？我嫁来省城，他跟着就又调到了省城？祝陀他会不会从天全市公安局的人嘴里听到那些风言风语？

我在天全也只是一个小民警，哪能和市长说得上话？我想打消他这个想法。

试试呀，不试咋就能知道不行呢？他坚持。

怎么试？我有点不高兴。

我托人安排一个和万彤市长见面的机会。我在省城这么多年，这点本领还是有的，见面之后，你向他提出这件事，成不成在此一举。

我不愿意干这种事。我本来是想躲开欧阳万彤的，现在倒好，又要找机会靠上去。但求我去这样做的不是别人，是自己的丈夫，他如此在意这样的机会，我拒绝必会影响我们夫妻间的感情。想来想去，觉得无法回绝，只得答应了他。

那天，市高校系统有一个会，祝陀预先打听到欧阳市长要来参加，便让我换上便衣随他到开会的地方。我感到别扭，可也不得不去。会议在省城天缘宾馆二楼会议大厅召开，祝陀安排我在一层大堂等着，当欧阳万彤市长讲完话下楼走时，他在二层给我打个手势，让我装成要上楼的样子在电梯门口等，待市长出电梯时我好迎上去打招呼说话。这种特意的安排令我感到不快，可为了满足丈夫的心愿，我也只好照办。

一切照祝陀的安排进行。当欧阳万彤市长下到一楼时，我就站在电梯门口。电梯门打开后，他果然看见了我。还没等我打招呼，他先就惊奇地问：嗨，这不是小常吗，你怎么在这里？我只好红了脸答：我已嫁到省城了，今天听说你在这儿开会，专门来见见你。跟随在他身后的一帮人，见他跟我说话，都闪到了一边。我知道他事情多，这儿也不是说话的地方，就赶紧把祝陀写的一封信和祝陀的简历交到了他手上，说：有点事情得麻烦你帮忙。他接过去一翻，没打官腔，点点头说：你等我消息……

三天后，我接到了欧阳万彤市长的电话，说他了解了一下，祝陀在几个竞争者中，是唯一一个懂教学的人，他当这个处长能够胜任，他已经向有关部门做了推荐……十来天后，祝陀当处长的任命就下来了。祝陀当时那个高兴啊，搂着我在屋里转了好多圈，当晚就请了好多人来家喝酒庆贺。我却高兴不起来。我在政法系统工作，已看过了不少官员被抓坐牢的事，知道当官其实也是一个高风险职业。他见我没有像他一样兴高采烈，对我说：处长就相当于县委书记和县长了，要在过去，就是威风八面的县太爷，属七品官了，你作为县太爷的夫人，没理由郁郁寡欢呀?!

我不想扫他的兴，只是淡淡一笑，咬咬牙没把土地局长林蔷薇被判15年徒刑的事情说出来。她可也是正处长县太奶了！……

这以后有两年时间，我在忙我的工作，照顾我新生的女儿，与欧阳万彤就再没了联系。还是祝陀告诉我说，万彤又升任了市委书记，成了副省级干部。我说，他升他的，与咱何干？祝陀笑道：关系大了！我们学院的副院长很快就要退休，到时候竞争这个职位，还得求他帮忙哩！他官当得越大，帮咱越方便嘛！

他凭啥再帮你？我把眼瞪了起来。我听出了他想让我再次出面去求人家的意思。

凭他对你的感情呀！他嬉笑着。

什么感情？我的声音冷起来，眉毛肯定也竖了起来。我估摸着他当初从天全市公安局那儿听到了点风言风语。

你想你一个美女，他一个离了婚的男人，有一点想法不也是正常的？

你混蛋！我把手上的一个茶杯朝他扔去。这是我们结婚以后我第一次发脾气骂他。

别急嘛，我又没说你对他动了心。祝陀只是躲过了我扔过去的茶杯，并没有发火。可他对你动心是可能的，我们就要利用这一点！

你让我恶心！我喊出了我久藏在心里的一句话。我和他结婚后不久就发现他是一个特别迷恋官位的人。一般人对当官都有一份向往，这可以理解，水往低处流人往高处走，这是人的本性，何况中国又是一个官本位社会，评价一个人的人生是否成功，习惯用官位高低来衡量，所以作为一个男人，想当官也属正常，但像他这样整天在掐指头算着谁上谁下，谁与谁一派，谁的关系能通到哪里，哪种办法可整倒谁，哪个职务走哪条门子可以弄到手，把当官当作人生的唯一目的的，却让我看不起。可惜发现他是这样一个官迷时我已成了他的妻子，还有啥办法？只有怪自己的眼力不够呗，嫁鸡随鸡嫁狗随狗吧。

你再恶心我也是你丈夫，咱们是一个利益共同体，我的官位上去了，你和女儿都可以跟着享福！

我不想享你的福！我凭我的工资完全能活下去……

我那天把我心里的气都朝他倒了出来。我以为我这一闹，他以后就不会再拿当官的事来烦我了，可没想到，学院的那个副院长退休年限快到时，他又把他准备的一包礼物和一封信及自己的简历塞给了我，让我去市委找欧阳万彤书记。我把他那些东西扔到一边，看也不看地说：要去你自己去！

他不发火，也不着急，只是一个劲地说好话：对不起了老婆，添麻烦了，你看在咱们夫妻一场的面子上，帮帮我这个忙吧。副院长是副地市级干部，相当于过去的知府级官员，咱当上了，那是咱祝家的荣耀呀！人家都说你有旺夫相，你就帮帮我吧，帮了我这一次，我会终生铭记你的大恩大德，一生都对你好……

我被他说得哭笑不得。

在他再三再四的恳求下，我心软了，决定放下自尊，咬咬牙再去找欧阳万彤书记一回。

市委家属院我是第一次进。一个穿便服的小民警想进这个院子并不容易，好在我丈夫已提前做了准备。他借了一辆警车径直把我拉进了院子，拉到了万彤书记所住的那栋楼下，然后指指二层亮灯的房间说：上去敲门就行，不要急着出来。说完，把一个手提纸袋塞到了我手上，自己开车就走了。

人家已经帮了一次，再次求人帮忙确实过分。我犹犹豫豫不甚情愿地向前迈步，好在那个时候天已黑透，没人发现我的尴尬样子。总算走上了二楼，鼓鼓勇气敲响了门。但一连敲了两遍，并没人来开门，我当时先是一阵沮丧，后是一阵欢喜，书记不在家，刚好我可以走人，免了这场难堪。没想到刚回头走了一步，背后的门“吱呀”一声开了。我只得扭头，只见一个小伙子站在门口，轻声问：你找？——

欧阳万彤书记。我急忙答。

我是他的司机小唐，有事可以跟我说，我一定转告。他倒很热情。

我……是天全市公安局的，有点……小事找书记——我吞吞吐吐地自我介绍着，一边说一边在心里想，要不是来求人，我何至于在这个小伙子面前这么没有尊严。没想到我的话音刚落，万彤书记就出现在了门口，有些惊喜地说：是小常呀，你可是稀客，快进来。小唐，倒茶！

我轻轻舒了一口气：他没有把我拒之门外。

我知道他忙，进了屋几句寒暄过后，就赶紧说明来意。万彤书记默默听罢后倒没有给我打官腔，只说：好的，我来问问情况，但副院长这一级干部，是要经过组织部正式考核后才报人选名单的，只要你丈夫在学校表现好，是优秀的处级干部，我相信他会成功；可如果组织部门考核后觉得他不合格，我也爱莫能助。我急忙点头表示理解和感谢，然后就起身准备告辞。我要出门时，万彤书记把我提去的那个提袋递给我说，心意我留下了，但礼物我不能留，你已经见过我家过去因受贿出的大祸事，请理解我吧。我见他这样说，也不好坚持，就接过提袋出门了。那晚回到家，我把与万彤书记见面的经过说给祝陀，原以为他会高兴的，不想他竟抱怨地说：你慌着回来干吗？在书记家多待待把事情说定再回不是更好？我很有些意外，反问他：多待待就能把事情说定了？不经过组织部门考核了？我有那样大的本领？他撇了撇嘴：什么组织部门考核？那不过是托词而已，书记对属下的干部使用，拥有无可争辩的决定权，只要他对你动了心，对你动了手，他就肯定可以把这事定下来。

你说什么？他的话让我大吃一惊：啥叫动了心？动了手？

他迟疑了一下，没有再开口。

说呀！你说清楚！我变了脸色，我觉得我有点明白了他的用意。

说明白了也没有什么了不起，他过去不是对你有那种意思吗？如果你在他那里多待待，让他旧情再萌发，那不就啥事都好办了？他脸朝着墙角说。他的话音还没全落地，我就“嗷”的一声朝他冲过去，一边骂着“你这个王八蛋”，一边伸手要去撕他的脸。天哪，天底下竟还有这样的男人，还有这样的丈夫，不要老婆要官位呀？！

他倒是不还手，只是躲闪着说：你不是要我把话说明吗？话说明了当然难听。其实你自己琢磨琢磨就能明白，偏要我来说。他只要朝你动了手，你再走嘛，不让他真得手不真吃亏不就行了？

混蛋！姓祝的，咱们明天就去离婚！我一天也不能跟你过下去了。说出这话，我的眼泪流下来了，你跟想拿你去换官位的男人，还怎么过下去？我在他心里，还没有那个副院长的职位重要哩！离！我的决心在那一刻下定了，当断不断，反受其乱。决心下定之后，我的心里当然很疼，这是我人生中的又一个转折呀，谁不想平平安安地过日子？但疼也得离，我不能让他拿我去换官位！我全力全心投入的婚姻如此短暂，让我心里充满遗憾，但这可能就是我的命，是我命中该有的劫难。

他对我生出离婚的决心倒是也很意外，不想离，但我主意已定。我说，你要与我好离好散，咱们从此井水不犯河水，你要胆敢跟我拖延办理离婚手续，我就把你为当官做的所有肮脏事情都揭露出来，彻底断了你当官的路！

他大概是把我的后一个威胁当了真，不再同我纠缠，乖乖地与我去办了离婚手续。手续办完出了婚姻登记处，他带点恳求地说：我们毕竟夫妻一场，一日夫妻百日恩，我希望你不要为我向上走设障碍。我记得我当时冷冷一笑答：放心，过去的事我会让它烂在肚子里。你当你的官，我做我的小民警，咱们各走各的路，我从此不会过问你的任何事情！

离婚以后，我另租了两间房，雇了一个保姆帮我照看女儿，就过起了自己的日子。大约是在两个多月之后的一天下午，我突然接到了一个未署名字的传呼，让我给一个陌生的座机回电话。我以为是工作上的事情，急忙回了过去，没想到接电话的竟是万彤书记的秘书。秘书说：你如果有时间，请现在来市委万彤书记办公室一趟。我估计是为祝陀当官的事，有心不去，可毕竟是自己当初求人家办的，不去于理不通，只好硬着头皮去了。

我到万彤书记办公室时别的人都已下了班，秘书把我领进去倒了茶就退出了。万彤书记笑笑说：很抱歉，你上次给我说的事，拖到现在才能给你说结果。我刚要开口说我和祝陀已经离婚，他的事不必办了，不想万彤书记很快又接着说：更遗憾的是，我告诉你的结果还很不好，祝陀不仅不能升任副院长，而且恐怕还得进监狱。

哦？我大吃一惊，不由自主地站了起来。

学院里有人告他贪污公款，我以为是他的竞争者诬陷他，就指令纪委介入调查，没想到一查竟然是真的，他把一笔购教具的四十万元钱贪下了。

真的？

当然，我交办的事情，他们不敢马虎，人证物证都在，已经移交反贪局了。说实话，我也不愿相信这是真的，你在我最困难的时候帮助过我，我实在不愿伤害你和你的家庭，但现在，我已经无能为力了。看来，做官对一部分人来说，并不见得就是好事。官路的两边，长满了鲜花，但鲜花的后边，其实就是深渊。

我当时怔怔地看着万彤书记，不愿相信这是真的。尽管我看不起祝陀，但毕竟我们做过夫妻，我不愿他坠入险境。

就在此刻,反贪局已对他采取了强制措施。所以,我必须把这件事告诉你,好让你有个思想准备,不要像我当初那样,差点被压垮。

我俩已经离婚了。我终于说出了这句话。

是吗?轮到万彤书记吃惊了,这么说,你有先见之明?

我摇摇头,哪有什么先见之明?我不过是不想不断地陪着他去谋取职位,那令我很痛苦。我当初来找你,就是他逼我来的。

如果是这样,我也就心安了些。若是你们没离婚,那就等于让你去尝一次我当初尝过的苦。我替你庆幸。一般人都盼着自己的亲人能成为官员,盼着自己能成为官员的亲属,其实,他们不知道,做官和挖煤一样,只是一种职业,而且是一种风险等同的职业,弄不好是要哭天抹泪的。天底下像你这样,主动和官场脱离,主动不当官员亲属的人很少。

我无言地苦笑了一下,起身告辞。我不知道再坐下去能说什么。临出门时,万彤书记再次说:真是抱歉,帮你帮出这么个结果。

我摇摇头:这怎么能怪你?……

那天晚上,我去了一趟我曾和祝陀一起生活的家。站在门前,见门关着,灯黑着,只有夜风在门前旋着,旋得我心里很冷很冷。那一刻,我忽然想起了那句老话:因嫌纱帽小,致使枷锁扛。祝陀呀,要不是你嫌纱帽小,你贪污的事还不至于暴露得这么早哩!你好自为之吧……

不久,祝陀的判决结果出来了:服刑四年。判得虽然不重,但他的公职没有了,工资自然也没了。没了工资,他原来每月负担的女儿的抚养费,也跟着没有了。这样,我一个人的那点死工资，就要养活女儿、保姆和我自己三个人了，我开始感到了经济上的巨大压力。

有一个星期天的上午，保姆抱着女儿出去和邻居家的孩子们玩，我一个人在家擦擦洗洗搞卫生，忽然听到敲门声，原以为是邻居有事相找，拉开门才看清，竟是穿着便装的万彤书记。我很意外也很吃惊，一时愣在那里。还是他先开口：怎么，不欢迎呀？

我这才缓过劲来，慌忙地让他进屋。狭小的房间，简陋的家具，被女儿搞得零乱异常的床铺，家里的穷状一览无余。我实在不愿让他看见这幅情景。还有，我因为要搞卫生，还穿着一套旧睡衣，头发也没梳理，脸上也肯定沾了些灰，这样一副面目，别说见一个副省级的市委书记，就是见一个陌生男子也让我感到狼狈。

我到附近看一个朋友，就顺便来看看你。他不请自坐，还主动伸手去取一次性纸杯倒开水。我这才想起把手中的拖把扔下，去洗了手，把买了预备给女儿吃的几个苹果给他端了来。

看来我应该早点来。他的目光一边巡视着我租来的这套小房子一边轻声说。我估计你的生活会有困难，但我没想到这样困难。

这是我第一次从一个领导嘴里听到这种体贴的话，我的心先是一热后是一酸，眼泪不由自主地流了出来。我很生自己的气：你这时流泪干什么？我急忙抬手想趁他没发现时去擦掉眼泪，可他发现了，还朝我递来了一个纸巾。我非常尴尬，我真是丢人！

我这个人喜欢坦率，喜欢直来直去，有句话我想说出来，可能会让你觉着唐突，但如果你觉着冒犯了你，请不要生气。

他看定我说。

你一个市委书记，说什么话也不会冒犯我呀。我有点奇怪他的严肃态度，忙也看定他，等着他开口。

我这个人自从离婚后，一直没有再婚；没有再婚的原因，不是没有女人愿跟我，是因为我选择女人当妻子除了我看着顺眼、心地善良、有一定学识之外，还有一个特殊的条件，就是她没有权欲且能看透权力。很多想接近我的女人不符合后一个条件，所以拖到了现在。我最近发现，只有你符合我的所有要求，而且吸引着我，既然发现了，就不想失去，于是就想学学年轻人，大胆地向你求爱！

啊?！我当时吓得后退了一步。他一个市委书记向我求爱？这是我做梦也没想过的事情。

他把我的震惊理解成了害怕，忙笑了笑说：你别紧张。你把我也当成一个普通的求爱者，愿意和我交往了，就点点头；不愿了，就摇摇头。我知道我的年龄条件不好，比你大了许多岁，这也是我很感自卑的一点。

不，不，不是……我急忙朝他摆手。我那阵子只是感到震惊，的确还没有想到年龄这样的具体问题。

我今天突然到访，又突然向你提出这个问题，你肯定没有精神准备，需要好好想想。这样吧，我不急于得到你的答案，你啥时想好了，决定了，不管是答应我还是不答应我，给我打个电话就行。他说完，在桌子上放下了一张纸片，就起身向门口走。我忘了说挽留他的话，更没有出门送他，我就那样怔怔地站着。

那天上午剩下的时间，我什么事也没干成，就站在那儿想他说的那些话，并不断地在心里问：他一个高官身边会缺女人？他怎么可能看上我这个单亲妈妈？我哪点会让他动心？

他是真心的还是只图个新鲜？我被这些问号弄得神魂不定。要是别的男人把这么多的问号扔给我，我可能早就做出不理会对方的决定了，但他是市委书记，是副省级干部，他的求爱让我感到了一点点莫名的自豪，人是难免有虚荣心的，我也没有例外。一个普通的女人能让一个全省有名的男人来追求，你想不快乐都难。我后来站在镜前审视自己，想看看自己身上究竟哪一点会让他动心，是脸蛋好看？是胸部丰满？是臀围惹眼？大概是他的追求让我有了自信心，我看着看着觉得自己是有点漂亮……

我后来又想自己对他的感觉，他家没出事时，自己对他很陌生，只是透过报纸、电视上的报道觉得他能干；他家出事后，自己对他只是有点同情；他复职后，自己看到他从倒下的地方能爬起来，心里有点佩服，好感生出了；他调到省城后，应自己的请求帮助了祝陀，自己对他有了感激之情，好感增加了，但这能算爱吗？自己真愿和他在一起生活？……

我接下来又猜想真和他在一起生活的情景：他会喜欢我的女儿吗？能和她在一起友好相处？我不喜欢社交，他会不会强迫我经常和他一起去见他的那些官员朋友？他会不会在婚姻的新鲜期一过就又把我扔到一边？他会允许我继续接触我那些生活在社会底层的朋友吗？还有，年龄的差距会使我们的爱好不一样，他能看开这个吗？……

我一连想了几天，想得头都有些疼了。答应他，有点担心，这毕竟是终身大事，不能草率，何况我已经离过一次婚了，我不想再经历一次离婚的痛苦；回绝他，有点不舍，直觉告诉我，这个人生机会不要轻易错过，这个男人应该不会差。想来想去，决定先和他接触接触，感觉不好，立马就撤。

我于是在一个晚饭后按他留下的电话号码打过去，只响了两下他就接了,看来他知道这是我的电话,一开口就叫出我的名字:小韫,你想得怎么样了?

我说,咱们先接触接触再说。他很高兴地叫道:好!我现在就过去,35 分钟后,你下楼,你楼门前十几米处停着一辆普通的桑塔纳轿车,你拉开车门上去就行!能听出他的声音很急迫。

那天晚上见面,我只问了他一个问题:你认为男女在一起生活最重要的东西是什么?

他答:第一,相互吸引并能相互给予肉体上的快乐;第二,相互欣赏并能相互给予精神上的安慰;第三,相互保护并能相互提供心理上的安全感……

我对他的回答基本满意。我俩这天晚上就围绕着他的回答在那里冷静地讨论着,外人要是看见,大概会认为我们是两个在讨论讲义的哲学教员。我们坐在城市远郊的一条小河边,彼此间有大约一米的距离,他没有企图伸过他的手,我当时也不会允许他把手伸过来。他的司机把车停在远处的一团暗影里。四周不仅没有别人,也没有别的声音。我们谈得很坦率,我从他的话语里感受到了他的真诚,我去之前已经做好了准备,如果发现他有一点想糊弄或忽悠我的意思,我立刻就走。这天晚上的交谈结束时,我感到了一股少有的愉快,在向桑塔纳轿车走去的那截路上,我的脚步变得轻快起来,有点像我在大学读书时走路的样子。

这之后,类似的约会又有多次。只要是他没会议而我又没值班的时候,他就会坐那辆普通到有些破旧的桑塔纳轿车来到我的楼下,载我去到远郊的僻静处聊天。就在这样的闲聊中,我弄明白了他确实是想和我踏踏实实地过日子,弄明白了他过的日子其实也充满了不快、烦恼和凶险。明白了这个之后,我也就痛痛快快地答应了他。也是在我答应他的那天晚上,他才敢把我拉到他的怀里吻我。这一次是我们俩的初吻,根本不像祝陀出狱后在网上说的那样。祝陀是一个混蛋,他竟说欧阳万彤把他送进监狱的目的,就是为了霸占我,说我很早就是欧阳万彤的情人,他在罔顾事实!上天应该知道他在说谎话!也许有朝一日上天会因此再给他惩罚。

在定下要办婚礼的那天,他把我搂在怀里说:有一点我想再向你强调一次,因为我们的年龄相差很多,婚后在性生活上,我可能不会令你十分满意,这一点你要有心理准备。我当时告诉他,在性的问题上,我也不是欲望强烈的那种女人,两人在一起,亲密感、温馨感最重要……

我们的婚礼很简单,他想低调我更不想张扬。他原想在一家五星级酒店定个包间,只把市长和市委秘书长两个人请来,我摇头反对。我说,没必要惊动外人,你爸妈因年事高来不了,我父亲去世母亲有病也来不了,就让我女儿和你的司机参加,我们四个人去郊区一家普通饭店定一个包间吃顿喜宴就行。他最后同意了,让他的司机悄悄去郊区一家饭店定了一桌饭,连他的秘书也没通知。那顿喜宴的参加者就我们四个人。饭店的老板上菜时,看见欧阳万彤后笑着说:这位兄弟有福气,长得很像一个人呐。万彤问他:我长得像谁?老板说:很像咱们的市委书记呀,只可惜你不是真书记,要是真的,我与你合个影,往饭店大堂一挂,那不是最好的广告?他的话让我们都笑了起来……

应该说,我们婚后的生活很美满。我带着保姆和孩子搬进了市委分给他的那套房子。他对我女儿视同己出,下班后就逗她玩。也是结婚后我才知道,大概因为他和前妻离婚的缘故，他的儿子和他断绝了往来，他这些年一直一个人孤独地生活着。我们婚后我曾问他，愿不愿再生一个孩子，愿的话，我就准备怀孕。他摇摇头说：咱既有儿子又有女儿，可谓儿女双全，孩子就不要了吧。那之后，我就想办法去见他儿子，想缓和他们父子间的关系，只可惜，虽然见了多次面，但那孩子在我面前一直沉默不说话，也一直不愿来见他爸爸。万彤去天全市时也去看过儿子，可每次儿子都躲着不见他。那孩子结婚的时候，也没通知他爸爸，还是我通过天全市的朋友知道了，赶紧准备了礼物和礼金，拉上万彤往天全市赶。到了婚礼现场时，有两个年轻人出来拦住我们说：伯伯阿姨，真抱歉，我俩今天接受的任务，就是拦住你们两个别进去。新郎说了，只要你们进去，他就不办这婚礼了，他就要跑！万彤一听这个，呆了一霎，然后啥也没说，就转身上车了。我见状知道，硬要进去，必会搅得婚礼不愉快，便托那两个年轻人悄悄把礼物收下，在礼单上随便写一个名字……

结婚后，我遇到的最大难题，是拒收礼物。刚一结婚，他就给我说了，想给咱们送钱送物的人很多，这些人送钱送物不是因为对我们有感情，而是因为我掌握着很大的权力，他们想让我用权力为他们谋取更大的利益。他说，因为体制的原因，中国各地的一把手掌握的都是绝对权力，人大、政协监督不了一把手，本级纪委更不敢监督一把手，除非是上级党委才能监督他，可惜上级党委要通过下一级的一把手开展工作，通常也很难发现下级一把手的问题。这样，巴结一把手的人最多。只要我们放开收，三个月我就可以成为一个大贪官，就可以创造你我进监狱的全部条件。所以，为了咱俩的安全，为了不让女儿去监狱给咱们送衣物，拒收钱物，是我们必须要学会处理的一件事情。他的话让我提高了警惕。我告诉保姆和女儿，不论是白天还是晚上，外出回来一进屋就把门关上，不论谁敲门，一律不开。反正我和万彤有钥匙，回家是不用敲门的。有天晚饭后，我出门倒垃圾，门刚一开，只见一个年轻秀气的姑娘拎一个纸袋站在门口，朝我喊道：舅妈，你好！我妈让我借开学的机会来看看你和舅舅。我当时一怔，万彤没给我说他外甥女今天要来的事呀？！可既然人已经到了，我当舅妈的第一次见到外甥女，可不敢怠慢，忙将她让进屋里，倒了茶削好了水果，刚问了一句她在省城哪个学校读书，她就起身要走，说是她们师范大学今晚有活动，要求学生都参加，她周日有时间再过来玩。我只好送她走，临出门时，她指了一下纸袋说：那是俺妈让给你们带的一点土特产。我没有在意，说了一声：谢谢你妈！你放假回家时我也要给你妈带点礼物。

送走那姑娘回到屋里，我拎过那个纸袋，想看看万彤的妹妹带来了什么土特产，东西挺沉，一层层的包装纸打开以后，吓了我一跳，竟是十根明晃晃的金条！这是什么土特产？我急忙给万彤打电话，万彤听罢冷笑一声说：这是他们玩的花样，我马上回家，你等着！

半个小时后，万彤带着秘书回来了。他看了一眼金条，先让秘书打开录音机放在电话机前，这才去拨号码，电话一通，他缓声说：钟总你好，礼物我收到了，现在我让秘书提到我办公室，今晚 11 点之前，你派人去取走。过了 11 点若不派人来取，秘书就会把它交到市纪委书记那里去，然后，反贪局就会到你家里以行贿罪逮捕你！电话里传来一个中年女人带点尴尬的笑声：万彤书记，你何必那么认真？你为这个城市日夜操劳，我们也就是想表示点谢意。万彤也带了点笑答：不认真不行呀，你这明明是想把我往监狱里送嘛！……

秘书把金条提走之后，万彤才解释说：这个姓钟的女人，是一家房地产公司的老总，看中了市政府附近的一块地皮，想让我开口批给她。她已经几次打电话暗示要来家里看看，我都拒绝了，没想到她用了这个办法来送礼……

这件事过去之后，我对送礼的事更提高了警惕。但实在是防不胜防。有天黄昏，我由派出所下班回家，刚到院门口，市委办公厅的一位处长拦住我说：有一封给万彤书记的文件，麻烦你转交给他。说罢递过来一个密封得好好的大信封。这位处长我认识，多次来家里找万彤谈工作，所以我就痛快地说：好，只要不是密件，我来转交没问题。晚上万彤下班回来，我把那个信封交给他，他打开以后脸立时黑了，原来文件袋里只装了几页那位处长的简历，简历中间用透明胶带粘着两张华堂商厦的不记名购物卡，每个卡上都写着10万元。我看见后大吃一惊，他一个办公厅的处长怎么也送钱？万彤叹口气说：最近研究一批干部的提升之事，他肯定是知道了消息。咱们的官非民选，主要是靠上级官员来定，这样，想提升的官就只能倾心仰上、媚上，甚至行贿，他是一位表现很好的处长，他不送也该提他的，可他不相信我会秉公办事。他后来给那位处长打了电话，在电话上很动感情地说：你送的钱收到了，我没有想到，你整天在我身边工作，也认为我是可以被收买的。那离我远的人更认为我会被收买了。来拿走吧，就为了给我一个尊重……

我跟他结婚的第二年，他调到省里当了副书记，主管组织工作。这次虽然是平调，但毕竟位置更重要了。他去报到的那天早上给我说：小韫，对于这次换位置，你我必须清醒，在外人眼里，咱们是更风光了，但其实，风险也更大了，打听、琢磨并想利用咱们弱点的人肯定也比过去多了。我记得我当时点头表示明白。

他到了省里工作之后，一个副省长的夫人几次给我打电话，热情地邀我晚饭后去她家打扑克牌。我对打牌兴趣不大，只是当年在大学读书时，和同学们打过几回，所以开始几次，都以有事为由回绝了她。但她不折不挠地继续约我，弄得我最后连拒绝的理由都找不到了。我不从政，但自和万彤结婚后，却也读了点关于政界的书，知道人在政界，找盟友是很重要的。我怕再对那位副省长夫人拒绝下去，会影响两家的关系，进而影响到她丈夫和万彤在工作上的配合，影响到两位领导的关系，于是就对万彤说了想去赴约打牌的事。万彤很支持，说去吧去吧，打打牌有利于精神放松，对身体有好处。我于是就在一个晚饭后去了她家，她约的另外两个牌友已先我到了，介绍之后才知道，一位是交通厅长的夫人，一位国土资源厅长的夫人。四个人在牌桌前坐下，副省长夫人说：为了鼓励打牌的积极性，咱多少带点金色，谁输谁掏腰包。其他两位夫人都拍手称好，我见状，也不好再反对，以免扫大家的兴，心想，真输了就少买一件衣服。可没料到，那一晚打下来，我竟然赢了两千多元。她们几个直夸我手气好、牌技高，属于真人不露相的打牌高手。我被她们夸得很兴奋，很激动，回家的路上都想唱歌了。

第二次她们再叫我打牌时，我的积极性明显高了。这天晚上我竟然赢了九千元，这太出乎我的意料了。她们三个都啧啧称奇，说：真是怪了，怎么都是你赢？看来你眼下的运气正在高峰处，不仅旺夫，还旺财！我被她们说得有点不好意思，但心里确实暗暗欢喜。第二天，我用赢来的钱给万彤、女儿和保姆各买了一件衣服，心想，这可是我凭自己的运气挣来的。

又一次打牌前，副省长的夫人提议把打牌的金色加浓点，以便她把前两晚输的钱捞回来，而且还一本正经地双手合十祷告道：但愿今晚的运气来到我身上。大家都嘻嘻笑着表示同意，我是前两晚的赢家，我不能反对。于是就在新的起点上开打，没想到，我又开始赢，这一晚下来，我赢了一万七千元。牌局结束数钱时，我的心莫名地不安起来。我歉疚地说：对不起各位了。她们都笑着反驳：这是什么话？这是你凭自己的本领得到的！是劳动所得！

第四次打牌时，我是存心想输的，心里琢磨，我要输上一次，也好让她们的心理平衡起来。但结果再次出乎我的意料，这一晚我竟然赢了三万一。

我心里打起鼓来，没有了赢钱的欢喜，本能地觉得有点不对头。到了家，见万彤还半躺在床头看书，就忍不住给他说了打牌的经过。他听罢，眉头一下子皱紧了，说：还不明白吗？人家这是在变相给你送钱，是在讨你的好，在做投资，过不了多长时间，他们就会朝我们索要回报了，要我们回报什么？肯定是官职！我一听，惊骇无比，这可怎么办？万彤想了一阵，说：你四次打牌，总共赢钱五万九千元，你再加上一千元，用六万元买三份礼物，每份两万元，然后把她们三个约在咱家，当场交给她们。就说是打牌的纪念，这样一来，估计她们就不会再找你了。

我照万彤交代的，去买了三份礼物，然后约她们来家里品茶，她们很高兴地来赴约会。在一阵寒暄和欢笑之后，我拿出了那三份礼物，说：感谢三位大姐陪我打牌，且给我赢钱的快乐，按照有福同享的原则，我把赢得的钱全买了礼物，咱们每人一份，以便加深咱姐妹间的情分。她们都很意外和吃惊，但见我把礼物递到她们手上执意要她们带走，也只好接下来说谢谢……

万彤的判断很对，这之后，她们再没有约我去打牌了。也幸亏我和她们中断了牌友的关系，因为仅仅十个月后，交通厅长就出事了，因受贿数额特别巨大被关进了监狱。那位副省长和国土资源厅长也因他被双规被调查了许久，再后来，副省长被降职，国土资源厅长也被免了职。

事后想想，我还真有些后怕：假如我控制不住自己，一直要赢下去，可不就糟了？！

万彤和我结婚后，外界对我们议论很多。一种议论是说我高攀，说我用尽了手段迷惑他，终于把他色诱到了我的怀里，让自己当上了高官夫人。对此种议论，我一笑了之，不屑于辩解，上天知道我从来没有追过他。另一种议论是说我长得有点像他的前妻，他因为恋旧才找上了我。对这种议论，我更不会去计较。凡熟悉他前妻的人都明白，我和他前妻无论是长相还是气质抑或是性格，都不是一个类型。再一种议论是说他特爱吃嫩草，我不过是他的又一捆嫩草而已。老实说，我对这种议论是有些在意的。结婚后我一直在观察他，想看看他随着时日的延长，在婚姻的新鲜劲过去之后，对我在感情上有无变化。

我得承认，这些年来，我一直能感受到他对我的浓浓爱意。在最初的那段肉体上的迷醉过去之后，他也一直对我满含着柔情。平日的晚上若没有工作和应酬，他总要回家和我们一起吃晚饭，有时饭后也会让我陪他到附近的一个影院里看电影。他对电影有一种特别的痴迷，不管什么电影都能看得津津有味。有些影片明显拍得很差，他也能看得下去。我曾奇怪他何以如此喜欢看电影，他说，原因可能有两个，其一，是少年时的观影兴趣未得到满足，一种补偿心理在起作用。

他的家在乡村，小时候和年轻时看一次电影特别不易，有时要跑上十几里地才能看一场露天电影，所以如今一坐进电影院，心里就有一种满足感，就觉得特别快乐。其二，是他每天都要处理大量实实在在的社会现实问题，这难免会给自己的精神造成压力，看电影能让他短暂地忘掉现实生活，忘掉工作中的烦恼和不快，进入一种虚幻的轻松的生活中去，从而使精神上的压力得以舒解。逢了节假日，他只要没事，还喜欢让我开车，拉上他和女儿去远郊的河边散步，看田野里的景色，听树上的鸟鸣。他说他从小在乡村长大，对四季的田野都怀着感情，一看见田野，心里就有一种亲切感，就会想起仍住在乡下的乡亲们，在官场遇到的种种烦恼就会被稀释开来。

我和他生活在一起的这些年，是我人生中最值得回忆的部分。我从来没有为我的选择感到后悔。

和他生活在一起，我需要经常注意的一个问题，就是让他忘掉我俩的年龄差距，不让他在我面前因为年龄大而产生自卑感。这大概是世上所有的少妻在处理与老夫的关系时都应注意的事情。万彤在外边、在官场，权力给他罩上了一层光晕，让他觉得自己很强大，可当他回到家里，外加的权力被卸在了门槛外边，他就还原成一个普通的男人。这个时候，年轻的我和年长的他，优势就在我这一边了，差异就凸显出来了。如果这个时候我坚持要他像那些年轻丈夫那样，长时间地陪我运动、娱乐、做夫妻间的游戏，他就会感到吃力，就会让他不断地向我道歉，从而令他生出自卑感来。我总是让他展示他的智慧而不是展示他的体力，总是让他展示他的修养而不是展示他的外貌。我让他在我面前始终保持着一份自信，这样，不仅于他的心理平衡有好处，就是于他在夫妻生活上的表现也有益处。

我们结婚几年后，他被提升为省长。

这当然是一件大喜事。我记得，中央领导来宣布他的新任命的那天，我们家的电话座机和他的手机都被打爆了，四面八方的人都来向他表示祝贺。所有打到座机上的电话，他都让我来接，让我只说三句话：他不在家。谢谢你。以后再联系。打到他手机上的电话，他都让秘书去接，秘书说的也是三句话：谢谢你！他现在正忙着。以后再联系。那天晚上临上床歇息时，他叹口气说：我们只要稍不清醒，就会被这些祝贺和奉承弄昏了头脑，迷糊地以为自己真是了不得了。其实，我还是我自己，还是那个欧阳万彤，身高还是原来的身高，智力还是原来的智力，性格还是原来的性格，多的不过是一张任命书。那一张纸可以发下来，也可以再收回去，或宣布作废。

我说我明白。

他说，民国时那东西叫委任状，有皇帝时那东西叫圣旨，历朝历代，都有人被这个东西弄迷糊了。

我笑了，问他：是不是想给我上一课？

他也笑了，叹道：当年的和珅，就以为皇上给他的官位永远属于他家了。结果，再下一道拘拿抄家的圣旨，他就变成阶下囚了……

他当省长不久，我就感觉到他苦恼的时候多了。有天半夜，我们睡得正香，电话突然响了。夜静时的电话铃声响得很是惊人。这个时刻来电话很少见，我本能地觉着有大事。果然，我刚抓起话筒，里边就响起秘书急切的声音：请告诉省长，唐川市一家歌厅发生大火，死伤可能很惨重。万彤接过话筒只说了一句：迅速备车！然后就去抓衣服。我爬起来给他帮忙，穿上夹克衫后才又发现他没换衬衣，贴身穿的仍是睡衣，想让他换下来，他说了一句：来不及了！就冲出门去。

清晨时我打开电视，看见省电视台的新闻节目中出现唐川火灾的救援场面，现场放了二十几具盖了白布的尸体，许多亲属们相搀相扶着失声痛哭，消防队员们还在清理火灾现场。我看见万彤一身泥水一脸沉痛地在对几个流泪的亲属说话。镜头随后完全转向了他，只听他声音低沉地说：……我作为省长，对这场灾难的发生负有不可推卸的责任，向诸位表示深深的歉意。我向你们保证，一定会查清火灾的全部原因，让所有的渎职者都受到严惩，给死者和伤者一个交代！我同时会在全省范围内督查并堵塞类似的安全漏洞，以确保类似的事故在本省绝不再发生……

那天晚上他回来得很晚。他一进屋我就看见疲惫堆满了他的脸，我正要帮他换衣服，突然又有人敲门，我由门镜里一看，原来是省府秘书长领着另一位干部站在门外，我见状急忙开门。万彤看见他俩进来，也没让座，只是脸黑着问：什么事？

秘书长说：唐川市姜市长认为，他对火灾的发生虽负有责任，但毕竟是间接责任，给他记过处分有些太冤，他坚持要我带他来当面向你申明，希望取消给他的处分。万彤看定跟在秘书长身后的那位姜市长，突然吼了起来：你冤吗？我月初专门开会要求督查安全问题，特别强调要消除娱乐场所的灾祸隐患。因为人命关天，我还要求市长、县长务必亲自过问辖区内的安全事宜，你怎么做的？你因为忙着参加一家公司的开业庆典，竟然没有部署这件事情，只把会议文件交给了市府办公室去执行，结果，二十多条年轻的生命没有了，都是姑娘、小伙子呀！谁家养个儿女是容易的？如果你当初按我的要求去督查一次，这二十多条生命就保住了！你还嫌给你的处分重了？你是唐川市的当家人，为什么对关乎人命的事情不操心？你他妈的——

我赶忙上前猛拍了一下万彤的手臂，阻止他骂人。

对不起，我——那位姜市长嗫嚅着。

走吧！好好反省一下，处分的决定不会变了！以后工作做好了，省政府再给你记功！

他俩走了没多久，那部直通北京的座机就响了，万彤拿起话筒来，叫了一声：老领导好！你怎么这会儿还没有休息？话筒里的声音很大，我不想听见也不行：欧阳万彤呀，你上任时间不长，不要动不动就处分你的下属，该饶人处且饶人呐！万彤苦笑了一声说：老领导，我何尝想得罪人呀，实在是因为他的渎职，才使火灾事故发生，损失太惨重，二十多条人命呐！不处分他，说不过去，而且一旦有人知道了他和你的关系，也会影响到你的声誉……那天晚上，万彤在电话上同那位领导说了很长时间，可到最后，他也没有说服了对方，我清楚地听见对方扔了话筒。我看见万彤捏住手中的话筒在那里愣愣地坐了许久。

怎么办？我不安地坐到万彤身边问。他没说话，只是长叹一声，仰躺在沙发上，两眼直直地盯着天花板。我催他去洗洗上床歇息，他像是没有听见。他一直在沙发上躺到十二点，然后才摇通省府秘书长的电话，告诉他：照原来的决定办！谁的外甥也不行！

第二天，省报的头版上登出了省政府给唐川市姜市长等一帮干部的处分决定。

这件事，让我为万彤捏了一把汗。

万彤当省长后，亲戚们来找他要好处的不少，但大都被我们拒绝了。出乎我意料的是，我弟弟竟也来凑热闹。他原本在我老家所在的县农业局当科员，有一天，他突然提着一壶小磨香油来到了家里。我问他不年不节的突然跑来省城干啥，他笑着说：想姐姐和外甥女了呀！我想他说的也许是实话，自从我调到省城工作后，我回家的次数少多了。

我要和保姆一起去厨房给他做饭，他却拉住我说：姐，吃饭不忙，有件事想先给你报告一下。我被他的一本正经弄笑了：嗬，当了几年科员，在家里说话都是一股子机关味了，说吧，啥事？还报告哩！

我姐夫都当了省长，我还当着一个县农业局的普通科员，这是不是有点不像话？

不像话？我一时没明白他的话意。

哪有省长的内弟还当普通科员的？我都调查了，咱们那个县的县长的内弟当了税务局长，信昌县长的内弟当的是财政局长，九原市长的内弟当的民政局长，黄川市长的内弟当的是土地局长，九原市和黄川市是地级市，民政局长和土地局长都是正县级，要比照着他们的做法，我至少该到地级市里当个副市长吧？要么该到省府的哪个厅里当个副厅长！

嗬，想当官了?！我这才明白他的真正来意，想当官为什么不自己去努力？我心里来了气。

谁叫咱命好呢，摊上个好姐夫！多少人一辈子都没这福气。

你想得倒美！我脸色肯定不好看。

不是我想得美，是我命里有这一福！老话说，就怕你没福气，你要有福气，想躲都躲不掉。

他是他你是你，你要想当官，就去凭本领干。

姐你说笑话了，现在有几个人是凭本领当上官的？大家都在找关系，都在凭关系，感谢老天爷，让我有了个省长姐夫，这关系可不是一般人能找到的！

保姆听见了我和弟弟的对话，说：大妹子，你就这一个弟弟，你不帮他谁帮他，你给他姐夫说说，大小给他弄个官当当，他又不是不知道好坏的人，他会感激你们的！保姆跟我时间长了，跟我说话就像一家人一样。

我只得对保姆说：大姐，官位哪是随便弄来的？弟弟要有当官的德才表现，县里自会提他，他姐夫帮不上忙的。

姐如今当了官太太，给俺们打官腔了。现如今有哪个官不用自己的人？不用自己的人那叫傻逼，他一旦出了事，谁会去帮他的忙？

你甭在这里胡说！

我要真当不上官，其实不是我脸上无光，是姐夫脸上无光，遭耻笑的不是我，是姐夫！别人都会说，看看欧阳万彤，在省里徒有其名，连自己的小舅子都提不上去，还能办成啥大事?！他肯定是在省府里说话没人听，玩不转别人，球本领也没有！

你的歪理还一套一套的？我差点被他逗笑了。

我说的没有歪理，都是真理！进官场和上山打猎一样，你不用自己人你肯定吃亏！你没看现在好多官员，不仅用自己的弟弟和内弟，还用妹夫和妻妹，甚至连表弟和表妹夫都用，为的是用起来顺手，互相好有个照应，一旦上边来查个啥事，像纪委、检察院的人来了，亲戚们自然都会保护他！

你说的是贪官吧？当贪官才需要人保护。

嗨，姐才当了几天省长夫人就把下情都忘了？现在当官有几个人不贪？你去查查他们的财产，看有几个与他们的工资收入相符！不贪的那是傻子，再说了，多少贪一点才符合人性。

看看，自己露尾巴了吧？你就是为了贪点东西才想要当官的，你说谁敢把权力交给你这样的人?！你要真当了官，贪起了国家的钱，被检察院、法院抓进监狱，到那时，我可不去探监！

啥？进监狱？弟弟被我故意吓他的话吓住了，问：不至于吧？能真进监狱？少贪一点也不行？

我再一次吓他：你就好好在县上做你自己的事，和你媳妇还有你们的孩子好好过日子，别再想着当官了。人常说，人有一福就会有一祸，当官不一定就是好事，妈就你一个儿子，你说你要当了贪官进了监牢，妈可怎么活？她身体本来就不好……人活着，平安最重要，明白不？

我利用弟弟害怕监狱的心理，成功地阻住了他想向万彤讨官位的念头。他没达到目的，当时很不高兴，黑着脸，不吃饭，不等万彤回来就要走，我笑着逗他：还说想俺们了专门来看俺们，结果外甥女还没见一面就要走，这不明摆着是骗俺们的？弟弟被我说得又不好意思走了。等到万彤和女儿回来，酒给弟弟斟上，女儿喊着舅舅"你喝呀！"他才又快活起来……

我能说的，就这些了。

对了，刚想起来，在我们结婚几年后，他有过一次辞职的要求。是他自己主动提出辞职的，不是上边迫使他或是工作中出了明显的错误。不过，据郑秘书后来告诉我，他同省委书记进行了一次长谈后，又拿回了辞职书，并没有将辞职书真的上交中央。他为什么辞职？这一点我不清楚，他做出辞职决定之前，一直没有给我说过。有一段时间，省政府机关的人在传，说他有可能当省委书记，没想到他会突然提出辞职。他是在辞职的事情过去之后才给我说的。我当时问过他辞职的原因,他笑笑说:我累了,加上颈椎出了问题,总头晕,再坚持下去会耽误工作,还有就是想多陪陪你……

他从那之后的精神状态开始变得不太好,这使我慢慢相信他辞职可能另有原因,但他不说,我也不好多问。涉及他工作上的事我不能多问,因为可能涉及机密,这也是规矩。

他坚持干到了退休。他退休之后我是真的很高兴,他晚上终于可以按时睡觉了,早晨也可以出去散步了,也能常陪我看看电影看看电视剧,我们在一起说话的时间也多了。我常给他说:官啥时候能当到头?见好就收吧……

我根本没想到他退下来没有多长时间,身体就出了这么大的问题,就一下子扔下我决绝地走了……

那把钥匙我当然要查了。他既然在生命的最后时刻要交给我,对他来说肯定重要。我们家房间挺多的,有些盛杂物的房间平日是锁着的,可我后来试着去开,却不是这些房门上的。接下来去试开那些橱柜上的锁,也不是。后来我就没办法了,我只好把钥匙交给我女儿笑笑,让她先保管着。

还是笑笑聪明,她猜测说这很可能是从银行租来的私人保险箱上的钥匙。我很吃惊,难道说他背着我还在银行藏有重要的东西?钱?存折?金条?我当即拉上笑笑就向省农业银行走去。

我们从省农行开始,工行、建行、中行,最后查到了交行,笑笑猜得真对,省交行的行长一看那把钥匙就点头:是我们行里私人保险箱上的钥匙。他找来保险库里的管理人员,没有多久就帮我们找到了那只保险箱。

我、笑笑,包括银行那天到场的人都估计保险箱内保存的是一笔财富,谁也没想到箱子打开后,里边只有一张旧唢呐曲谱和一封没有署名的短信，外加一幅他自己画的莫名其妙的水墨画。

我就是在看完了那封没署名的信件后，才决定找你为他写一部传记的。

目前看过保险箱内三样东西的，只有我和我的女儿笑笑。

当然应该让你看看，我晚点儿会把那三样东西交给你看的！

2. 儿子欧阳千籽：

你找我干啥？为欧阳万彤写传？想让他永垂不朽？青史留名？算了吧，历史上多少当官的都想留名，留住了吗？别说写在书里，你就是刻在石头上，都没用，别煞费苦心了。我告诉你，历史在筛选留名者时有一条规律，就是越想留名的人越留不住，无意留名的人倒可能留住。再说了，我和欧阳万彤早已断绝父子关系，他是他，我是我，我与他形同路人，你要写他的光辉事迹，别找我！

是谁让你干这个的？她？！那你去找她呀！她生活在"伟大人物"身边，肯定了解他，让她多说说他的"辉煌业绩"！

他是我父亲，这一点我无法否认，但只是我生物学上的父亲。我知道他去世的消息，是治丧委员会通知我的。他也该死了，六十多了，活那么大岁数干啥？幸亏老天爷公平，在死的问题上没给他特权。要不然，像他那样的官位，还不知要享受多大的优惠呢。我当然没去和他告别。谁愿去谁去，反正我不去。他那样高贵的人物，一方诸侯，曾掌握过近亿人的命运，权势熏天，我一介平民去为他送行，会辱没他的声名。

我妈快要死了。她从监狱里出来没多久，就得了肝癌。得肝病都是因为生气，气伤肝嘛！你想她生生地被判了15年刑，她能不生气吗？有一股气一直在人心里旋，任谁也受不了。对谁生气？当然首先是我，我不是个争气的儿子，让她操碎了心。其次，她还生另一个人的气。是谁？我就不说了，小秃头上的虱子，明摆着！

我想提醒你，现在这个时代，人们能记住的，是那些歌星、笑星、影星之类的娱乐英雄，还有在电视和网站上摇来晃去的主持人及意见领袖，大家已很难去关注政治人物。那些忙忙碌碌的官员们，尽管每天都在报纸和电视上露面现身，可很少有人会记住他们。在公众眼里，他们穿着相同颜色的西装，使用着几乎字句相同的话语，有着差不多的神色和步态。他们没有个性，人们对他们的尊敬极其有限，对他们的评价极其苛刻，对他们的遗忘极其快速。20世纪中叶对政治人物的那份崇拜，再也不会出现了。你们现在还想让人们去记住欧阳万彤的名字，有点难！

也有点悬！

我劝你还是去干其他的正经事吧，去写点能流传下去的有价值的作品，别去写这些谁也不想看的玩意儿，除了浪费你自己的时间和精力，还浪费网上的空间和国家的纸张！

劳人伤财！

我这话可能有点伤你的自尊，抱歉啦！

他为何会想起辞职？我不知道。他为啥当官我都不知道，又怎会知道他为啥想辞职？

你另找别人问吧。

再见了,哥们儿!

换个别的法子挣钱吧!

3. 姑妈欧阳兆绣：

听说了。没想到他倒比我走得还早。我比他大 15 岁，今年 80 多了。身子骨还行，不聋不瞎，一顿还能吃两碗面条加半个蒸馍。他小时候的事？当然记得。不过你问这个是想干啥？写传记？啥叫传记？写那东西干啥？被人记住？被人记住了有啥好？人死如灯灭，身子变成了土，记住了有啥用？再说了，世上有几个人能被记住？写到书里也不一定就能被记住。

他生下来那年我 15 岁。我记得是天擦黑的时候，我从地里摘绿豆回来，进院突然听见一声撕心裂肺的尖叫，吓得我把胳膊上扰着的筐子都扔到了地上，豆角撒了一地，我当时抓住站在院里的娘的手惊问：谁？谁在叫？娘瞪我一眼：慌啥？你嫂子正在生娃娃。我捂住胸口舒了一口气。老天，原来女人生娃娃是这么个叫法，真吓死人了。也就是因为听了嫂子的这声尖叫，几年后我对生娃娃就特别害怕。到我成婚之后，我一直在心里暗暗祷告：可别让俺怀上娃娃，不过到后来还是怀上了。

嫂子总叫有半个时辰，才算把他生下来。听到他“哇哇”的哭声，我和娘才向嫂子的睡房里跑。我们进屋时，接生婆刚把他包好。接生婆边把他向娘手上递边说：是个顶梁柱。娘高兴地说：好呀，好呀，欧阳家又添一辈人啦！说罢，又高声朝站在厢房里的俺爹和俺哥笑着叫：娃裆里有根烧火棍——

我从娘手里接过他时，他一双眼半睁不睁的，脸皱皱着，我忍不住对娘说：他咋长这个模样？丑死了，一点也不像俺哥和俺嫂。娘笑得嘴都合不拢，道：你个死丫头懂啥，小娃娃生下来都是这样，还没伸展开，过两天你就看吧，咱欧阳家的人，没有长得丑的。我对着他的脸说：小东西，你可把你娘害苦了……

他周岁抓周时，我去村东头赵明先家把他平日吹的那个唢呐拿过来，放到了他要抓的一堆东西中间。我这人最喜欢听人吹唢呐。他妈从村里的画匠九长叔那儿借了一杆画笔，她希望他日后能跟着九长叔学当个画匠。画匠你知道是干啥的吧？就是给起房盖屋的人家画屋脊顶头上和檐头上的图案，过年时给人画门神，给嫁娶的人家画中堂，给办丧事的人家画棺材的前脸，给圆梦的人画梦景。当画匠也是整天吃香喝辣的，是村里家家都敬着的能人。我爹用菜刀把一根白萝卜削刻成了一方官印，在上边刻了“柳林乡政府”几个字，蘸上印泥，也放在了他面前，他和俺娘、俺哥都愿意让万彤长大了去做官。

你猜猜他最后抓住了啥东西？嗨，没想到，他左手抓住了我摆的那把唢呐，右手抓住了我嫂子，也就是他妈摆的那杆画笔。我当时好高兴，心想，只要他长大后学会了吹唢呐，拉起一个唢呐班子，我的一双耳朵就可以过瘾了，而且，他娃子也保准饿不了肚子。俺这一带，谁家办红事白事不请唢呐班子？我嫂子也就是他妈也很高兴，说能当个画匠可不错，靠自己的手艺吃饭，将来肯定能娶房媳妇。没想到他爷爷也就是俺爹很生气，从万彤手上扯过那个唢呐和那杆画笔就扔到了地上，然后把他用白萝卜削刻成的那方官印硬塞到了他手上，对一脸糊涂的万彤说：你一个男子汉，喜欢唢呐和画笔算他奶奶的啥出息？你要有种，长大就到官场上去，弄个一官半职，让咱欧阳家也长长脸、换换门风！

万彤当时可能是被他爷爷给吓住了，"哇哇"地大声哭了起来……

他长到11个月就能趔趔趄趄地走了。能走就开始捣蛋，把他爷爷特别喜欢、用了半辈子的一把喝水的茶壶推到地上摔了个粉碎，这事要是别人干的，我爹会骂翻天，可他干了，我爹也就叹一口气道：我的小祖宗，你是不想让爷爷喝茶了……

他长到5岁时，俺们家养的那条黄狗都开始怕他。我那时已经出嫁，每次由婆家回来，都看见他拿根棍子在赶那条黄狗，不让它在自己的狗窝里睡觉。俺娘还支持他，手里也拿根棍子对黄狗说：既是万彤不喜欢你在窝窝里睡觉，你就出去走走吧……

他的学习成绩倒是好。他是6岁上学的，一开始上学，就不断地领奖，不是领个作业本，就是领支毛笔，再不就是一张奖状，小学校的老师总夸他聪明。但他在二年级下学期时有一天惹了祸，我记得我那天抱着自己的孩子回娘家，还没进屋就听见他在哭，进门一看，俺哥正脱了鞋子打他的屁股，俺爹俺娘俺嫂都站在一旁不劝止，我见状紧忙上前拦住俺哥：咋，凭啥打孩子？俺哥气急地说：这个败坏门风的东西，竟敢去脱人家女生的裤子！我吓了一跳，把抽噎着的他拉到屋里悄声问：真的脱了女生的裤子？他边抹着眼泪边点点头。为啥？他抽抽搭搭地说：我想弄清女生为啥不长小鸡鸡。我被他逗得哈哈笑起来……

他8岁那年，俺们家出了一件大事。事情的起因很小，天旱，俺哥在苞谷地里用田头水沟里的水浇地，地块相连的方家过来阻止俺哥，说俺哥用了他家的水。俺哥不高兴，反问他们：田头水沟里的水是老天下雨积下来的，怎么会是你家的？吵着吵着，方家就仗着人多动了手，最后把俺哥的左腿打断了。俺爹流着老泪当天就把方家告到了乡上，这本来是俺家有理的事，可因为方家有个侄子在当乡长，这个案子最后以俺家失败结束，说俺哥是咎由自取，腿伤自治。俺哥的左腿到后来也没有完全治好，落下了残疾，走路一瘸一瘸的。俺爹一气之下得了个心口疼病，动不动就捂着胸口喊疼。万彤那时虽小，对家里的遭遇已能看懂。记得俺爹有一天抓住万彤的手说：彤儿，你都看到了，人不当官，就会这样受气受欺负，你长大可一定记住要当官！万彤当时没有说话，只是呆呆地看着他爷爷。

有一年春天，俺爹去街上卖家里添的小牛犊，一直到天擦黑的时候才回来，而且还从镇子上领来了一个男的，看样子有五十多岁。俺爹进屋就叫俺娘去烙油馍炒鸡蛋，还叫俺哥去杀一只老母鸡炖上，又让俺去家里的黄酒缸里舀了两碗酒热上，那架势一看就是来了贵客。酒菜弄好端到堂屋当间之后，俺爹也不让俺哥他们上桌入座，就自己一人和那男的吃喝起来，而且两个人说话都是悄声细气的，弄得很神秘。我问娘和哥嫂他们认不认识这个人，他们都一齐摇头。

俺爹和那男的吃过晚饭，天已经黑透了。爹对娘说：你们吃饭吧，我领这位先生去咱祖坟上看看。娘吃惊道：黑灯瞎火的，这会儿去能看见啥？爹瞪了一眼娘说：女人家，没见识，少啰唆。之后，他们就走了。家里人吃过饭，谁也没去睡，就坐在灯下等他们回来。爹今天的举动确实让人疑惑。直到小半夜时分，爹才一个人回来了。娘问他：客人呢？爹说：走了。我忍不住心上的好奇，问爹：你们摸着黑去祖坟上干啥？爹沉吟了一霎说：今天来的那位先生，是个看风水的高人，我一直想请他来看看咱家祖坟上的风水，看看咱家为何世代出不了一个官，俗话说风水轮流转，为何几辈子流转下来，咱们家就一直没人能当上官？我曾去请过他多次，可他说现在政府认为看风水是迷信，他不敢冒险再替人看。我最近听说他想买头牛，就把咱家的那头小牛犊给他赶去了，他大约见我送的礼太重，这才答应趁天黑来给咱家看看。他刚才到坟上转了三圈，又从东西南北四个方向上各走出200步细察了一遍地形，再打开罗盘看看方位，还仰头观观天上的星象，才开口说咱家的阴宅符合自然的格局配合，先人的骨骸可以得到地气的温暖，能起到保佑子孙的作用，但因有一条小渠从近处流过，使得咱家的阴宅聚不了龙气和贵气，龙气和贵气总是从咱家阴宅一掠而过，顺渠流走，停不下来，所以咱家世代出不了官家的人。

那可咋办？俺娘先急了。

爹吸了一口烟，从容答道：他说了两个破解的法子：一个是把从咱家阴宅旁边流过的那条小渠截断封死；另一个是在咱家阴宅的东西南北四侧各埋一个能盛一桶水的瓦盆。两个法子用哪个都行，都能让咱家阴宅聚气。我想了想，用头一个法子，得经村上和乡上的领导批准，难度很大。用第二个法子,不过是花点钱罢了,我想明天就去镇上把瓦盆买了……

第二天,俺爹果然去镇街上买了四个大瓦盆回来,娘把它们擦得干干净净。晚饭后,爹和俺哥拎着盆悄悄去俺家祖坟地上把它们埋了。可能就是因此,俺家的祖坟上聚起了龙气和贵气,万彤长大后才当上了官。我记得当初万彤考上大学的半个月前,村东头的老董从俺家祖坟前经过,说他看得清清楚楚的,有一股紫烟从坟地中央直直地升起来,好久好久才飘散开……

万彤这孩子自小有两大长处:一个是爱看书,乡下书少,他只要见到一本书,就一定要翻着看完。他读书从不用大人催促,他考高小、考初中、考高中都不用他爹娘操心,每次都是收到录取通知书了大人们才知道。大人们要做的就是给他准备好学费。另一个长处,就是爱吹唢呐爱画东西。他这爱好自然与我和他妈有点关系。我喜欢听人吹唢呐,尤其是那支《百鸟朝凤》的曲子,就鼓励他去跟村东头的赵明先学。明先是个唢呐班的班头,他吹唢呐,他弟弟和他老婆吹笙,他妹妹打梆子。那年头很多唢呐班都是自己一家人组成的,这样的班子本领好传继,出门好管理,挣钱多少都是自己一家的。明先当时收有俩徒弟,一个是万彤,另一个是他女儿灵灵。灵灵比万彤小两岁,万彤是 8 岁开始学吹唢呐,灵灵是 6 岁学吹笙,这俩孩子都聪明,很快就学上路了。虽然都是在放学后学,可没有两年,两个人就都吹得有模有样了。我那时有个私心,就是想让万彤日后能娶了灵灵,把赵家的唢呐班变成欧阳家的,那样俺们欧阳家就有了一棵摇钱树,我也就可以随时去听《百鸟朝凤》了。

事情还真的朝我想望的路上走。万彤 13 岁那年,已经可以单独出场吹唢呐了,灵灵的笙也吹得好,有些晚上的场子,如果明先和他老婆有事,万彤和灵灵就可以顶上去。眼看着万彤就能靠吹唢呐赚钱了,没想到俺爹也就是万彤的爷爷出来干涉了。俺爹一开始没反对万彤去学吹唢呐,大概是以为他想在上学之余放松放松自己,小孩子吹着玩玩没啥,所以没有在意,后来看万彤吹上了瘾,看到他真的学出模样着了迷,便怕他忘了当官的大事,就坚决反对他再去学习,更反对他出场子赚钱。一听见他吹唢呐就摔盘子摔碗,有时还拎着拐杖到现场乱砸,没办法,万彤只好不吹,要不然,他后来肯定能成吹唢呐的高手。我知道他爷爷的心思,一门心思要让他当官。当官就真那么好?吹唢呐快快活活一辈子不行?

跟村里的画匠九长叔学画是他妈坚持要他做的事。万彤聪明,学画也很快学出了模样,画的檐头图案很像那么一回事,画的门神也很威风。有一年春节前,九长叔生了病,可村里各家都来求画门神,没办法,九长叔就让万彤替他画,结果,那一年春节村里各家贴的门神都是万彤画的。人们都说画得好。万彤上初中时,已经跟着九长叔学会了画梦的本领。画梦你知道是咋回事吧?一个人如果总是做一个内容相似的好梦,他就想把这个梦记下来,好让它变成真的。怎么记?就是找九长叔讲自己的那个梦,九长叔根据你的讲述,用画笔把你的梦境画出来,然后你把它拿回家贴到床边的墙上,天天看,看着看着,那梦就可能成真的了。这法子得到过几回验证,挺灵验哩,四周村子里好多人都信,找九长叔画梦的人可是不少。另外,若是一个人总是做一个相似的噩梦,你想破解,不让梦中的事变成真的,你也可以找到九长叔,让他根据你的讲述,把你的噩梦梦境画出来,拿回家在堂屋当间铺开,在画上撒上一把朱砂，之后就在当间点火烧了，那噩梦就不会再来纠缠你了。万彤跟九长叔学会了画梦的本领后，逢九长叔出远门或生病的时候，万彤就能替人画梦了。给人画一回梦往往能挣二升苞谷，大方的人家，还会请万彤去吃一顿羊肉臊子面，这可是让村里好多上初中的学生羡慕的事！可俺爹也就是万彤的爷爷不仅不让万彤吹唢呐，也不允许他当画匠，把他的几杆画笔都扔了，只一心想让他上学当官。

万彤又能吹唢呐又能当画匠，很快就引起了四周村里有女儿的人家的注意，媒婆开始上门要给万彤说媳妇。那个时候，乡间人们做亲，不像今天，都是二十多了才谈对象。那时不论男女，都是十几岁就要把亲事定下，免得错过了合适的人家。一看媒婆上门，他妈也就是俺嫂子高兴得嘴都合不拢了，问我咋办，我说：你没看见万彤和灵灵已经好得离不开了？

唉，也是我做下的孽，万彤虽然可以不吹唢呐，可他跟灵灵结下的感情却断不了了。俩孩子一直在暗地里保持着联系，我几次都撞见他俩在村外的河堤上相会说话，有一回还看见他俩在村外的树林里亲嘴。我当然是睁一只眼闭一只眼，假装没看见，我那时在心里想，我爹不让万彤跟着明先学吹唢呐，总不至于不让他孙子娶灵灵吧？灵灵可是一个既端庄漂亮又心灵手巧的姑娘！

万彤上高二的时候，他爷爷、奶奶都卧病在床，他的两个妹妹和一个弟弟都还小，家里既缺钱也缺人手，他爹就想让他停学回家，帮助干活。他爷爷听说后，发火了，在病床上用旱烟袋敲着床帮，对他爹说：谁也不准停我孙子的学，我宁可不吃药病死在床上，也要省下钱来让我孙子去上学！不上学日后咋能当官？不当官咋能改咱欧阳家的门风？咋能保证咱欧阳家将来不受人欺负？就是在他爷爷的坚持下，他读完了高中,还顺利考上了清河大学。

那年头,考上了大学就等于上了皇榜,等于当上了官,他爷爷高兴得拄着拐杖在村里转了几圈,逢人就说:喜事喜事呀,俺孙子万彤考上了清河大学,成了正式的国家干部了,以后你们谁要去省城,就去找他吧! ……

万彤去省城上学的那一年,俺这里的工分很不值钱,粮食分得也少,家家都是吃不饱。村子里独有明先家和九长叔家有钱买吃的,就他们两家人没受啥罪。万彤他爷爷想把祖传的一个独玉石壶卖了,给万彤弄点钱路上用,可那年头谁还有兴致有闲钱买这东西?卖了好久也没卖出去,眼看着去学校报到的时间已经到了,钱还没有着落,全家人都急坏了。后来多亏了灵灵,从他爹那里要来了三十块钱,送到了万彤手上,解了俺们家的燃眉之急。灵灵当时是16岁,已出落得花骨朵一样,一张脸粉嘟嘟嫩得都能碰出水,胸脯子挺得好高,屁股翘翘着,那真是人见人爱的一个姑娘。万彤临走的前一晚,我从婆家回来给万彤送了八个煮熟的鸡蛋。吃罢晚饭,他爷爷开始给他交代这嘱咐那的,我看出万彤心神不宁,一会儿向外看一眼,就估摸他和灵灵有约会。我想我得帮帮他,就走到院门外喊万彤,说你出来一下,村里有你几个伙伴在喊你。他跑出来后,我低声说:快去吧!他感激地朝我鞠一躬,撒腿就往村外的树林里跑了……

万彤去学校报到后没有多久,俺爹的病就加重了,那时家家都没有什么积蓄,借钱买药都很难,这期间灵灵家也接济过我们,可她家的钱也有限,哪接济得过来?所以没有多久,俺爹就不行了,俺哥知道爹对长孙万彤的爱有多深,就提出去发电报,让万彤找老师借点钱坐汽车回来一趟,和爷爷告个别,可俺爹坚决不许,喘息着说:别耽误他读书,咱欧阳家日后就指望他哩，只要他晚点能当上正儿八经的官，我在阴间也高兴……

他爷爷病死的消息，俺哥嫂一直没写信告诉他，他每回写信来家，还总要问他爷爷的身体状况，哥都是编着谎话欺骗他。一直到他大学二年级放暑假的时候，才回来了一趟，他用省下的助学金给他爷爷买了好几种点心，可进家一看门框上贴的黄纸对联，就知道爷爷已经走了。他后来跪在爷爷的坟前哭了很久，还是我去坟上硬把他拉了回来。我记得很清楚，他在他爷爷坟前站起身时，沉了声说：爷爷，我记着你的心愿！

万彤这次回来，自然也给灵灵买了礼物。灵灵这时已经18岁了，平日去她家说亲的媒人可是海了去了，她却都一口回绝。他爹娘和我哥嫂还有村里人都知道，她是在等万彤。万彤这次回来，我问他与灵灵的事咋办，我想他在省城读书，必是见过了很多城里姑娘，担心他的心思变了，没想到他说，要是让灵灵穿上城里姑娘的衣裳，肯定比城里姑娘还要漂亮。他说待他一毕业分下工作，就回来把婚礼办了，把灵灵领走。

我哥嫂和明先两口子一听他是这态度，就开始欢喜地张罗着为他俩办一个订婚仪式。

由于万彤的大学生身份和明先家吹唢呐结下的人缘，那天的订婚仪式村子里好多人家都来送了份贺礼。九长叔送的礼最重，整整一头新杀的猪。喝订婚酒的时候，我提议明先把唢呐拿出来吹一阵子，明先应允了。那一天明先一家可是拿出了看家的本领，把曲子吹得满天上飞，谁听了都会爽心快活。村子里有两家原本正在吵架，硬是让明先吹得无心再吵下去，两家人都站在那儿听。那天的《百鸟朝凤》真是吹活了，像极了许多鸟在村里的树梢上叫，叫得人心里那个畅快呀！后来有两个小伙子提出要让万彤和灵灵也吹一支。他俩先有些不好意思，后来架不住人们起哄，万彤就从明先手里接过唢呐，灵灵从他叔叔手里接过笙，俩人就吹开了，灵灵妈给他俩打梆子，吹的曲子照样是《百鸟朝凤》，两个人先上来有点手生，很快就配合得严丝合缝，兴许是两人心里太高兴了，把曲子也吹得喜兴十足。这支曲子是允许吹奏者自己加鸟叫种类的，也就是说曲子里究竟有多少种鸟叫，是可由吹奏者自己决定的，那天，万彤把俺们这儿几乎所有的鸟叫声都加进去了，加得那个像呀，灵灵也配合得好，万彤怎么吹，灵灵就怎么配，那真叫吹啥鸟叫就像啥鸟叫，把全村人都听得眼发直了，大伙最后都拼命地拍巴掌为他们叫好……

祝贺的客人们都走后，九长叔拿来了纸和画笔。他把宣纸铺在桌子上，把画笔蘸上墨对万彤说：你这两天肯定做过美梦，我给你把梦画下来，争取让它变成真的！说吧，是不是有一群娃娃在围着你？万彤先上来有点不好意思，后来说：九长爷，让我自己来画吧。九长叔听了，忙把手中的画笔递给万彤，道：自己画最好，你又不是不会画。只见万彤走到桌前，"唰唰"画开了，先是画了一片树林，在树林的上空又画了几块云彩，之后，在天上画了一只正飞着的大雁。大家正等着他继续画下去哩，他却已经放下了笔。

九长叔好像也觉得他没画完，问：不画了？

万彤说：全画出来了，我最近几天做梦，总梦见的就是这个景致。

九长叔笑道：好，这八成预示着咱们万彤日后会变成搏击长空的一只大雁……

可我那天望着那幅画，心里却有一种不吉利的感觉。当然，我不能说。那是全家人最快活的时候，我不能来煞风景……

万彤的工作分配是学校革委会决定的。那是“文化大革命”时期,学校分配前他来信说,他的分配去向有两个:一个是去天全市郊区的工厂,当厂里的干部;一个是回到本县,到一个公社里当干部,两个岗位都是国家的行政编制,都是官。他问他爹娘觉着去哪个岗位好。他爹接到信把我从娘家叫回来,问我的看法,我说,他爷爷活着时天天盼着他当官,应该是哪个地方有权还升迁得快就去哪儿!他爹把我这话写信告诉了他,他后来就选择了回到本县,去了关桥公社。这一选还真选对了,他一去关桥公社就当上了秘书,协助公社的头头办事,这可是正儿八经的官员!

到这个时候,家里就开始准备给他和灵灵办婚礼了。他这时也来信说,喜日子最好定在春节附近,这样他也不用再另外请婚假了,办完婚礼他就把灵灵领到他工作的那个关桥公社去。

我哥嫂还有明先两口子都在欢欢喜喜地筹办着婚礼,那时已不允许娶亲时抬花轿了,上边提倡办新式婚礼,就是用自行车接新娘。我记得还是我去找九长叔的儿子定的自行车。那年头村里能买得起自行车的人家很少,九长叔的儿子买了一辆飞鸽车,我提了20个鸡蛋去把车子定好,就是说到了万彤娶亲的那一天,不管九长叔家遇到啥样的急事,都不能用这辆自行车,车必须交给万彤去接灵灵。定完车碰见灵灵时我跟她开玩笑,我说:灵呀,姑我可是给你定了最漂亮的自行车,你过了门成了亲可别忘了你的老姑姑吆,以后可要懂得孝敬我!

灵灵羞得一下子捂脸跑远了。

那时谁也没想到事情会出意外。

婚礼定的是腊月二十八，看喜日子的人说，这叫结了婚就过年，喜上加喜。

万彤是腊月二十五回来的，他回来那天我刚好在娘家。他一进门，我就感到了不对：他脸上没有喜气。无论哪个小伙子到了这个时候，即使再会掩饰，脸上总会有喜气露出来的，可他没有，脸上不仅没有一丝喜气，相反的还有一点点愁虑。

这是咋回事？我当时就心里一凛，觉着有什么麻烦来了。

果然，吃晚饭的时候，他说出了他遇到的麻烦——他一直没对同事说过他订了婚的事，想在请婚假前再说，没想到三天前，他陪公社的领导去县上开会，会开完领导直接领他去了县长的家。他以为是县长有工作要当面给他们交代，不想进县长家一看，就县长的夫人和女儿在，公社领导只是和那娘俩说了会儿闲话就又带他出来了。他正纳闷着这是干什么，公社领导已开口对他说了：县长和他夫人看上你了，很想让你当他们的女婿，他们的宝贝女儿见了你以后也中意你，就看你是啥想法了。

我的天！万彤他奶奶听到这消息先是高兴地叫了一声，接着就问：那姑娘长得咋样？不丑吧？

万彤磨磨蹭蹭地从衣袋里掏出一张照片递给了他奶奶：公社领导给我的。

他奶奶只看了一眼照片就拍了一下大腿说：好，好，看着真顺眼！跟着递给了他爹和他妈，他们都看完之后传到了我的手上。我仔细看了看，长得是不难看，不过比灵灵还是差了一截，只是人家穿得好，看上去洋气。

他奶奶这时开腔说，县上的官能看上咱万彤，要把自己的女儿嫁给他，这在咱万彤家是从没有过的事，是大喜事，是咱万彤家的荣耀！这不就是要当过去的驸马爷嘛！

可灵灵咋办？万彤跟灵灵订婚可是在前呀！我不高兴地盯住他奶奶也就是我的娘。

那要回绝了县上的领导行吗？万彤妈提出了这个疑问。

肯定不行！这不是给脸不要脸吗？人家高看你了你还不买账？万彤他爹也就是我哥忧虑地说，县上的领导还不给咱万彤穿小鞋？那他以后还咋升官？

万彤，你是咋个想？万彤他奶奶看定万彤问。

万彤抱头闷坐在那儿，没有吭声。

他奶奶这时说：那这样吧，既然你们都不表态，我来做个主，就把灵灵这头的婚事退了。

我当时一惊，一边去看万彤一边叫道：那咋行？灵灵家把嫁妆都准备好了，把办婚礼的各样酒菜也都买了！

他奶奶瞪了我一眼：你懂个啥？水往低处流，人往高处走，咱不能看着万彤有往高处走的机会，再拽着他。咱万彤家世代没有当官的机会，如今有了，咱不能丢！

万彤这时抬起头说：都别说了，我还和灵灵结婚，大不了我就一直在公社当秘书！

他奶奶叹了口气，道：说到底这是你自己的事，只要事情过去你别后悔就行！

既然万彤定下还和灵灵结婚，哥嫂和我就准备第二天去继续张罗婚礼。但第二天的晚饭时分，灵灵突然红肿着一双眼睛来到了家里，我一看她那个样子，以为是婚礼的哪点安排不周惹她不高兴了，就急忙给她让座，未料她哽咽着开口说：万彤哥，我听说了，县上的领导要让你当他家的女婿，这关系到你以后当官的事，我不能坏了你的前程，要不，你一辈子都会记恨我，这婚，我不结了……说罢，抹了把眼泪转身就跑走了。

一家人惊在那儿。

谁告诉她这事的？万彤冷着脸问。

俺哥看看俺嫂，俺嫂看看我，我看看俺哥，然后我们仨一齐看定了娘，也就是万彤他奶奶。

是我去告诉灵灵他爹的。他奶奶开口说，我只说万彤宁可不当县长的女婿，也要娶灵灵为妻。我没说别的。

嗨！万彤拍了一下腿。

我明白了娘的心机，白了娘一眼，转身拉上万彤的手说：快跟我去看看灵灵，可别让她想不开再出别的事情。

我记得很清楚，我们进到灵灵家时，灵灵的妈正陪着女儿在房屋里间哭，明先嘴里噙根旱烟袋闷头蹲在外间吸着烟，看见我们进屋，明先摇摇晃晃站起来说：走吧，事情就不要再多说了。灵灵是个明白娃，她说她不能耽误万彤的前程，她不会死缠住万彤要成婚，那样对两家都不好。男人嘛，捞着一个当官的机会不易，俺们明白，万彤，快去奔你的前程吧，你以后真要当上了大官，记住别忘了俺们小民百姓，甭让人欺负俺们就行了，走吧！他不停地朝我俩挥着手。

叔……我……不是……我从没让我奶奶……万彤结巴着想说点什么。

走吧，越说越难受……走吧……明先硬把我俩推到了大门外……

万彤是第二天早上一大早出门走的，那已经是阴历腊月二十七了，走前对我说：姑，春节我要在公社值班，不回来过了……

我也是当天早上回婆家的，既然万彤的婚礼不办了，无忙可帮，我还住在娘家干啥？临出门时，娘喊住我要我吃过早饭再走，我没理她，我生她的气，她是有意要拆了万彤和灵灵的婚姻。她想当个官奶奶！

这个死妮子，都是娃他妈了还是不知道动脑子！

我听见娘在身后骂我，我没回头，我知道我只要一回头就会和她吵起来……

我那一刻想起了万彤画的那个梦境图：一只大雁飞过天空，嗨，不吉利呀，一只孤雁，为啥不画两只呢？画两只兴许与灵灵的婚姻就成了……

灵灵是三个月后匆匆出嫁的，嫁到了十二里外的魏家集，和我的婆家相离不远。男方是一个小木匠，经常背着斧子、凿子和锯子四乡里找木工活做。

万彤和县长那个叫蔷薇的女儿是在县城里办的婚礼。县长姓林，他的女儿林蔷薇长得像树林里挤着向上长的树，细高细高的。婚礼举办前，万彤的岳父岳母还专门来信，让我哥我嫂去城里参加婚礼，可他俩谁都不愿去，说没出过远门没见过世面不知道城里人的礼数，怕去了会给儿子丢丑。最后是婚礼办完万彤才带着蔷薇回来拜见公公婆婆的。万彤和林蔷薇回来的那天，全村人都来看哩。万彤那真叫衣锦荣归呐。他本人大约是当了官，吃得好了，又整天不下地晒日头，人养得白白胖胖，原先攒在眉头里的那股忧愁和胆怯，一点儿也没了，穿着标准的干部装，板板正正的，走路喜欢把两只手背在身后，好有派头，正正经经像一个当官的样子了。那蔷薇，长得本来就不难看，再加上打扮得洋气，长长的头发披在两个肩膀上，上衣短短的，胸挺得高高的，两条腿显得好长，衣裳的样式耐看极了。我们这一带村子包括整个镇子上，从来没见过那样入眼的媳妇。我哥嫂见了，一个劲地笑，高兴得都忘了合上嘴唇，把一嘴牙全露到人眼前。满村人都是不停地夸赞，说村子里头一回娶回来个公主媳妇，全庄里头一次出了个驸马爷。

当天晚上，我娘可能是因为高兴，提出要请个唢呐班子来吹一阵，我当时就对我哥说：要请你去远处请，绝不能去请明先家的班子，那不是向人家的心上扎刀子吗？我边说边剜了万彤一眼，万彤急忙朝他奶奶摆着手叫：不要不要，我和蔷薇都想安静！蔷薇听不明白我们在说什么，便没理会。

后来我听说明先一家在万彤和蔷薇回来的第二天，就出去找吹活忙去了，那时他们出去也是吹毛主席语录歌，要不就是吹《大海航行靠舵手》。他们一直没见过蔷薇。

蔷薇给万彤家带来了喜气。当然，也有美中不足。蔷薇这媳妇大概是从小娇生惯养的缘故，性子傲、脾气厉害，两只眼看人冷。他们小两口回来的当晚，村里几个向万彤叫哥的小伙子，按照咱这边乡下的规矩，想闹闹新房高兴高兴热闹热闹，没想到刚伸手推她一下，她立马两眉一竖，冷厉地叫了一声：干什么？吓得那几个小伙子都愣住了。又有一个小伙子开玩笑想让她给点颗香烟，她“啪”的把火柴朝对方一扔：自己点！弄得人家好无趣，结果没多大时辰，村里人就都怏怏地走了。把我哥嫂急得连忙朝人家赔不是，万彤也觉着没面子，可他又不敢朝蔷薇发火……

蔷薇这媳妇还有两个毛病，一个是嘴刁，吃东西一不合口味，立马就扔筷子，说不饿，不吃了。这把我嫂子愁得没有办法，她一个乡下女人，平日做的都是家常便饭，哪会做县官家里人吃的饭菜？每逢这时，万彤就把随身带回来的饼干、蛋糕拿出来，哄着让她吃。她还有一个毛病，是讲卫生过分。嫌家里的碗和盘子洗得不干净，每顿饭前都要把她和万彤用的碗筷和盘子拿开水冲洗几遍；嫌家里的厕所脏，每次上厕所都皱着眉头好像要上刑场一样;嫌院子里有鸡屎,一天要万彤扫几遍。我那时就暗暗在心里说,这媳妇不是个好伺候的主,万彤找上她,这辈子怕不会活得很轻松。

这桩婚姻果然对万彤当官有利,万彤和林蔷薇结婚不久,就被调到了县里当上了秘书。他奶奶知道后笑得合不拢嘴,说:看看,看看,谁做得对?!

我当时就朝俺娘撇了撇嘴……

万彤和蔷薇的儿子千籽出生时,万彤妈要我和她一起去看看孙子并伺候蔷薇坐月子。那是我第一次进县城。我的乖乖,街道是那样的长,人是那样的多,商店是那样的大,我可是开了眼界了。待进到万彤家,我才知道城里人的日子过得是那样讲究,墙刷得是那样白,地擦得是那样净,鞋摆得是那样齐。蔷薇坐月子那可真是享受,她妈也就是县长的老婆在那里指派着一个司机买菜、买鸡、买鱼,有一个保姆专门负责看孩子,我和万彤他妈则管着做饭,炖汤。县长老婆让俺们学着炖的汤可是真多,老母鸡汤,猪蹄黄豆汤,奶油白菜汤,老鸭蘑菇汤,羊血粉丝汤,银耳莲子汤,那可是让我长了学问。蔷薇只管给孩子喂奶,喂完就不管了,孩子夜里也不跟她睡,一切都有保姆打理。蔷薇那真跟公主一样,还动不动就发脾气。我当时想,人要出生在县官家,那可真真是享福呀……

万彤当官的路并不顺畅,他调到县里也就两年,他岳父就被打倒了。说是叫什么派,他也被当成啥子贤孙被弄到了县文化馆。所幸俺们欧阳家的成分好,人家没有太为难他。后来的革命把蔷薇的性子也揉了揉,让她不再像过去那样任性,她对万彤也多少知道体贴了。

那之后万彤当官就全凭自己的本领了,他先是再考去省城上学，毕业后到天全市做事，一步一步地向上走着。到他奶奶去世前，万彤已经当到了天全市的副市长。他能当到这样大的官，可是我们谁也没有料到的。我们欧阳家向上查几辈子，也从来没有过这样做官的人。他奶奶临合眼前，拉住他的手说：彤儿，你给咱欧阳家争了气，圆了你爷爷的心愿，我去见你爷爷时，也给他有说的了。自从你当了官，再无人来欺负咱家，我知足了……看着他奶奶放心合眼的样子，我头一回觉得，也许当初老人们坚持让万彤当官是对的，要按着我那时的心意，让他吹唢呐并与灵灵结婚，就不会有万彤的今天了……

再后来，蔷薇就也当上了官。这消息让全村人都高兴，人们都说欧阳家算是官宦之家了，谁也没想到，没几年蔷薇竟然出事了。蔷薇被关进监狱的消息传到我们乡下时，那真是像夏天的炸雷，把俺们都炸蒙了：当官怎么还会演这一出？

后来又听说万彤的官职也被免了，那些天我哥嫂和我可真是度日如年呀，我那时最怕的是万彤想不开。我哥不是腿脚不好嘛，我嫂子不识字不敢去天全市，没办法我跑了一趟天全，找到了万彤，我对万彤说：你娃子可要想开些，大不了还回到咱老家种地，咱万彤家世代种地，不也活过来了？男子汉大丈夫，要能屈能伸，可千万别朝绝处想……

谢天谢地，万彤的官职后来又恢复了，不过，和蔷薇的婚姻到了头。知道了他俩离婚的事后，我又一次想起了万彤当年画过的那个梦境图，一只大雁飞过天空，可不是嘛，万彤成了只孤雁，那幅画画得不吉利呀……

万彤当省城市长的时候，我去他那里住过一段时间，那时他还没有和小韫结婚。我本来不想去，是我的小儿子，也就是万彤的小表弟连和非缠着让我去不可。连和师范毕业后没去教书，自己成立了个什么文化公司，在天全市卖啥子D，对，我记起来了，叫西D（CD），做这个生意赚的钱，也就勉强够他和他媳妇吃饭和租房子。他让我去见他万彤表哥的目的，是想让他表哥给他在省城批一块地，他说他要转型，要当房地产开发商，他说这年头房产开发是暴利生意，谁做谁都能暴富，说最重要的是要拿到地，只要拿到了地，再找个人搞个设计图，立马就可以卖钱，想不富都不行。还说只要一块地，就能赚几个亿的钱，而批地的权力就在他表哥万彤手里。只要万彤的手一挥，几十亩上百亩的土地就能到手，到那时，妈你就只管在家里数钱吧，你要预先给我万彤哥说明，咱赚的钱一定会有他的一份，我保证和他对半分……尽管我知道我的小儿子有吹牛皮说大话的毛病，可他的话还是让我动了心，这年头谁不想挣钱谁不想富呀?！我禁不住连和的鼓动，就坐公共汽车去了省城万彤的家里。

万彤住的房子比过去大多了，可因为没有女人收拾，乱得厉害。我一边给他慢慢收拾，一边劝他早点找个女人把婚结了。他笑笑说：姑，到我这个年纪，找到一个合意的人不容易。我知道他说的是真话，也不敢多催。刚到那几天，我不好意思说连和的事，住了几天后，才对他开口，他听了连和想当房地产开发商的事后，说：姑，我小时候你给了我那么多的照应，这世界上如果说还有一个人可与我妈对我的恩情比，那就是你，按说你开口的事，我不能驳回，我应该答应你，而且连和说得也对，我的确有批地的权力，只要我给他一块地，他立马就能赚钱。但这件事我不能做，不能答应你的原因是：我们家已有前车之鉴，蔷薇为啥进的监狱？就是因为钱和地；如果我把地批给我的姑家表弟连和，我就是在利用手中的权力来为亲戚谋取利益，如果他把开发房地产赚的钱分给我，就等于我和连和在分赃,这就又违犯了纪律和法律,这样做的后果,很有可能是把连和和我自己一同送进监狱。你这样大年纪了,总不想再去监狱探望连和和我吧?

他一说这个,吓得我急忙站起来摆手。蔷薇坐监的事给俺们万彤家的人刺激太大了,可不能让这样的事情再来上一回。我没有再说别的,这一个理由就把我吓住了。我当天就坐车回到了天全市,见到连和我就骂他:都是你想发财想疯了,逼得我差一点就做了坏事,幸亏你万彤哥脑子清醒,要不然,咱们万彤家就又要出大祸了!好好卖你的西D,能赚多少是多少,够你们两口子吃饱肚子就行,平安就是福,知道不?

连和自然是不想听这些,撇着嘴说:我万彤哥就知道你胆小怕事,所以便拿这个来吓唬你,看看全省的官员,有几个不在为自己的亲友谋取利益?他们都被逮住了?都关进了监狱?呸,能吓谁呢?绝大部分不都在过滋润日子嘛。罢罢罢,摊上个这样不讲亲情不肯帮忙的表哥,咱不当开发商了,认倒霉呗……

我这个小儿子,被他爹惯得不成样子,谁的话他都听不进去。我当时就在心里估摸,就他这个斜着眼睛看人,对谁都不在乎的样子,早晚会吃苦头。果不其然,没过几年,他就又出事了。

你知道他出的啥事?他个不成器的东西,他竟能在他老婆的眼皮底下,把他雇来的一个女店员的肚子鼓捣大了。这下好了,那女的张口就要10万元,不然就要把孩子生下来抱给他的老婆。他那老婆可不是个善茬子,要是知道这事,还不得拿刀戳了他?这下子他吓坏了,跑回家里来,央求我赶紧去找他万彤哥,说他万彤哥已经当了省长,这点事他万彤哥肯定能摆平,说只要他万彤哥给天全市的公安局长讲一声,公安局长把那个女店员叫去训上一顿，那个女子肯定就会老老实实地把胎打了……我是真不想去呀，这种丢人现眼的事你让我怎么去跟万彤说？可连和再孬，他是我的儿子呀，我不能不出面去救他。

我不情不愿地去了省里，见到了万彤。万彤这时已同小韫成了家，总算又过起了正常日子。万彤问我家里可好，我吞吞吐吐地把连和做的事说了，也把连和告诉我的摆平这事的主意说了，万彤听罢脸一沉，说：姑，这事要照连和的主意办，咱就是在倚权仗势欺负人了，明明是连和做了错事，咱逼着那女子把气咽到肚里，自己去把胎打了，这不是在欺负人是在干什么？如果现在反过来，咱们是那女子的亲属，那女子变成连和，咱能接受了这个结果吗？我爷爷、奶奶和我爹当初所以坚持要我当官是为了什么？不就是为了不想被当官的欺负吗？如果现在我倚仗我的权势去为连和摆平这事，去欺负那个女子，那人家不是照样会骂我是一个狗官么?!

万彤一席话说得我脸红不已，可连和是我儿子，我总得想个法子救他呀！万彤后来告诉我：解决这件事的唯一办法，是满足那女子的要求，老老实实给人家十万元钱，这也算给人家打完胎后身体受损的一点补偿。我听听万彤说得有道理，也只能这么办了。可连和哪有那么多钱呀，他这个流光蛋平日根本就没有攒下钱。

万彤这时进到屋里，拿了个卡给小韫，让她去银行取出了五万块钱。我能看出小韫脸带不快。钱取来万彤递给我说：姑，这是我能帮你的唯一法子，剩下的五万你让连和自己去找人借，一定要让他作作难，要不然这件事过了，还会有下一件事！他已经结婚成家，你不能再为他操心，日子要让他自己过。而且你要告诉他，幸亏他是一个生意人而不是公务员，否则,我一定要让纪检部门惩处他!绝不会让他像现在这样轻易过关……

连和这个狗小子,八成是从这件事上受了教训,这几年老老实实做他的生意,再没捅啥娄子。我说得杂七杂八啰里啰唆,不知对你有没有用处……

4. 教授任一鸣：

对的，我和欧阳万彤先生相熟，也可以说是好朋友。他没事的时候，喜欢来我这儿坐坐，聊聊天喝喝茶。我因为身体不好，没有去参加他的遗体告别仪式。我和他相识于一场“未来发展研讨会”，那时，他还在当省城的市长和市委副书记。在那场研讨会上，大部分发言者尽说好听的话，说我们的未来会如何如何美好，说我们的发展会如何如何顺利，说我们的前途会如何如何光明，我则说了一些逆耳的“危言”。我记得我说的第一点内容是：未来要注意防止大的社会动荡出现。因为经济改革使人们的生活有了很大改善，政治生活和文化生活也越来越宽松，人们经受的苦难日益减少，而恰在这时，人们对痛苦的感觉也就会变得更加敏锐，对剩下的痛苦就感到难以忍受。社会动荡的出现通常并不在人们处境最坏的时候，而是常在逐渐变好的时候。我说的第二点是未来发展要关注四个新情况:一个新情况是很多高官家属和相当多的富豪已申请移民,没申请的也在准备申请,很多富人开始向国外转移财产,这表明这部分政界精英和商界精英对国家的未来没有信心。另一个新情况是国民的信仰出现问题,真心信仰共产主义或信仰佛教、道教、伊斯兰教、基督教、天主教的人数加在一起,不会超过总人口的三分之一,相反,绝大多数人没有任何信仰,他们唯一崇拜的,就是权力和金钱。社会上已基本形成这样一种评价,认为获取权力和金钱就是生活的一切,就是人生目标,就是人的成功。再一个新情况是自然环境已遭到破坏,水、空气和土地这些人赖以为生的基本东西已被严重污染,多种矿产资源被掠夺性地开采,好像我们已不打算让子孙们在这片土地上继续活下去一样。还有一个新情况是中国有可能正在步入低智商社会,中国人的读书量在飞快降低,年人均读书不到 1 本,而韩国年人均是 7 本,日本是 40 本,俄罗斯是 55 本,以色列是 64 本。我们呢?到处可见麻将馆,到处可见网吧,到处可见人们在手机上玩游戏、聊闲天、读段子、发短信,很少能看到专心读书的人,偶尔见到读书的,其中不少人是在为应付考试做准备。这种状况让我们国民的智商怎么提高?怎么去和别的民族竞争?

那天我说的最后一点是未来发展一定记住几组数字:第一组数字是关于平民人数与官员人数的比例,我说西汉时民官比例是 7945∶1,东汉时民官比例是 7464∶1,唐朝时民官比例是 2927∶1,元朝时民官比例是 2613∶1,明朝时民官比例是 2299∶1,清朝时民官比例是 911∶1,现在有人说是 67∶1。这最后一个数字可能不准确,有夸大,也许是把事业单位的人都算成了官员,但今天的民官比例很大应该是一个不争的事实。我知道我们一个地级市的人事劳动局,其工作人员已经达几百人。美国纽约，人口 1800 万，GDP2.6 万亿美元，正副市长 4 人，正副议长 2 人；日本东京，人口 1300 万，GDP1.1 万亿美元，正副市长 2 人，正副议长 5 人；我们省一个人口 565 万的地级市，GDP100 亿美元，市领导总共 39 名，其中正副书记 2 人，组织部长、宣传部长、统战部长、纪委书记、政法委书记等常委 5 人，正副市长 9 人，助理 4 人，人大正副主任 9 人，政协正副主席 10 人。每一次精简过后，公务员的数量都在继续增加。每个单位的头头，都在想办法为自己的单位增加编制。今后必须把官员的编制上升到法律层面，谁动谁违法，要不然，我们的官民比例很快就会达到极限。第二组数字是行政费用所占生产总值的比例，印度的比例是 6.3%，美国的比例是 3.4%，日本是 2.8%，中国是 25.6%。仅说公车一项，纽约的公车是 6800 辆，95% 是消防和警车；首尔是 74 辆；东京纯政务公车是 10 辆；台北公车是 20 辆；北京的公车是 70 万辆。第三组数字是房价和家庭收入的比例，伦敦是 6.9∶1，纽约是 7.9∶1，悉尼是 8.5∶1，首尔是 7.7∶1，东京是 7.9∶1，新加坡是 5∶1，北京、上海是 30∶1。第四组数字是我们的森林覆盖率。据统计，全国目前的森林覆盖率只有 16.5%，而芬兰是 67%，日本是 66%，韩国是 64%，挪威是 60%，加拿大是 44%，德国是 30%，美国是 33%，印度是 23%，法国是 20%，世界平均是 22%。第五组数字是事关农村的。全国农村每年生产约 1.2 亿吨生活垃圾，几乎全部堆放在房前屋后、坑边路旁甚至水源地、泄洪道、村内外池塘里，基本无人负责收集与处理；每年产生 2500 万吨生活污水，差不多全部直排，使村子周围的环境质量严重恶化。全国每年流失 100 亿吨沃土，相当于 1000 万亩耕地 30 厘米耕作层土壤，而自然形成 1 厘米耕作层土壤需 1 至 400 年，形成可耕作层规模需3000至12000年。全国废渣年产量超过5亿吨,几乎都倾倒在农村地区,1988年积存量就为66亿吨,现在肯定是一个更大的数字;全国固体废物堆存量累积已近80亿吨,占用和损毁土地200万亩以上。全国农村化肥使用量接近每平方公里40吨,而标准是每平方公里22.5吨。第六组数字是犯罪率,由最高检与最高法的相关数据推算出,中国普通民众的犯罪率为1/400,国家机关人员犯罪率为1/200,司法机关人员犯罪率为1.5/100……

我的发言结束后,欧阳万彤向我走了过来,我当时本能地以为,他不高兴。作为本市的最高长官之一,他不想也不愿听这种“乌鸦”的叫声,他可能要敲打我,当面给我难堪。我已做好了反驳他的准备,我不想给他留面子,你一方大员,竟没有听点不同意见的雅量,你能做成什么事情?你知道言论自由才是一个地方发展和稳定的基石吗?在一个正常的社会里,官员应该听听不同的声音。一个政府不要以为自己做的都是智者之举。我不怕他,我一个教书匠,你大不了不让我教书,那我可以回农村老家种地,此处不留爷,自有留爷处。未料他那天握着我的手热情地说道:任教授,谢谢你敢于直言发出警语,这会让我们这些从政的官员增加一份清醒……

就是从那以后,他开始和我交往。最初,我对他到我家的造访在心理上还有些排斥,他毕竟是高官,我担心别人会说我在巴结他,在走上层路线想谋取政治利益。如今不少知识分子在千方百计巴结官员,一心想脱离知识分子身份,进入到官员队伍中去,以光宗耀祖。因为中国的史书只愿给官员留下名字,所以入仕成为大多数中国知识分子的奋斗目标,可我这人就只想教书,我不愿让人以为我也在靠近官场,也想通过欧阳万彤为自己谋取个官位。我看不起这样的人,我更不想当这样的人，但渐渐地，我发现和感受到了他的真诚，就慢慢将他当成了朋友，随时欢迎他的到来。

我曾经当面问过他，你为何要当官？

他倒没有给我唱高调，笑着说，我之所以要当官，最初的目的就是为了我的家人不受别人欺负，为了我的家人和家庭的平安，为了改变自己的生活境遇。我懂事之后，亲眼看到别人仗着官势和官威欺负我的亲人，使我的家庭无法平安过日子，所以我就决心当官，想要以此改变家庭的弱势地位，让别人不敢再欺负。当了官以后，我慢慢发现，当官不仅可以使别人不敢欺负自己和家人，还有另外的好处，就是可以谋取利益。官员都掌握着分配物质利益的权力，小官掌握小的分配权力，大官掌握大的分配权力。在中国，差不多可以说，你只要当了官，你分得的利益肯定就比普通百姓多。这也是我一心想在官场干下去的一个理由。再后来，随着我的职务提升，尤其是在我当了县长和地市级官员之后，我才开始意识到，你不能只为个人和家庭考虑，你还得对你治理的这片土地负责，为你治下的百姓考虑，你得为他们谋取利益，要不然，你就是一个昏官！就会在历史上留下骂名，就会在地方史志上留下记录。对历史的敬畏和对史册记载的恐惧让我变得小心起来。直到当了省级官员后，我才开始经常想到民族和国家，因为我这时掌握的权力实在太大了，如果仍是只为自己、为家庭、为家族考虑，那就的确上对不起苍天下对不起大地了。全国也就三十几个省市区，如果省市区的一级高官还在只为一己谋私利，那我们的国家和民族怎么办？那么多前人先辈为这个国家和民族流血流汗，我就不该学学他们？……

我觉得他没说假话。一个官员不说假话很不容易。我喜欢和不说假话的人交往。

他第二次到我家时给我带来了一支正宗狼豪毛笔，我挺高兴。因为我喜欢书法，对好毛笔情有独钟。我试了试那支笔，确实好，就连连称谢。他不笑，一本正经地说：你不用谢，我不是无偿赠送，我是拿它来换东西的。我一愣，问他换啥，他道：书法作品一幅。我大笑，这有何难，遂在书案上展开一张四尺的宣纸，“唰唰”地写下了两句话：

有舞台就好好演一个角色，
没舞台也别只当一个看客。

他看后笑了，说：好，我把它看成对我的一份警告，回家就裱了挂在墙上……

我们在一起聊的问题很多，可以说无边无际。他对我说，我在官场，平日听到的大多是赞美的声音，下级通常不敢对我说逆耳的话，同级通常不愿对我说逆耳的话，上级通常不会对我说逆耳的话，所以我经常听到的都是顺耳的好话。你不当官，没有顾虑，所以在你这里，我才能听到真话。我说，真话刺耳，不好听，你听了可能会感觉不舒服。他笑了，说，历史上的好多皇帝，就是在大臣们的一片颂扬声中被赶下了台……

我俩在一起聊天，很少聊家长里短，那不是我俩感兴趣的话题。我们聊的都是一些关乎治国理政的问题。其实我这个读书教书的人，对治国理政并不懂，只会纸上谈兵，可他愿意听我谈，他说，我更多的是一个执行者和实践者，必须不断提出目标、计划、措施和政策，而你，更多的是一个旁观者和评判者，常听听你的话对我保持头脑清醒有好处。我俩在一起，有时是他先提出一个问题，我来回答；有时是我来提出一个问题，由他回答，对彼此不认同的部分，我俩会展开争论。争论时，他不把我当教授，我不把他当书记，我长他几岁，他称我老兄，我喊他老弟，我们有时会争得面红耳赤，以至于我的老婆都会出来干涉，说我们制造了噪音，影响了她作画，还不止一次地警告我：人家可是书记，惹恼了他，不会有你的好果子吃！

我记得有一次他问我，以你之见，像我们这样一个大国，如果将来出了大麻烦，会由哪些方面的问题引起？我想了想说，从内部看，最紧要的是三个方面。首先是金融管理若出了问题，会惹出大事。今天，无论国民经济的哪一个部门出了事，我们都还有从容解决的时间，唯独金融上出了问题，老百姓不给我们从容解决的机会。金融灾难蔓延的速度极快且会造成全民恐慌，民众对这个领域的负面信息极其敏感，一旦他们听说自己多年的积蓄可能要出安全问题，其反应将疾如闪电。也许就在几个小时内，各地各家银行门前就会聚满成千上万要提款的人，而如果兑现不成，愤怒情绪就会席卷人群，闹事就会开始，大混乱就可能发生。美国出现金融危机，慌的是政府，因为民众平日是借钱消费，银行倒闭与其无关。中国可不是这样，再困难的家庭，都可能有几千几万块养儿、防老、看病的钱放在银行里，银行出了问题，那是用刀扎他们的心呀！其次是执政党的腐败若继续蔓延，会招致大麻烦。不用我说，你肯定知道官员队伍的腐败已到了怎样惊人的程度，如今，人的考评、提升、调动，物的估价、使用、流动，建设项目的确立、批准、实施，有哪一项是不送钱能解决得了的？老百姓已对这种情况怨声载道。现在如果抓紧扼制，百姓的怨气还可能会慢慢消去，倘若任其发展，百姓的愤怒必会越积越多，最终定要寻找突破口爆发出来，那就会对社会造成极大的破坏。第三，是对流动人口的管理若继续失策，必会出大问题。如今，农村的青年、中年农民大多在外打工，处于流动状态，粗略地统计有两亿多人呐。流动着的人群最容易被煽动和鼓动，这是被历史反复证明的道理，应尽快改变户籍政策，全世界执行户籍政策的只有我们和朝鲜了吧？必须让这部分人尽快安定下来，在这个问题上不要迈小步，要大步走……

从外部看，我们必须首先处理好与美国的关系。美国现在还是地球村的村长，他这个村长不是村民们选的，是凭他们家的实力硬占下的；村里不论哪一家的事情，他都想插手处理，经常把耳朵贴着别人家的窗户，想听清人家屋里的情况，所以他积怨甚多，但哪一家对他都是敢怒而不敢言；对中国的事情，他自然也想管，可因为中国这些年家底厚些了，弟兄们又多，有了点实力，就不想听他的啰唆和指挥；你不听，他就恼，他就挑动你的左邻右舍跟你闹腾，弄得你鸡犬不宁。以我之见，咱和这个村长还不能闹翻，俗话说，好汉不吃眼前亏，他家财大气粗加上手里的棍子长，闹翻了倒霉的是咱们。有人算了一笔账，说中国的综合国力只相当于美国的48%，科技实力只相当于美国的20%，不管这笔账算得准不准确，我们和美国的实力还没达到旗鼓相当这一点是肯定的，因此我们不惹他。历史上，在时机不成熟的情况下贸然挑战美国的国家都遭受了重创，像德国、日本和苏联等，我们要接受教训。咱还尊美国为地球村的村长，见了面还给村长掏支烟抽，隔三岔五的，还请他喝顿酒，咱主要是想安安静静地种地过日子嘛。当然了，若是给他脸他不要，硬要欺负到咱门上，咱忍无可忍，那就不忍了，从门后摸根棍，照他脑门上给他一家伙，要打，就下狠劲，一棍子把他打晕，让他知道管别人家的闲事麻烦。还有一条，是小心日本对我们动手。日本这个邻居，可不是安分守己的人家。要说他家的日子不错，可他们家祖上留下的传统不好，一看见别人家的土地和东西，总想夺来算自己的。他家有人专门写文章说：由于日本特殊的地理位置及资源的匮乏，决定了我们发展的终极形式是发动战争。我们唯一的出路就是军事扩张，运用大和民族的勇武、智慧与精神，去征服亚洲，征服世界；去洗刷几十年前“圣战”未获成功的耻辱，用大和民族的优秀去驾驭其他民族的低劣，从而推动世界的进步。他们还总结出在几十年前“圣战”失败的两条教训：一是在未完全征服亚洲、巩固地位之前，不应招惹美国；二是灭亡像中国这样大国的时候，不能着急的一口吃掉，而应像吃生鱼片一样，一片一片地吃。要把中国分列成七个或更多的国家，让汉人的力量被削弱，使其战略回旋余地变小。他们中还有人悄悄制定了30年征服世界的计划：第一步，灭亡中国，征服亚洲。要用我们强大的舰队，先摧毁中国庞大但并不可怕的舰队，连带重创他的空军，对此，美国会支持，台湾人会高兴，南中国海周边国家会乐意，之后，牢牢控制台湾，使其成为我们的军事基地。由于失去海空权，中国人对我们攻击朝鲜和东南亚会无力反应，至此，其政府威信会降低，民众的精神意志会受打击，可借机挑动各区域民族分裂，中国将不战而弱。对于我们适量削弱中国，俄罗斯不仅不会出兵，还会十分欢迎。第二步，巩固亚洲地位，与德国共治世界。我们在灭亡中国、东南亚、朝鲜、韩国、印度、巴基斯坦后，要消灭他们的语言、习俗及生活方式，即劣等民族的劣根性，迫使他们学习我们的一切，要使亚洲不但统一成一个国家，还要统一成一个民族，那就是大和民族。接下来，要利用美国压制欧洲，协助德国日耳曼法西斯党重掌政权，使德国日耳曼人征服欧洲，随后，从东西两面夹击，将独联体一举灭亡。当世界上只剩日本、德国、美国之后，再联合德国将美国掐死，以报二战之仇。第三步，灭亡德国，称霸世界……

对这些近乎梦话的东西，我们当然不可全当真，但也不能全不当真。日本的历史，就是在"建设—发动战争—战败—建设—再发动战争"这个圈子里循环。我们对他要保持高度警惕，一旦发现他举起了刀，必须先出手，而且一定要打得他痛不欲生，这样，他才能再老实几十年时间。我们要牢记美国在珍珠港的教训，要预想到，一旦几千架日本战机在一个早上突然飞临青岛、宁波、湛江和上海、北京的上空向下投弹怎么办？这不是没有可能，目前，日本的右翼早已跨过主流的分水岭成为多数，右翼政治家十分受欢迎，在某一个时候，找一个借口对中国发动先发制人的攻击完全可能……

我那天说完后，万彤先生起身走到书案前，拿起毛笔，在一张宣纸上"唰唰"写下了十个字：虽理一届政，但唤百年宁。我看了请他签上名，说：我也要裱了挂在墙上，以作纪念。看见了吧，就是那个条幅，他虽没练过书法，可字也自有筋骨，有点看头。

我这样说是不是离题远了？不远？那我就接着说。

我俩这些年聊得多的另外一个话题，是人类社会的管理问题。人不能单独生活，必须经过一定的交往相会从而组成社会，有社会就出现了制度、组织、规矩、管理者等等问题。万彤认为，人类社会在管理上已走到了第三阶段。第一阶段是在人类的幼年时期，社会的管理任务主要交给氏族、部族的长老来执行。他们的权威建立在血缘之源上，其他人因为长老年龄大，站在生命河流的上游，从而自愿服从他们的管理。第二阶段是在人类的少年时期，社会管理的任务主要交给奴隶主和帝王这些个人来执行。奴隶主的权威建立在棍棒和砍杀之上，皇帝的权威则建立在君权神授的欺骗和国家机器的镇压上，都带着血腥的味道。第三阶段是在人类的青年时期，社会管理的任务主要交给了精英人群来执行。这是因为人们发现奴隶主和帝王对社会的管理充满了不公和野蛮,这才逐渐用强力推翻了他们,改用宪法约束下的精英人群来管理社会,不再把命运只交给一个人。万彤认为,目前人类社会的管理就处在这一阶段。他说,这一阶段持续的时间究竟有多长,还不好说定。这个阶段过去之后会有啥样的管理模式,有待于人类的新创造。

我基本认同他的观点。我告诉他,由精英人群来管理社会,必须解决好三个问题:其一,是要有制度保证选拔出管理社会的人确实是精英人物;其二,要对这部分管理社会的精英人群进行严格的约束,确保他们不滥用管理权;其三,管理社会的精英人群会因年龄、知识储备、腐化而退化成庸常人群,这时,必须有措施保证定期更迭和淘汰。我曾与他开玩笑说:你现在就属于管理社会的精英人群中的一分子,你认为自己什么时候可能坠入庸常人群?他笑答:我现在就正在向庸常人群坠落,表现是读书时间少,学习能力降低,对新知识的掌握速度变慢;身体容易疲劳,脑子的敏感度下降,思考问题有惯性;对新出现的事物持警惕心态,喜欢游旧地看旧景访故人,开口就愿说过去,快要变成一个庸人了。他还说,一个人脑子里储存的全部知与识,转换成管理社会的本领和魄力,通常也就够用十年左右,这之后,他就可能重复自己,就会丧失魄力和锐气,逐渐变成一个庸人。因此,不管一个人看起来多有本领,都不能让他们在一个社会管理位置上待太长的时间,现在许多国家把领导人的任期规定为四年或五年,最多只能连任一次,确实是有道理的……

我俩可谓是无话不说。在我这儿,他不再是官员,只是一个和我探讨问题的朋友。

有了万彤先生这样手握重权的朋友，我也求他帮我办过事。啥事？扭转大学教育方面的积弊。有一次他来喝茶，我说，我得求你办几件事。他问：公事还是私事？我说：我有儿有女，私事不找你，全是有关高等教育的事。我告诉他，我们国家的高等教育走过很多弯路，1952 年搞高校院系大调整，刻板地模仿苏联工业技校模式，撤销了综合大学中的二级学院，清华、浙大都被削得只剩下工学院，偏重工科，忽视理科，取消了很多高校的政法、财经等人文社会学科，导致了长期以来严重缺乏法律和金融人才的状况。1958 年又搞高等教育大跃进，提出要在每一个县办一所大学，说派一个、两个或几个大学生就可以办起大学了。1957 年全国高校是 229 所，到 1958 年秋就已经建立起了 23500 所业余红专大学和半工半读大学，黑龙江鹤岗市七天就办起了一所大学，这种高教大跃进让中国高等教育的质量迅速“后退”。接下来又实行高考的“不宜录取”政策，不是根据个人表现和学习成绩来录取学生，而是根据家庭出身和社会关系，先就把一批高中生定为不宜录取者，使大批优秀高中生莫名其妙地失去了受教育的权利，将教育的不公平、不公正合法化，也使国家失去了很多精英人才，高等教育的质量更是雪上加霜。1966 年“文革”开始后，高等学校又干脆停止招生。1970 年 8 月，方开始招收工农兵大学生，招生条件是不论文化程度，不管年龄大小，只要政治上合格，被组织推荐，就可以上大学，宣称“大学就是大家来学”。这批大学生的学识水平可想而知。1980 年后全国进行初中文化补课和技术补课，规定医学院校的工农兵大学生必须取得初中补课合格文凭才认可他们的大专学历，这成了世界高等教育史上的奇谈。1977 年高考恢复后，高等教育本应该按教育规律正常持续运行，没想到从 1990 年起又开始了新一轮折腾，就是全国一千多所高校和中等学校被卷进了合并风，共形成了 412 所合并的高校。这种合并，是在不改体制，不改善教学的条件下，靠扩大规模的方式办一流教育，结果使一些高校历史特色丢失、专业特色消失、教育品牌亡失，并使非教学人员过多，责权不清，管理效率低下。1999 年开始，又实行高等教育拉动内需政策，让高校盲目扩大招生规模，结果使全国公办高校贷款规模高达 2000 亿至 2500 亿元，欠款难以归还，致使各校校长压力增大，总想着通过教育创收；教育质量和学生综合素质也跟着下降。总之，这些年间，我们按教育科学本身的规律办事的时候不是很多呀！他听了之后叹口气道：我过去对教育关注太少，你这一说，还真让我心里很沉重，我们得汲取教训，办好高等教育是培养国家和民族精英人才的基本途径，一定要按教育科学的规律把这事办好！

我对他说，你当前要赶紧办好三件事：第一件，想办法别让大学的教授、副教授们都争着去当官。如今大学里的中青年教授、副教授，都想改行去当学校里的处长、部长、院长、副校长，为何？因为学校里的官员掌握着分房、评职称、分配研究资金的权力，大学里的事都是他们说了算，他们都比教授、副教授过得好且受尊重。教授队伍不稳定，大学能办好？在大学里，应该是教授们说了算才对。一个社会，如果把人们都往当官的路上引，那一定是制度设计上出了问题，是社会朽烂崩溃的一个兆头。因为社会需要大多数人去从事各种样式的劳动，从而创造出物质和精神财富供人们享受，而官员只是管理者。管理者多了劳动者少了，社会的运转肯定就无法持续下去。第二件，砍掉几所大学的博士授予资格。我们省有几所大学的博士授予点，是靠省市领导去教育部公关获得的，博导是凑的，真本领很少，授予的博士很多也没有真本事，他们不少人写成的博士论文东拉西凑，没有新的有价值的东西，结果出现不少废博士，坏了博士的名声。还有就是官员和老板如今都涌进了校园要戴硕士和博士的帽子。西方国家大学的博士生淘汰率大约30%，我们的大学对官员和老板基本上是一路绿灯，是零淘汰率。他们很多人既不上课也不做实验更不查阅文献，老板们是给学校交钱，官员们则利用手中的权力给学校提供方便，这样交换出来的博士生对国家有何意义？第三件，尽快废除自学考试制度。这一制度在全国大学生毛入学率很低的情况下，发挥过积极作用，有过历史功绩，但在平均大学入学率已达百分之二十多的今天，它已完成历史使命。现在的自学考试，舞弊现象极其严重，很多地方在考试时，由老师统一写出答案，让全体参加考试的人抄，这样发出的文凭有何作用？

他那天听我说完，长久没有出声。不过他最后点了头，说：有道理。前两点，我马上派人去调研并尽快拿出整改方案，第三件因是国家的政策，我只有向上反映的权利，没有废止的权利。他走后也就一个半月，在我们省的高校里，就出台了一系列的政策，针对的，就是我说的那前两件事。就凭这一点，我认他这个朋友，他没有敷衍我这个书生……

两年前的冬天，有天早晨我出去散步，可能是天太冷而我又忘了戴帽子，冷风一吹，脑子里的血管一收缩，“砰”的一下，有根血管破了，我当时只觉得两眼一黑，就倒了下去。事后才知道，其他散步的人打电话为我要了救护车，拉到医院进行了抢救。脑部手术做完，进了ICU特护病房，由ICU出来，按说该送我去神经外科病房，那病房里也空有床位，可管病房的硬说没床位，目的是想让我家人私下里给他送钱。我老伴和女儿平日里都只会教书，哪懂这一套。不送钱，人家就一直不让住，就把我的病床放到了医院走廊上。我老伴焦急当中，忽然想起欧阳万彤书记曾留下过他的电话号码，就给他拨了一个电话求救。万彤书记放下电话就坐车来了医院，先到我床前看了看我，然后去了病房，在弄清确有床位之后，把医院院长叫了过来，对他说：第一，立即开除神经外科管病房的人，我们国家的医院里不留这样的混蛋；第二，迅速在全院各科室检查一遍，看还有没有类似刁难病号的人，若有，也一律照此办理；第三，马上安排任教授住进病房，你上过大学，应该知道教授的宝贵，没有大学里的教授，哪有国家的顶尖人才？火箭上天，潜艇入海，不都是教授们培养出来的学生们干的？包括国家的主席、总理，哪个不是教授们培养出来的？你敢怠慢他们？……

我那次住院，得到了最好的照护，心里对他充满了感激。可他还常说对不起我，说他没有把医德医风抓好，让我和病人们吃了苦头……

这是我求他的事，也有他求我的时候，比如说，有一段时间，他明显心情不好，来我这里坐下后，一个劲地喝茶，说话很少。我就说：你要把我当老哥看的话，就把你心里的不痛快给我说出来，兴许我还能帮你破解破解。他那天苦笑了一下，恳求道：老兄你平时是怎么和老婆相处的？你们亲密相处的秘诀是啥？给我说说让我学学。这话让我笑了，我答：我老婆也是个教书匠，平日里，她教她的数学，我教我的历史，俺俩在学校里是谁也不管谁。在家里，她管我的时候多，嫌我不讲卫生，勒令我每天必须洗澡，不洗澡不准上床；嫌我抽烟身上有味，指令我少抽烟，每天只准在烟灰缸里留下三个香烟头；嫌我爱喝酒，告诫我少与酒亲热，每天饮酒量的上限是四杯，不到一两；怕我和女学生们纠缠，命令我不准和女学生单独外出。我不敢管她，原因是她没有让我管的事情，她不抽烟不喝酒又讲卫生，上完课就回到家里，我还管什么？他听罢苦笑了一下，说：还是教书好呀，嗨，不说了！我见他不愿多说，就很快转了话题，免得他难受。

我俩有时也开开玩笑。有一次我笑着问他：都说现在官场找情人成风，不少官员都有情人，谁没有情人还会被看低，你怎么样？你这个级别的官员是不是找个情人更容易？你找没找过情人？反正我不是纪委的人，而且我先向你承认，我曾经就有过一个情人，后来断了，你呢？你给我说句实话吧。他当时哈哈笑了，说，全世界生理心理正常的男人，都有一个共同的愿望，那就是尽可能多的拥有女人，这大概是雄性动物身上的一种本能。因为我有这样一个职务，接触美女的机会就更多一些，如果我说我见了美女一点也不动心，你肯定不相信，那的确也是假话；但由动心到真的动手让对方做自己的情人，必得做好三种准备：其一是准备好大把钱财，午餐尚且没有免费的，上床更没有免费的，而且是高消费。有些官员所以要贪，就是他不自量力，明明没钱还想高消费。其二是准备好家破人亡。这种事要想不让老婆知道，很难，而一旦知道，就必会有不止一场的哭闹，两个女人哭闹之后某一个寻死的可能性不是没有。其三是准备好名裂官丢。这年头因为监视手段的增加，这种事被发现的风险极高，经商的被发现这事，可以破财消灾，做官的一旦被发现这事，名誉和官位就算完了。我呢，既没有大把钱财，也不想家破人亡，还想继续做官，所以只好控制自己的身体欲望，按社会的要求，老老实实当一个丈夫。当然，我也向你老实坦白，我过去也有过一次酒后失控，好在没有到完全失控的地步，但仍然给一个姑娘造成了错觉，以致影响过她的生活，这也是一直折磨我的一个问题。我对不起那个姑娘，我心里永远对她怀着一份愧疚，我后来一直没有再见过她，我不敢再联系她。我估计她在心里恨我，我不知她后来生活得怎么样了……

我曾经问他当官的最大苦恼是什么，他说，主要是用人。用人的原则原本清清楚楚，那就是德才兼备，五湖四海，可贯彻起来却非常难。一旦空出个位置，四面八方都有人来打招呼，很多还是你的上级，怎么办？顶？顶一次可以，连续顶几次，上边就可能给你换个位置。所以到最后，常常是妥协，用几个德才兼备的人，再用几个靠关系跑官的庸才。这些年，不少领导干部的儿子、女婿、女儿、儿媳、秘书、朋友就是这样用起来的。我知道老百姓有意见，可不这样你就没法推进工作，有什么办法？

我曾经问他对中国的知识分子队伍怎么看，他说，知识分子是我们民族的精英，尽管其中有一些人腰弯腿软，但绝大部分有思想、有识见、有骨气、有才华，是最关心最热爱这个国家的，是最愿为我们民族命运着想的人，是对人类利益操心的人。但遗憾的是，很多年来，我们对知识分子的信任不够，总把他们的不同意见看成是与政府作对，总是防着他们，对他们根本谈不上宽容，伤了他们的心。还有一点，知识分子对社会的总体现实常处于不满状态，这是对的，正是他们的不满促成了官员的清醒，但是，一些知识分子容易因不满现实而去构建乌托邦，主张激进政治，这又往往会得到与他们的构想相反的结局……

万彤省长后来提出辞职的事我听说了，确实出我意料，我也很觉突然。在我俩平日的交谈中，我感受到他还有一腔抱负没有实现，对自己的工作还充满着激情，还在筹划着很多要做的事情，根本不像要辞职不干的样子。我在想，他所以提出辞职，很可能是有外力作用，是突然间决定的。至于外力是什么，我说不清楚，如果一定要猜的话，我担心和我的那封信会有关系。

那一年的春节前，我给他写了一封信。我在信中说，一个省的经济增长，不可能一直按 10% 左右的速度增加下去，不可能一直靠投资来拉动增长，更不可能靠发展房地产来拉动经济增长，不然，早晚会尝到苦头，会给长远发展和老百姓的未来生活造成痛苦！你身为省长，必须要有勇气有魄力来改变目前的局面。当然，在全国都强调 GDP 上升速度的时候，你这样做会被认为不合时宜和离经叛道，会失去受表扬甚至晋升的机会，但你要为老百姓着想……

听说万彤省长收到我的信后，认为我说得有道理，把它批给了省府办公厅，请他们速议。这封信的内容传开以后，有人批评说这是欧阳万彤在为自己的无能和全省经济减速造舆论，是反对“发展是硬道理”的论断，说万彤省长想以经济减速威胁省委书记，从而夺取省委书记的权力，这可能给万彤造成了很大的压力。

会不会因此而使他决定辞职？我说不清楚。

还有一种可能，那就是：他在借此表达他的抗议。抗议谁？请允许我暂且保密……

5. 园林工程师晋晓薇：

你问我认不认识殷菁菁？当然认识，她是我姐姐的孩子，我的亲外甥女，能不认识？你怎么知道殷菁菁的？看过她演的戏？唉，我姐姐得病去世后，菁菁跟着我生活了几年，后来考上了戏校，才从我这儿搬出去。那孩子不知怎么会喜欢上了唱豫剧，一心想考戏校学唱戏。她人长得漂亮，嗓子又好，一考就考上了。后来还主演过几场戏，很有些名气，报纸上都登过她的照片和名字，我们全家都为她高兴。你等等，我这儿还有她身着戏装的照片，看，就这张，漂亮吧?！那时候好多男孩子追她，小伙子们给她写的求爱信一沓一沓的，可她心气高，对那些信连看也不看。她那一阵子真像一个明星，无论走到哪儿，都有一群崇拜者围着她，都有人为她拍照想与她合影。可后来不知怎么的，她忽然又不唱戏了，弄得我挺奇怪。

你问她和官员们有无接触？当然有了。她有新戏上演，官员们都去看，官员们看完戏会上台接见演员，你想他们会没接触？但你这问话好像有什么含意？你直说吧，你想问啥？她和欧阳万彤的关系？天呀，你怎么知道这事？

菁菁当初告诉我，知道这件事的只有她、我、欧阳万彤和另外一个男人。另外一个男人是谁她没告诉我，原来是你？

不是你那又是谁？你是从哪里知道的？信息来源保密？好，好，你保密吧。

反正欧阳万彤已经死了，时过境迁，今天把菁菁和他的故事说给你，也没有啥不得了的。

菁菁和欧阳万彤的事情，是菁菁亲口告诉我的。

我记得是一个星期日，菁菁过来看我，我注意到她那天的神情有些不太正常，进屋就不小心碰碎了我一个插花的花瓶，坐下说话时又有些前言不搭后语，吃饭时有些心不在焉，吃吃停停，眼神飘忽，手上小动作不断，我估计她遇到了什么令她不安的问题，很可能是感情上的事情，于是我就含笑问她：菁儿，你也老大不小了，不要总是挑三拣四的，该找个合适的对象结婚了。是不是已经爱上什么人了？她一惊，急忙摇头否认，不过在我的追问下，她最后还是点了头。我接着问她对方是什么人，她说：是一个官员。我一听是个官员，不由得重视起来，如今官员玩女孩的可是很多，我怕她受骗，便问她对方是多大的官员，她说：官职不小。她这一答让我更上心了，她一个普通的演员爱上了一个官职不小的官员，这不正常。对方的年纪肯定比她大出许多，直觉告诉我这件事里有问题。我跟着问她：这官员爱你吗？她说：不知道。

她的回答让我开始焦心了。我进一步问她：你们的事情进展到哪一步了？她低下头说：很亲密。我不喜欢这种模糊的回答，就再问她：很亲密是什么意思？你能不能说明白点？

她脸红得很厉害,说:很亲密就是很亲密。我觉得要了解真相必须挑明,就直白地问她:是不是发生过肉体关系?你是不是把身子已经交给他了?她不高兴地叫了一声:小姨!然后就满脸羞涩地摇了摇头。

我一听这个,松了一口气,只要身子没给他,咱还是清清白白的,就好说。

我当时断定,这位官员和她的关系,尚在勾引和被勾引的初期,他想利用她的纯洁和对感情问题的无知,俘获她,玩弄她。我于是要求她叙述事情发生的经过。她没办法,就讲了她和那位官员由相识到相熟的经过,讲了她对他生出的越来越炽热的爱。她讲完我才明白,在整个事件中,主动者是她,是她把感激、好感、崇拜混在一起,把回报和爱揉到一块,让自己钻进了这团乱麻里。

我问她下一步准备怎么办?她说:我现在爱他爱得刻骨铭心,我一定要与他组建家庭,我不在乎外人说什么老夫少妻。我问她:他要压根儿就没打算与你结婚,他与你的亲密关系只是一时的失态怎么办?她咬了牙答:我就逼他!以毁掉他的名誉来逼他。当官的肯定重视自己的名声。我见她如此破釜沉舟,就想要估计她的胜算能有几何,便再三问她那位官员的名字。我甚至想到,如果那官员的年岁不很大,我也可以想想办法去帮助她实现她的梦想。我怎么也没有想到,菁菁嘴里最后说出的名字竟会是那样大的官,竟会是欧阳万彤。

他是多少人都知道的人物呀!

这让我震惊无比!

看到我在那儿发呆,菁菁低声说:小姨,你认识不认识什么人,帮我去探探欧阳万彤的口气,劝劝他娶了我,我保证一辈子都对他好,我会把他伺候得周周到到。

我苦笑笑，轻声道：菁菁，你从今以后就死了这条心吧。我明确告诉你，他和你的事情，与感情没有关系；你和他的所谓亲密，只是他身体的一种自然反应，于你是惊天动地的事情，于他只是一次很小的过错。你误会他了。

我记得菁菁当时发狠道：小姨你看着，他要不同意与我成婚，我就毁了他的名声！让他以后做不成官！

我当时望着菁菁，不知该说什么好。

她离开我家之后的那些天，我一直在留意互联网上的新闻。我估计如果菁菁要对欧阳万彤的名声进行攻击，必然会在互联网上，只有网络能把这样的事情快速传播开去。

可我一直没有发现这方面的新闻。很长时间之后，我忍不住打电话给菁菁，问她事情处理得怎么样了。我记得她叹了口气说：我经过反复思考，已决定放手了……

我长舒了一口气。

我没有再多问她什么，觉得这也是个明智的决定。再后来，她离开舞台、成婚，她都没对我解释，没有细说原因，我也没追问。每个人都有自己的秘密，我虽是她的小姨，但也不能侵入她的内心。你要想了解这个故事的详情，你得去找她本人才行。

在这件事上，她没有在身体上吃亏，已是万幸，如今，有几个官员会甘心不沾一个漂亮女人的身体？……

他们会放过漂亮的年轻女人？

你信？！

6. 司机汪吉庆：

我是欧阳万彤省长的司机。自打他到省城当市长的时候，我就给他开车了。这么多年来，我开车从未出过事故。我和他的相识带有传奇色彩。那一年，他和省市的有关领导来我所在的野战师参观演习，在前往演习指挥部换乘我们越野军车时，他坐上了我开的越野吉普。当时，因为演习的坦克和装甲运兵车把道路搞得很糟糕，其他的几辆吉普车在路上都或多或少地出了点状况，独有我的车很顺利地第一个开到了指挥所。他当时很高兴，说：小伙子，你的车技不错，如果你将来想转业回地方上工作，可以去找我。我记住了他这句话，后来转业时就真去找了他。他见我之后很干脆地说：那你就来给我开车吧！

我给他开车后，从没让他和他的秘书在车的问题上再操半点心。不论是春夏秋冬还是风雪雨雾，不论是去城市还是下农村，都是出发的时间不晚一分，抵达的时间不迟一分。他当省长后，按规定出门时是可以随行一辆警卫车的，但他喜欢低调，喜欢轻车简从，一直不让警卫车随行。这样，我就得准备好独自应对意外，好在我在野战部队受过全套的擒拿格斗训练，真要遇见坏人，我是能够应付的。不过为了保证他的安全，我在征得了秘书的同意后，还是在身边准备了辣椒喷雾器，电警棒和一把匕首。说实话，我在准备这些东西时，也并没有真用它们的打算，谁敢来找省长座驾的麻烦？没想到有天晚上还真用上了。

那是一个下着小雨的晚上，省长在躬县听罢县委书记和县长的汇报吃了晚饭之后，要返回省城。县里领导要开车送到国道上，省长不让。我于是就开车拉了省长和秘书走。出了县城没多远，也就十几公里的样子，忽见前边的公路中间站着一个妇女和一个男的在向我们招手拦车，女的怀中好像还抱了个孩子。我问秘书：天这样晚了，咱不用停吧？省长接话道：停，看样子是孩子有病，要去省城，咱们捎上他们。我于是减速，把车停到了那一男一女身前，摇下窗玻璃问：什么事？那男的上前答：孩子有病，老婆的腿刚才又摔伤了，能不能搭个便车？我说：行。那男的又说：麻烦老弟下来帮我把老婆和孩子弄上车。我于是松了安全带开门下车。我刚走到那女人面前，忽见那女的猛地抽出怀中的一个东西向我抡来，这同时我才发现这女人是男人装扮的，怀中根本没有孩子，幸亏我练过躲闪突袭之技，一下子闪开了。站在我身旁的那个男人这时已挥刀向我戳来，我没完全闪躲开，被他戳了一下手臂，但此时我已抽出了别在腰带上的匕首，“嗖嗖”几刀出去，两个家伙就倒地了。这当儿从路边的黑暗里又冲出一个拿长棍的男人向我扑来，我就地一滚，一下子就到了他身边，照他的腿上就是一刀。那小子“哇”地惨叫一声也倒到了地上。整个搏斗过程也就两分钟，待郑秘书和省长从车上下来时，三个歹徒都已在地上滚着叫了……

后来公安部门查清了，那三个家伙是劫车惯犯，已成功劫过几次车了。

我说这些是不是有些自吹自擂？好，好，咱接着聊。

省长对我个人，应该说非常关爱。他这人感情很少外露，说话不多，更多是让你从行动上感受到他对你的爱。我的媳妇，是他催他夫人替我说合的，当然，我和媳妇见面后也都对对方满意。我儿子出生时，他也特意和他夫人一起赶到医院里看望我媳妇和孩子。

那次事后，我和郑秘书都提出，以后出门要让警卫车随行，但万彤省长说那是偶然事件，不必草木皆兵，还是不让警卫车随行。他说，你们想想，如果我出门前呼后拥，加上警车跟着，普通人谁还敢接近我？我还能听到下边的真实声音？

当然，最后警卫处还是派了警卫车随行，只是远远跟在我们后边，不挂警车车牌和警报器，不让省长感觉到。

大概是在他的退休命令宣布后的第五天，发生了一桩很大的危险。那天早上，天还没全亮，我按照郑秘书前一晚的通知，先接上郑秘书然后到省长家接他上车，准备赶到单阳市参加一个经济发展研讨会。这是省长退休后第一次外出参加活动，郑秘书交代我今天出行要特别小心，因为省长退休后的警卫级别已经降低，原来随行在后的警卫车已经取消了。我当时点头表示明白，心想，退休的省长也是省长，加上今天是白天行车，料也不会出什么问题。没想到，危险还真的出现了。我开车出省长家刚拐上街道，一辆大卡车突然迎面冲来。这条街道原是规定不准卡车出现的,我见状一边急按喇叭一边躲闪,可因路边有很多摊贩我躲闪不开,这时倒退已来不及,躲又躲不开,我绝望地死死踩下刹车,心想今天的车祸难免了。可就在两车要相撞的那一刻,卡车的司机又突然向右扭开方向盘闪开了。

我惊出了一身冷汗。

郑秘书也吓得脸都白了。他气急地骂那个卡车司机:这个混蛋!

万彤省长默然无声地坐在后座上。

卡车这时已经跑远了。郑秘书直接给市公安局长打电话,要他立即查出这辆卡车的主人和驾驶员的名字并予以扣押和处罚。

一个多小时后,公安局长来电话说,已根据街口录像查明,卡车是帝豪房地产公司的,司机叫惠三,此人经常违规驾车。帝豪公司总裁简谦延闻讯后首先向欧阳万彤省长表示歉意和慰问,然后保证要严肃处置惠三,公安局也准备以违犯限行规定和超速驾驶为由没收惠三的驾照。

万彤省长听完后冷冷地说了一句:这是在告诉我,他们随时可以取走我的性命!

我和郑秘书都被惊住了。

我觉着值得说的也就这些了,你还想听什么?

7. 天全市人事局原科员岁灿兰:

欧阳万彤省长我当然熟悉！你要了解他的情况，找我可是找对了，我和他的第一任妻子林蔷薇是高中的同班同学。而且蔷薇和我是无话不说的密友，用现在年轻人的话说，俺俩是闺蜜。告诉你，连欧阳万彤新婚之夜的表现蔷薇也给我说了。蔷薇说：一上来他坐在那里不敢动，还害羞呐，连看我的眼神都是慌慌的，我当时想，坏了，他是不是有病？他要是个性无能那可怎么办呀！没想到我刚把灯一拉，他一下子变厉害了，扑上来就扯我的衣服，心急，解不开扣子，他就"哧啦"一撕，一下子把我上衣上的几个扣子都扯掉了，我能听见扣子噼里啪啦掉到地上的声音。你别看他外表斯斯文文的，那会儿可是疯了一样，下了死劲，不停地折腾我，真把我弄得死去活来……好，好，咱不说这些，咱说正经的。

蔷薇和万彤结婚后，我是他们家的常客。蔷薇只要一有空闲，就派人或是打电话叫我过去，我俩在一起不干别的，就是聊大天。一杯清茶，一盘葵花子，俺俩就聊开了，聊着笑着，笑着聊着，开心极了。聊些啥？啥都聊，同学们的婚姻状况，县城里的风吹草动，县里各级官员们的趣事，女同学们生娃娃的情形，两家父母的身体，将来的人生打算……无所不聊，当然也包括夜里咋样能让男人神魂颠倒。

蔷薇那时聊得最多的，是想让万彤当上官。她说：我必须借助俺爸的人脉关系，先把万彤推上去，只要他上去了，我就不愁了。我早晚也要到官场里去试试本领。我听了她的话当然高兴，我说，只要万彤和你能在官场站住脚，我就不怕了。我有你们当依靠，这辈子就不怕别人欺负了；你俩有干饭吃，我肯定会有稀饭喝。

后来万彤果然很快从公社调到县里，就在传言他要当县生产办公室副主任时，蔷薇的爸被打倒了。这一下子将蔷薇、万彤和我都打蒙了。我也不知道该怎么劝解他们。也是因此，他们家的地位在县城里一落千丈，过去是红人的万彤和蔷薇，那时在县城里成了不受欢迎的人。那个时候，能欢迎他们到自己家里做客的，只有我了。我爹妈都是县化肥厂的工人，我是无产阶级的后代，根正苗红，没有谁敢来惹我。在万彤和蔷薇最不受人待见的那些日子，我经常请他们来家里做客，我那时也没啥来招待他们的，就是给他们做一锅面条，弄点蒜汁浇了吃，让他们吃得满头大汗。

那几年他们家的日子确实难过。蔷薇的爸爸被弄到五七农场改造，不久心脏病发作走了；蔷薇的妈妈在老伴走后不长时间，也得病去世了；万彤被下放到县文化馆当一般干部，动不动就被作为“走资派”的孝子贤孙训斥一顿；蔷薇在教育局负责整理档案资料和打扫卫生，经常被人们作为“走资派”的女儿指指点点。更让人难过的是,万彤和蔷薇的第二个孩子,也是一个虎头虎脑的娃娃,又得脑膜炎去世了。我常去他们家劝他们两口子想开些。说实话,我是真怕他俩想不开去做傻事——那年月,自杀的人可不少哩。还好,他们挺过来了。我就是在这段日子里看出万彤这人意志坚强。那时我每次去,常看见蔷薇在抹眼泪,说日子没法过了,可万彤却没有啥抱怨,只是皱着眉头坐在窗台下读书,见我去了点点头打个招呼,又继续看,继续读。他不是看这书就是读那书,那些书好多都没有封皮,我也不知他从哪儿弄来的。你想,一个人的权被夺走了,最亲的儿子被夺走了,安定的生活被夺走了,他还能静下心来坐那儿读书,你说他厉害不厉害?我那时就对俺们孩子他爸说:万彤不是久居人下之人,日后只要给他一个机会,他肯定能干出一点名堂的。

果然,"文化大革命"结束一恢复招研究生,万彤就不管年龄大不大,硬是以高分考上研究生去了省城。

他研究生毕业分回天全市市委组织部,他们家的好日子才又开始了。

他在市委组织部安定下来后,就把蔷薇和儿子千籽从县里调到了天全市。蔷薇临搬家走时我去看她,蔷薇拉着我的手说:灿兰,我没想到我们还有今天。你是我们患难时的朋友,你等着,我们早晚会把你们一家也调到天全市的。我当时笑笑,没有当真,以为她就是说说感谢话而已。嗨,真没想到,大约一年半之后,万彤真把我调到了市人事局,把俺们娃他爸调到了市水利局。我的天呀,俺两口子接到调令的那一天,高兴得真不知说啥好了。我给蔷薇去电话表示感谢,蔷薇说:感谢啥?这年头不用自己人用谁?有权不用,过期作废!

万彤当县长时,蔷薇还是科员。蔷薇给我说,在咱们中国，历朝历代的人都是只认官职，只要你当了官，人们就尊敬你，就认可你聪明有本领，就承认你品质好可以当评判者，所以我必须要当官。果然没有两年，她在万彤的帮助下就当上了科长。后来万彤当了天全市的副市长时，她又闹着要当副局长。万彤怕影响不好，先上来没有答应，她就哭闹。有几回我去他们家，都碰上他俩在冷战，蔷薇不给万彤做饭，这种事我不好劝，就只能赶紧帮着做饭，让他们在吃饭的时候和好。我曾在万彤不在家时劝过蔷薇，让她别操之过急，我说万彤只要有办法，肯定会先提升你的。蔷薇说，万彤这人胆子小，我要不闹，他肯定不会主动去提我的职务。后来可能是万彤被闹得没办法，就果真动用关系把蔷薇提成了副局长。

蔷薇当了副局长后，我还真的跟着沾了很多光。她的专车，只要我家里有事，她立马就会派过来给我用。地级市里的副局长早就有专车了，你不知道？只要有人请她吃饭办事，她必会喊上我，让我也去跟着吃点山珍海味。蔷薇对我说，这叫有福同享。有人请她去美容美发，她也会喊上我同去，让我也享受享受。隔三岔五地，她还会让司机送来一些别人给她的礼物。我当初还真没想到她的提升会给我带来这么多实惠和好处。

万彤当了天全市的市长后，我能感觉到他这个人有了明显变化。首先是拒绝参加别人的宴请，即使是我们这样经常来往的朋友请他吃饭，他也总以各种理由推托回绝。他曾经很坦率地给我说，吃人家的嘴短，我要吃了人家的酒宴，对方若是出了错，我还怎么好意思批评他？其次是常到老百姓家里走访，有时还微服私访，不带任何工作人员，就一个人到公司、工厂和乡下了解情况，而且确实给老百姓解决了一些困难。他给我说过，咱当初也是小百姓一个，老百姓盼着官员做的，不就是为他们办实际事情解决难处吗？再就是严把市府机关进人关口。他说过，现在官员人数太多，市府其实不需要这么多人，多进一个机关干部老百姓就要多养一个人，百姓的负担就会加重一点。他这些行为为他赢得了声誉，下边的很多人都说他好。我把我了解到的这些情况给蔷薇说了，蔷薇笑道：他是想当个好官哩，可他不明白，老百姓说他好有什么用？关键是得上边说他好才行！我看他是把努力的方向弄反了。老百姓说他好说不定还会给他带来祸哩。他照顾了老百姓的利益，就可能会损及一些有权有钱人的利益，那不会是好事……

这之后不久，与我丈夫相熟的一个造纸厂的老板简谦延，主动找到我，说想请我介绍他认识蔷薇，为此，还给我家带来了不少礼物。我当时没想别的，觉得这是举手之劳的事，就答应了他。几天后，简谦延办了个饭局，我以朋友聚会的名义把蔷薇拉了过来。在那个饭局上，我发现这个简谦延虽然年轻，但很会察言观色说话办事，他那晚用各种趣闻轶事把蔷薇逗得咯咯地笑个不停，让我觉得这次聚会很成功。我那时根本不知道我正在犯一个极大的错误，正在把对我有恩的闺蜜送进一个陷阱。

这个饭局过后，简谦延就越过我们，直接和蔷薇联系了。我和我丈夫当时都觉得，我们算是帮过简谦延的忙了。

蔷薇后来又当上了局长，据说这是市委书记的提议。她当上局长的具体过程我不知道，我只知道她当上局长之后，全心想办成的事是让儿子千籽去美国留学。留学的事是需要挺大一笔钱的。那个年代，人们给蔷薇给万彤送礼，多是送实物，也就是吃的、穿的、用的东西，还不兴送钱，所以他们家的存款并不多，一时拿不出这么多钱。蔷薇为这事挺着急的，但后来有一天，她告诉我，在朋友们的帮助下，钱的问题解决了。我听了很高兴，我真心希望她能了却心愿，把儿子送出国去。

谁也没想到这竟是一个大祸的开端。就在千籽办好去美国纽约的手续，刚坐飞机去了美国时，有人突然向中纪委举报，说林蔷薇为使儿子出国索要贿赂，而且举报信里还附有蔷薇接受贿赂的录像和录音。上边来一查，全部属实。我是在蔷薇被抓后才知道，原来那个简谦延老板在派人给蔷薇送钱时，就预先在交钱的地方安排了录像录音的人。钱给蔷薇后，他提出把市郊的一块地卖给他，让他再办一个造纸厂。蔷薇当时可能急于想把儿子出国的事办成，想着自己又是土地局长，正管着这事，帮他这个忙不难，就答应了他。可没想到，在批准这块土地作为造纸厂厂址时，市委书记进行了干预，说这块地紧靠穿城而过的天水河，办造纸厂会污染河水。万彤因为不知道这事牵扯到儿子出国的事，就在会上坚决支持市委书记的意见，也执意反对在这块地上办造纸厂。那老板得知这情况后，以为蔷薇在玩弄他，便由气生恨，告发了蔷薇索贿的事……

蔷薇被抓走的那天，我先是被惊得目瞪口呆，后来又哭得死去活来。蔷薇这不是被我给生生害了吗？千怨万怨就怨我给她介绍了那个黑心老板，要不来土地就把人往死里整，这还讲良心吗？不就是你送人家几十万块钱嘛，就这样把人家的前途和仕途全毁了?!

蔷薇被抓走的同时，千籽也从美国被诳回来带走了，随后万彤也被撤职了。那真真是桩大祸呀！那段时间，我不停地跑到看守所想去看看蔷薇，可人家说案子没审结不让见面，只让送衣服和日用品。后来案子开审时，我找人获得许可进去旁听，蔷薇在法庭上把所有的责任都揽到自己身上，既没连累万彤也没连累千籽,更没连累别人,而且很决绝地同万彤离了婚。我没想到法庭会判蔷薇那样重,15 年,整整 15 年呀!蔷薇肯定也没想到,我看见她听完宣判身子摇晃了一下,脸一下子白得没有了一点血色。今天看来,那判得是太重了,才几十万块钱呀,今天贪 500 多万都没判这么重哩!当然,那年头大家手里的钱都少,几十万不是个小数目……

她被送进监狱后我去探监。我给她买了最好的内衣内裤,还给她带了她平日爱吃的零食,不知道她都收到没有。在见面室,我注意到她瘦得厉害,我拿着话筒对她说:蔷薇,我对不起你,是我引狼入室害了你,你要坚持吃饭,要想开!她苦笑了一下,没说话。那天见面就是我在哭着说,她只静静地听,临结束时她才说了一句:灿兰,别把责任揽到自己身上,这事是因为有一个人看中了万彤的市长位置,简谦延只是走在前台的被利用者……

她的话让我惊骇不已……

我第三次去看她时,她已显得很平静。我们在用话筒谈话的中间,她对我说了一句:灿兰,记住替我照顾千籽。我当时急忙点头,我以为她这只是一句寻常的交代,根本没去想她竟想自杀。

那之后没有多久,她借去医院看病的机会,趁狱警看管不紧的当口,一下子冲到六楼的窗口要向下跳,所幸被扑过去的狱警抓住了……

唉,是我害了蔷薇呀……

8. 伏牛县金坡村农民夏兆丰：

一看就知道你是城里人，穿得周吴郑王的，头发又梳得那样光，抹了油是吧？我就不明白你们城里人为啥要在头发上操那么多心，不就是几根毛嘛，又是精又是膏又是油的，值当吗？来俺们村干啥？猜猜？猜不着，是不是又想来坑俺们？！

你们城里人可不是经常来坑俺们种地的嘛，今天卖给俺们假奶粉，让娃娃们吃了头变大；明天卖给俺们抹有啥子甲醛的衬衣，让俺们穿上后浑身痒得厉害；后天卖给俺们不合格的手扶拖拉机，犁不了三亩地就坏球了；再不就是来把俺们的土地便宜弄去，再转身倒卖了赚大钱！你直说吧，想干啥？只是打听个人？谁？欧阳万彤？俺们村没这个人！你弄错了吧？省长？我的个娘呀，你找省长来俺们这个小村子干啥？去省城里问呐！你这不是找尼姑进了和尚庙，瞎球跑嘛！这个省长来过俺们村？等等，你让我想想，想想，哎，想起来了，前些年是有一个省里的大官来过俺们村，对对，记起来了，当时是有人叫他省长，叫他欧阳省长，俺俩还有过一点交往。你看看我这脑子，啥事都能忘记，跟猪脑子差不多了，连昨夜里跟老婆睡没睡的事我这会儿都记不清，记不住事了，不中用了！

他为啥来俺村里？为空气的事，这一点我还能记住。空气你知道吧，就是咱们眼前看不见的这种气，手摸不着，可人离不开。

前些年，有一个姓简的老板，叫个啥子谦延，在俺们村西边那个山坡上，办起了一个厂子，叫朝天化工材料厂，生产的啥东西俺们并不知道，不过那个简老板挺大方，开业时还无缘无故地送给我们村委会了一万块钱，让分给各家各户都喝顿酒，以庆贺朝天厂的开业。这种好事过去从没有过，让村里人很高兴。可村里人渐渐发现，那个厂子里的烟囱里总冒黑烟，而且散发出一股不好闻的气味。一开始俺们对这个没有在意，但时间长了，俺们发现村里人老闻烟囱里的这股气味，人都没了精神，蔫了吧唧的。像我这种四十多岁的汉子，本来正是夜里把女人弄得嗷嗷叫的时候，可是不行了，浑身没精神，夜里女人身子朝你贴过来，你心里也想，可就是没多少力气，腿发软，那东西起不来，就是起来了，时候也特别的短，没搞头，也没兴头。更吓人的是村里怀了胎的女人，生下的残疾娃娃多起来了，不是缺胳膊少腿，就是脑子憨，娃娃的俩眼睛白眼珠特多，嘴唇特厚，一看就明白傻得厉害。村里人意识到这是空气出毛病了，是空气被弄脏球了，再不管不行了。于是我们几个男子汉就商议商议结了伙去找简老板，希望他别再办这个厂了。简老板一听火了，说我办这厂子是经过上级批准的，投了好多钱，哪能说不办就不办了？这不行！见简老板这里说不通，俺们只好去乡上反映，盼望乡上的领导能给咱做做主，管管朝天厂排黑烟的事，甭让他们把脏气味排到空气里，祸害俺们。谁知道俺们前脚去，人家简老板带着人后脚也到了，而且带着钱。听说他们到乡上给乡长、书记们各塞了一把票子，乡长书记便立马变了脸，教训俺们要有大局观念，不要瞎球告状！俺们一听，知道在乡上是没法说理了，于是俺们只好又到县上反映。未料俺们搭拉水泥的大卡车还没到县上，人家简老板就开着小包车早到了县里。俺们给县上的干部诉说冤情的时候，人家其实已经见过领导了。结果，听说是简老板请县上的头头脑脑们喝了一场，又给每个人兜里塞了一张卡。卡你知道吧？就是存了钱的那种硬塑料片，县上的人收了卡后就开始劝俺们克服困难，多多体谅朝天厂的难处。俺们一听这话，知道他们也被人家买过去了，理在县上没法说了。俺们商量了商量，就又去了市里，市里的信访局接待了俺们，答应为俺们主持公道，让俺们回家等结果。俺们老老实实回来等，一等二等，不仅没见结果，相反朝天厂烟囱里排出来的黑烟更多了。俺们估摸市里管这事的干部又被简老板买通了。没法子，俺们就下了狠心要去省上告状，俺们十七个男人每个人都用白色的塑料桶装了一桶带了怪味的空气，买了火车票，一家伙坐到了省城。为了引起当官的注意，俺们找到了省政府门前，十七个人全在自己的白衬衫上用墨笔写了个“气”字，十七个男人各拎着一塑料桶脏空气站成一排，十七个“气”字排成一排，果然引得很多人来看，最后惊动了省府里的人，惊动了写文章的记者。几个官员出来接待了俺们，把俺们领到了一间大房子里，给每个人拿来了一件干净衬衫让穿上，之后听俺们诉说冤情。俺们说完之后，其中一个当官的说：我们马上向领导汇报，会尽快给你们回音！俺们担心他又是糊弄，担心他们又会被简老板收买了，娘的，这年头，人的良心贱得很，便宜得很，给点钱就能买走了。俺们于是就逼他写了个七天之内保证给解决的纸条。没想到，俺们回到家的第二天，省里就来了一帮人，内里就有你刚才问到的那个省长。那省长倒没给俺们摆派头，进村就挨家查看情况。在老蔡家，看到新出生的老蔡的双胞胎孙子都没有鼻子，当时就流下了眼泪。他这一流泪，让俺们觉得这人的良心还在。在老梁家，他看到老梁头和他老婆、儿子都得了癌症，老梁家住的地方离朝天厂最近，他又抹了一回眼泪。他在村子里挨家挨户看完，又去朝天厂厂子里看了一阵，才把全村人召集起来，说：乡亲们，很对不起，我今天才来看你们，你们受苦了！我向你们保证，绝不会让朝天厂的有害气体再排出来害你们了……他倒是没说瞎话。他那天就站在朝天厂大门口，看着机器关停，烟囱里不冒黑烟之后才上车走的。

后来俺们听说，简老板为此事气得三顿没吃饭。

这之后，朝天厂就不得不拆了机器，连人带机器都拉走了。厂子占的那块地据说又卖给了俺们乡政府。

他们走后没多久，原来围住村子的那股怪味就没有了，天又像过去那样蓝了。慢慢地，人们身上又有了力气，说实话，夜里男人跟女人做那事的兴致又有了……要依俺们村里人的眼光看，这个省长不孬，是个能为百姓办事的主。我记得当时俺们村里的几个老奶奶还在村前的那个小庙里给他烧香祈了福。俺们村里的空气变好之后，大伙说咱们得感谢感谢那个姓欧的省长，就商议着给省长寄点礼物表示个心意。可寄啥好呢？寄点小麦、苞谷、红薯，人家肯定不稀罕，最后还是我想了个主意，把我脖子里挂的一个玉坠寄给了他。呶，就是我现在脖子里挂着的这个，你可别小看我这个玉坠。我这个玉坠是一尊观音像，看清了吧，是白玉雕成的观音像，男戴观音女戴佛嘛，吉利！这个玉坠可有年月了，是我爷爷的爷爷传下来的，谁戴就能对谁起到护佑作用，灵验得很。我祖爷爷戴了这个东西，活到了91岁；我爷爷戴这个东西，活到了89岁；我爹戴这个东西，活到了92岁；我当时就想把这个东西送给他，好让观音娘娘保佑他也活个高寿，大伙都说好。我于是去镇上邮电所买了个木盒，把这个玉坠用报纸一层又一层地包住放在盒子里，还让我儿子写了一封不长的信，主要是介绍那玉坠的灵验程度，之后就寄到了省政府，盒子上写的是欧阳省长收！我原以为他收不到呢，可他收到了，不过后来他派了一个姓郑的小伙子又把那玉坠给我送了来。那小伙子对我说：你的心意欧阳省长收下了，但这是你家祖传的宝贝，他不能要，还是你自己戴着好！一代一代地传下去……

你今儿个来问他干啥？不会是他出啥事了吧？

去事了？啥叫去事了？等等，你说的是不是去世了？你们城里人说话文气，你直说他是不是死了？真死了?！心肌梗死？我的个天呀，这样的人咋会走得这样早？我看他年龄不大嘛，咋会就死了？是没吃好没喝好？他应该比我的日子过得滋润呀！你看我，还结实着哩！天爷爷，你为啥要收好人走哩?！日他个奶奶，也兴许是阎王爷在生死簿上胡划了名字，这不是不可能。阎王爷他管了我们多少辈人了，他就不会老？他为啥就不退休？他老眼昏花的，很可能划错！他该下台换我去掌管生死簿了！奶奶的，要是我掌管了那个簿子，我肯定让欧阳省长这种不在百姓面前摆架子、愿为百姓说话办事的人活到100岁，你信不信？信？你信就对了，我这人说话算话，就是到了阴间也是这个样子，我一定会让欧阳省长活到100岁！他娘的，乱划生死簿，什么玩意嘛！

唉，他当初不该把我寄给他的这个玉坠又还回来，他要是戴着玉观音坠子,观音娘娘肯定会护佑他的,万不会让他走得这样早……

可惜了呀!

9. 外甥颜飞：

对，欧阳万彤是我舅舅，亲舅舅。我是他妹妹欧阳万蓝的儿子，我妈在我三岁时就得急病去世了。我妈去世不久，我父亲又娶了一个妻子，我就被我姑奶奶欧阳兆绣接去养了，我是跟着我姑奶奶长大的。你问他的事来找我是对的。我17岁高中毕业没考上大学，我姑奶奶让我去找我舅舅，让他给我安排个工作。舅舅见我后想了想说：去当兵吧，当兵最能锻炼人的独立生活能力，你妈去世早，你爸有了新家不再管你，你姑奶奶也老了，你此后得完全靠自己，你必须具有独立生活的能力才行，而军营是培养这种能力的最好地方。

于是我就去报名当兵。可能是我舅舅打了招呼，也可能是因为我身体长得壮，我很顺利就被批准入伍了。换衣服时我才知道我当的是水兵，属于海军，驻地在山东。我觉得新鲜，就穿着新发的军装去向舅舅告别。舅舅高兴地拍拍我的肩头说:行,穿上军装有点模样了,到了部队好好干,我不给你提高的要求,就是把部队领导平日交给你的事情都做好,把几年的服役期平安过下来就行！我点点头说:舅你放心,我不会干什么让你觉得丢脸的事。那天晚上舅舅领我去街上的一个小馆子里吃饭,还破天荒地让我喝了三杯酒。我知道舅妈出身于县官家庭,嫌弃我们这些穷亲戚,不欢迎我们登她的家门,所以舅舅只能领我下馆子。那时的舅妈是舅舅的前妻,姓林,很厉害,经常和舅舅吵嘴,不是个善茬子。姑奶奶告诉我,她有时和舅舅吵嘴后不许舅舅上床睡觉,有时还敢把舅舅一脚踹到床下边。姑奶奶说,有好些个夜晚,舅舅只能睡在沙发上。我上学的学费都是舅舅背着舅妈偷偷给我的,她要知道了就会与舅舅吵。我不喜欢她这个舅妈,我去部队前没有去向她告别。

我们坐着运新兵的专列,一家伙坐到青岛。青岛这个城市太漂亮了,过去我只是在书上见过"青岛"两个字,没想到竟真的来青岛当兵了。可能就是在看见青岛栈桥的那一刻,我暗暗下了决心,我不回老家了,我要好好干,我要争取当上军官,就在青岛这儿生活了。我写信把自己的这个想法告诉了舅舅,舅舅是我除了姑奶奶之外最亲的人,舅舅回信说:这当然好,但能不能留下得靠你自己努力,别指望我去找关系。

新兵训练结束后我被分配到了一艘驱逐舰上当兵。驱逐舰你见过吧,就是把来犯的敌人驱除出去的军舰,很大的那种。到驱逐舰上当兵那真是太牛太威风了,舰在海里航行真可谓劈波斩浪,你站在舰上会觉得豪气顿生。当然了,也会让人头晕。第一回出海我就晕得吐了个七荤八素。好了,我的事就不多说了,你主要是想了解我舅舅的事,我的事说多了离题。简单地说,在我经过刻苦的文化课复习刚刚考上大连舰艇学院,我舅舅家出事了,我舅妈因为索贿被抓起来了。

实话说,这消息对我震动很大。在我的家乡,舅舅的官职已经很大了,没想到他的老婆也会被抓,这是我从来没有想到过的。当然,内心里还有另外一点不伦的感觉,是偷偷地替舅舅高兴,以后再也没人总同他吵架了,他不用再受那个舅妈的气了。当时我有点替舅舅担心,舅妈的案子会不会连累到他本人。我焦急地等着学校放假,一放了假我就坐上火车朝老家跑,我要去看看我的舅舅。

我赶到老家天全市时,舅舅果然被连累了,他已被免了职。舅舅一个人坐在家里读书,我的表哥根本不回家看他爸爸,他认为他妈被抓是因为他爸爸不出面相救造成的,我为此也很对我的表哥生气:你不能全站在你妈的立场上说话!

舅舅看见我,点点头问:放假了?我话还没出口,眼泪已经出来了。舅舅平静地说:伤心不必了,注意吸取舅舅的教训就行了。我哽咽着说:都怨舅妈,要别人的钱干什么?连累得你也跟着受委屈。舅舅摇摇头,叹口气说:不是你舅妈连累了我,而是我连累了你舅妈。假如我不当官,不当这个市长,她也就不可能当上局长,别人也不可能给她贿赂;是我,没想到去提醒她控制欲望,没去告诉她在中国当官自我约束的重要性——因为平日没有制度或人敢去约束她,没给她指明官路上的陷阱有哪些……舅舅那天全是自责,一点也没有抱怨舅妈,这倒让我很意外……

舅舅后来总算复了职,而且调到了省城工作,这让我放了心。我从大连舰艇学院毕业后,先是回到青岛北海舰队快艇支队当了一个副艇长,之后调到舰队司令部当了参谋。好的,少说我的事,多说我舅的事。

我舅舅复职之后,我休假回去看了他,我注意到他变得沉默寡言了，公务之外的应酬都不参加了，常常一个人在家读书，在家一律不接待亲人之外的人来访。他对我说：颜飞，舅妈的教训值得我们所有人记取。在中国当官，因为人们习惯把官员的职务提升同时看作道德水平的提高，所以很少去监督他们，这就使得官员们贪污受贿起来最容易。加上中国人习惯把当官与发财连在一起，官员本人面对金钱时也容易丧失警惕，可一旦上边发现你出了问题对你进行处理，由于官民之间原本就有隔阂和矛盾，人们抛弃这些官员时也做得最彻底，使得他们在社会上再没有了获得信任和声誉的任何可能，他们可能会生不如死，这个反差是极大也极其可怕的。你现在年龄虽小可也是个军官了，也多少掌握了一点权力，一定要小心呐！……

舅舅的话让我受到了不小的震动，我知道这是舅舅发自肺腑的话语，我默默记下了。

舅舅调到省城工作之后，有一次去山东威海开会，我带着我的女朋友小漾过去看他。我的女朋友小漾在北海舰队通信部门工作，也是军人。舅舅说：你俩陪我去刘公岛上看看吧。我说行，那上边就有我们北海舰队的部队，我现在就给他们打电话，让他们做好接待准备。舅舅摇摇头道：你想利用你的参谋权力为我谋取受接待的权力，这不好。咱不惊动别人，咱们自由地去岛上走走看看就行。

那天在刘公岛上，我们陪着舅舅看了北洋海军提督署、北洋水师的铁码头和炮台，看了纪念甲午英烈的北洋水师忠魂碑、北洋水师提督丁汝昌寓所旧址和甲午海战馆。舅舅一脸的肃穆和沉重，他最后望着岛的东部海域说：北洋水师就是在那片水域被打败的。颜飞，你和小漾是军人，舅舅因为兼任着省城警备区的党委书记,也可以说是一名军人,只是不穿军装而已,我们三名军人为甲午海战失败的事是不是也应该感到耻辱?我当时低声答了一句:是的,所有的中国人都应该感到耻辱。舅舅说:咱们都该在自己的岗位上好好干,争取再不让甲午失败的事情重现。我前几天看了几份参考材料,其中有一份是一个日本海上自卫队高级官员的讲演,他在讲演中说:现在如果中日重新开战,我保证在四到六个小时内消灭中国海军!这当然有吹牛和为自己部队鼓劲的成分,但他何以敢口出如此狂言,你颜飞想过没有?……

舅舅的话让我当时身上的血流猛然加快,一种激愤之情倏然由心底升起。我就是从那时开始发奋学习海战指挥本领的。我过去也学习,但学习内容都是上级布置的,从未主动过,让学什么就学什么。舅舅的话让我对学习第一次有了紧迫感,让我想到万一明天就开战怎么办?我那些年应该说是学得如饥似渴,我把全世界几乎所有的海战战例都找过来研究了一番,我把我们海军几乎所有参战兵种的战术技术要求都记在了心里,我对渤海、东海、南海主要海区的海底地形地貌都有了了解,我对我们主要对手的海军战舰的性能和作战特点都了如指掌。我成了我们舰队司令部有名的"问不倒",不论哪个首长询问任何有关海军作战的问题,我都能迅速给出答案,谁都难不倒我。我在参谋比武中得过第一名。

有一年春节去清河省城看望舅舅,舅舅请我们俩吃完饭后,说:你现在是舰队主管作战的副处长了,舅舅今天给你出个小题目考考你,怎么样?我笑答:行呀,你出吧!心想,舅舅对海军一无所知,是个完全的外行,他能出什么难答的考题?舅舅拿过一张大比例尺的民用地图,用铅笔点在黄海里的一个地方说:上级命令你部在此处埋伏一艘潜艇,准备伏击敌人的一艘大型登陆舰,你将怎么做?我迅速地在图上进行了目测和心算,然后答道:我会立即向上级建议,将伏击地向北挪动三千米,因为你所指的地方,恰恰横着一组暗礁,海水深度不宜于潜艇潜伏。舅舅听罢笑了,说:回答正确,半个月前我和一批地方干部去北京国防大学学习军事,观摩了一次海军的图上演习。中间休息时,听见一个部长用这个题考他的参谋,我就暗暗记下了图上的这个位置,当时想的就是要用它来考考你,没想到你也能答出来,行,证明你没有白吃干饭……

舅舅那天很高兴,说:你当兵和我当官一样,都不能马虎,该自己知道的事一定要弄清楚,指挥别人的人自己心里一定要先明白,不能指靠助手和秘书,要不然,就会付出代价。我马虎会让百姓失去金钱和富裕安宁的生活,你马虎就会让官兵们付出生命……

我们舰队每年都会举行一些大的海上演习。有一次演习时,导演部突然给我们出了一个情况:旗舰被敌人一枚舰对舰导弹击中,参谋长和作战处长同时身负重伤!负责海上指挥的首长立即命令一位副参谋长和我这个副处长接替参谋长和处长工作。我当时很紧张,我还没有单独在海上执行过作战任务,不过还好,由于平日学习打下了基础,我当天协助副参谋长顺利完成了司令部工作,得到了首长和导演部的好评。

也是在这次演习结束时,北京总部一位姓魏的首长来我们这儿视察,领导让我也参加陪同,嗬,那位首长的派头特别大,陪同视察的人很多,车队很长,警卫也搞得很严密。我给他汇报战备情况时,他听出了我的清河口音,很亲切地问我:小伙子,老家是清河什么地方?我答说是天全市,他很高兴,说:那是我的正宗老乡了,你家里还有什么人?我说我妈妈已经去世,爸爸另有了家,我是靠姑奶和舅舅养大的,我舅舅现在清河省政府工作。他又顺口问:你舅舅在省政府干啥工作?我说:他叫欧阳万彤,在当——

他一下子站了起来,有点吃惊地叫道:嗬,你原来是欧阳万彤的外甥,好小子,我和你舅舅是朋友呀!我还不知道你在这儿当兵哩!

那天中午吃饭时,他坚持要我坐在主桌上。酒宴开始后,出了一件意外的事。他喝下一口茅台酒后,突然说:这酒是假的!我带的有真的茅台酒,而且是窖藏30年的,我请你们喝!邱秘书,去我车上拿!在座的我们单位的领导都很尴尬。那位邱秘书去取来了酒,让服务员给大家重新斟上,酒宴虽然又接着开始,但我发现气氛有些微妙的变化,我们单位的一位主官始终没有换酒,还是喝的原来的酒,而且也始终没有起身去给魏叔叔敬酒。

我当时也觉得这位魏叔叔做得有些过了,怎么可以为酒的事让我们接待方当众出丑?

那天的酒席上,我给魏叔叔敬酒时,他拍着我的肩膀说:以后有什么要我帮忙的事,尽管去找我!

当天晚上,我给舅舅打电话说我见到了他的朋友魏将军,并说了席中换酒的事。舅舅笑了一声道:我这个朋友,进了京城后,变得越来越讲究了。他身上有些东西,我不喜欢!你只能跟他学打仗的本领,别的,咱可别模仿!

过了一段时间,我去北京出差,办完了正事,想起应该去看看舅舅那个姓魏的朋友。他在高层,和这样一个叔叔建立起联系,对自己以后的进步会有帮助。这时节,提升都时兴找关系了。我先给魏叔叔的邱秘书打了个电话,说了想去看看魏叔叔的心愿,邱秘书说首长晚上有个应酬,让我吃过晚饭后再过去。

那天的晚饭，我是在街上的一家小馆子里早早吃完的，饭后便提上我预先准备的自认为很好的礼物——两瓶山东名酒兰陵大曲，打的去了他家。他家的院子很大，院内一侧有一个摆了沙发的房间，邱秘书让我先在房间里等候，说魏叔叔正在正屋的客厅里接待重要客人，我点头说好，就在沙发上坐下了。我坐下没多久，突然听见门外响起一阵羊的绝望叫声，我很吃惊：首长的院里怎会有羊的叫声？而且叫得如此难听？忙出门去看，原来是两个人在宰杀一只绵羊。我上前惊问：怎么在这儿杀羊？那其中一个正熟练剥羊皮的中年男子不高兴地看我一眼，说：不在这儿杀去哪儿杀？另一个年轻人可能看出我是魏叔叔的客人，很客气地解释道：首长喜欢吃新杀的羊肉，所以我们差不多每天都要杀一只。这些羊都是专门从内蒙古大草原上买来的，肉又肥又美……我默默退回了屋子，不由得在心里感叹魏叔叔吃东西真是讲究。

没多久，又相继进来几个要见魏叔叔的客人，每人都提着提袋或箱子，看样子带的也是礼物，他们和我一样坐在沙发上等候。邱秘书却一直没有出现。大约又过去一个小时的样子，院门口突然响起了卡车倒车的声音，随后就见一个志愿兵跑进我所在的接待室对我们几个等待接见的客人说：麻烦几位来帮忙卸卸车吧！我闻言急忙起身，其他几位客人也随我跟在那志愿兵身后到了院门口。我一看车厢里，足足装有上百箱茅台酒。我的眼睛一下子瞪大了，天呀，我们平日能喝一瓶茅台酒就觉得无比奢侈了，这儿竟会有这么多的酒！我接过一箱酒，随在那志愿兵身后向一个地下室搬去。进了地下室后，我惊得差点叫出声来：那地下室里摆的几乎全是茅台酒箱子，足有几百箱，有的箱子上还标明是窖藏50年的。我的奶奶呀，这要什么时候才能喝完呢？这需要多少钱才能买来呀?!

搬完茅台酒我又在接待室里待了几乎一小时,邱秘书才来叫我去正屋的客厅里见魏叔叔。在看了魏叔叔家的酒窖之后,我实在不好意思再提上那两瓶兰陵大曲酒去客厅了,我悄悄将那两瓶酒朝茶几下踢了踢,空手跟着邱秘书向客厅走去。我进去时,魏叔叔站起来握着我的手说:欢迎我的小老乡!魏叔叔家的客厅比我舅舅家客厅宽敞阔气多了,一色的红木家具,我虽然看不明白是哪种红木做的,但家具上栩栩如生的龙凤和花饰雕刻,一下子就让人感到它们华贵无比;墙上挂着张大千和齐白石的画;高高低低的柜子上放着玉雕摆件、精美瓷器、出土水晶和象牙刻品,真可谓琳琅满目。魏叔叔见我满脸新奇,说:没有几样值钱的东西。我差点叫出口来:这还不值钱呀?!魏叔叔问了问我在部队的任职情况,鼓励我好好干。我注意到魏叔叔满脸倦容,在与我说话时不停地打着哈欠,而且我之后还有几个求见者在等候,我没敢久坐,说了几句问候和祝福的话,就起身告辞了。

我那晚回到招待所后,忍不住给我舅舅打了个电话,说了去看魏叔叔时的经过。我特别说到了魏叔叔酒窖里那些茅台酒。舅舅听后叹了口气说:几十年前的一个春天,你魏叔叔家想再要块宅基地盖两间房子,为此他爹请大队支书来家吃饭喝酒,他爹杀了一只鸡又炒了鸡蛋,还拿出家里仅有的五毛钱,去镇街上打来五两红薯干酒请支书喝,他爹陪着支书喝,但其实他爹一直是把酒倒给支书的,自己一口也不敢喝。他爹原以为这半斤酒足够支书喝了,谁知支书酒量大,半斤酒下肚后还要喝,可他爹已经无酒可倒了。支书因为没有喝尽兴,很不高兴,骂骂咧咧地离开了他家,也是因此,支书后来并没有给他家批宅基地。那天,你魏叔叔目睹了事件的全过程。

他后来对我说过:日后老子有钱了,一定要建一个大大的酒窖,在里边装满了酒。看来,他是真办成了……

那天舅舅讲完这些,还以少有的严厉语调说:你以后少与他掺和,你要凭自己的工作成绩争取进步,而不要去靠他,别糊里糊涂地把自己搅进是非之中。你在部队实在升不上去,就转业回来,没有什么了不起!我当时心里很奇怪,舅舅这话是什么意思,难道说来看看魏叔叔还会搅进是非之中?以后少与他联系就成了,至于说得这样严重?我是到后来才明白,舅舅与魏叔叔的关系那时已产生了重大裂痕。也幸亏舅舅阻止,要不然,我和魏叔叔若频繁联系下去,与他走得太近,后来他因贪污倒台,我说不定也会扯上一些麻烦哩。

我当了驱逐舰长后,舅舅特意打来电话祝贺,说:我是咱们家族第一个从政的人,让咱们家族丢过脸;你是咱们家族第一个从军的,可不能再让家族丢脸了!我当时一怔:舅舅在我晋升的喜庆时刻说这话是什么意思?

舅舅的警语还真是说中了,在一次重要演习中,由于我的马虎导致指挥失误,军舰险些出了重大事故,事后我心有余悸地给舅舅打电话报告了情况,舅舅说:吸取教训,再不让类似的事情发生!我把丑话说到前头,如果将来海战真的发生了,而你打了败仗,我要是活着,不许你来看我;我要是死了,不许你来上坟!

舅舅的话给了我极强烈的刺激……

魏叔叔出事后我舅舅的反应?我知道一点。我记得我那天是在北京海军总部参加一个表彰会,我带领着我所在的那艘驱逐舰参加与他国海军的一次联合海上演习,因表现出色,受到了海军司令部的表彰。表彰会正开着的时候,我的手机振动起来，我悄悄一看，是舅舅在找我，他知道我在北京，我便急急回了个短信：正开会。很快，舅舅又来了一条短信：听说你魏叔叔出事了，请尽快查证！我一看，不由一惊：他那样大的官，能出啥事？我当时猜测：很可能是病了，要不就是遇见了车祸。表彰会一结束，我就急忙给邱秘书打电话，可他的电话一直打不通。难道邱秘书也出事了？情急之下，我出门打个的就向魏叔叔家跑去。

到了魏叔叔家，我发现他的院门外站了两个哨兵，不准任何人走进院子。见不远处有人在朝院里指指点点，我就走过去问：首长家出了什么事？其中一人开口道：姓魏的和他的秘书已被纪委带走，恐怕他以后当不成首长了！

我惊在原地没动，半天出不了声。

我后来走到僻静处给舅舅打了个电话，说了我见到和听到的情况，舅舅听罢半晌没有出声。我以为他没有听清我的话，刚要再重复一遍，不想舅舅这时叹了一口气，说：我估计他会有这一天，只是没想到会这样快……

这就是魏叔叔出事后我舅舅的最初反应。我后来回去探家时听我新舅妈说：你舅舅听说你魏叔叔被双规后，自言自语道——你看着他盖高楼，笙歌响；你看着他楼盖起，舞姿美；你看着他楼塌了，哭声起；你只能看着，你无能为力……

我和舅舅在一起时，还有一件事给我留下了深刻印象，就是他多次向我诉说他做过的一件错事。那件事还是他当县长时发生的。不知你愿不愿听这个？愿听，那好。

我舅舅说，在他当县长时，他的县政府办公室有一个姓庞的主任，很能干，不仅协调能力强，而且机关公文写得好。不管什么样的材料，只要一经他的手，都很出彩，所以那个庞主任很得他的赏识。他当县长的第二年，就力排众议，把庞主任提成了副县长。姓庞的被提为副县长的第九天早上，县政府办一个叫阮若的年轻干部突然闯进了我舅舅的办公室，说庞副县长昨晚去他家污辱了他的妻子，要求我舅舅对姓庞的进行惩处。我舅舅说：我当时很意外，就问他是怎么个污辱法。他说他昨晚吃过饭后带了孩子出去散步，不在家，他妻子刚洗完澡，庞副县长为一份材料的事来敲他家的门，他妻子以为是他回来了，就没穿衣服来给开门，门一开，他妻子愣住了，庞副县长就一下子抱住了他的妻子，虽没有进行奸污，但乱摸乱吻……

我舅舅听罢，当即就问他愿不愿让公安局来处理此事，那干部摇头说，他不想让此事弄得满城风雨，他们夫妻还得在这个小城过日子，只希望组织上能在内部给姓庞的做出惩处，让姓庞的以后别再欺负他们。我舅舅待阮若走后，立刻就把姓庞的副县长叫来问情况，未料姓庞的副县长一听就跳了起来，说这完全是对他的污蔑，他昨晚一直在办公室加班，有两个人可以为他做证。庞副县长还说，他平时为工作上的事批评过这个阮若几次，没想到他会捏造此事来诬告他。我舅舅待庞副县长离开后当即叫来了那两个证人，那两个证人都证明昨晚那个时间他们与庞副县长在一起。

我舅舅说，他随后做出判断：这件事是那个阮若无中生有，故意要毁坏庞副县长的名声，以报复庞副县长平日对他的批评。他于是叫来另一个分管机关事务的副县长，请他和那个年轻的阮若谈谈，给予适当批评，把这件事平息掉。

未料三天之后，年轻干部阮若和他的妻子竟撇下一个年幼的女儿，双双自杀身亡。那对夫妻在遗书上写明：姓庞的副县长其实是在那天晚上奸污了阮若的妻子，夫妻俩怕事情传开无脸在小城活着，才轻说了真相，没想到就这样作恶者还不能受到惩处，他们不想活在这个官官相护的丑陋世界上……

舅舅说他闻讯后震惊无比，当即下令公安局彻查此一事件。两天后，真相大白：姓庞的果真是强奸了阮若的妻子；那两个证明庞副县长无辜的证人是姓庞的安排好的；姓庞的早就对那个少妇生了淫心，在多次引诱无果后才瞅准空子强行动了手，他原以为对方会把这种丑事咽到肚里……

舅舅说他得知真相后整整一天没有走出办公室，也不让任何人进他的门，他就坐在办公桌前边抽烟边前前后后地想这件事情。舅舅说，那是他第一次感觉到手中权力的重量，原来它竟可以间接地杀人，真的可以决定人的生死。舅舅说，只要他稍微慎重地换上另外一种处理方法，那一对年轻夫妻就不至于去死，就可以留住那两条鲜活的生命，可就是因为他的草率，因为他没有深识权力负面力量的厉害，他毁了这两条生命，毁了这个家庭。舅舅说，他在回视自己处理这件事情的经过时发现，他所以这样草率，是因为在他的内心里，先就存在着一个结论，即上一级的官员，通常不会比下级官员的做人水平低。他说他错把官场看成了人格历练的场所，把职务的高低和人格的高下混在了一起。除此之外，还有一个隐秘的心理动因，就是不想承认自己亲手提拔的官员会出问题，相信自己看人不可能看走眼，如果姓庞的真出了问题，自己肯定脸上无光，也是因此，当阮若来反映问题时，自己内心里首先就对他充满了排斥感……

舅舅说他对阮若夫妻生了深深的负罪感，说他多次去寻找他们遗下的女儿，想给那孩子一些关照。可惜没找到，据说收养她的人家有意切断了和熟人的联系，不想让那个孩子知道自己的来历从而受到伤害……

10. 欧阳万彤生前秘书郑方繁：

我跟随万彤书记时间不短，从他担任省城市长的时候就开始了。我从清河大学经济管理系毕业后留校任教，当讲师。突然有一天，校长通知我去市长办公室，说市长欧阳万彤找我有事。我当时很吃惊：一个省城的大市长找我这个小讲师干啥？我去见他的时候，他握住我的手说：我从《经济参考》杂志上读到了你的文章《中国中部城市的经济突围》，我今天找你来，是想同你商量，来当我的秘书怎么样？我自然很感意外，可我知道，这对自己是一个机会，是一个有可能把书本知识变成社会实践的机会，于是就没有犹豫，点头说：中！他笑了，说：好，痛快！那你三天后就来上班吧！

三天后，我果然坐在了市长秘书的办公桌前。自此一干多年，我跟着他先后到了市委书记、省委副书记和省长的位置上，我俩相处得一直很好！

其间，他曾开玩笑地跟我谈过，说社会上如今流传着提升干部的“三爷标准”，一个人要么是少爷要么是姑爷要么是师爷才能获得提升，你算是师爷了，你想今后怎么提升？我笑着回他道：还回清河大学教书。他听后说，你能这样想让我很高兴，现在我们国家秘书当官的太多，好多重要岗位都由要人的秘书占着。不是说秘书不能当官，而是所有大官的秘书都当官证明我们的制度设计上有问题，这是另一种世袭。你想想，如果国家的重要权力最后全由一帮没有经过实际理政历练的秘书把持，那不是很危险吗？你能想着还回大学教书，首先让我的精神放松了……

他退休前，曾问我愿不愿回清河大学任副校长同时兼职教书，老实说，我当然想下去，我这么大年纪了总当秘书也是不合适的，可看着他当时的身体健康状况不是很好，心情也很糟，就没好意思开口说下去，就想再陪陪他。可没想到，这一陪就一直陪到他西行远走了。

去年秋天枫叶红了的时候，我陪他去郊区的一片枫树林里赏红叶，我们下车走到一株浑身披红的枫树前，我正想给他拍张照片，不想他忽然指着天空要我看，我抬头望向空中，只见一群大雁正在向南飞。他说：小郑，这情景和我最近的梦境很相似，我最近又开始做梦梦见大雁，就是看见大雁在空中飞过，与此刻情况不同的是，我梦见的只是一只大雁在空中飞。

我当时笑了，说：这倒很有意思，这是不是喻示着你也想和大雁一样，去南方休息休息？你要真想去南方的话，我可以安排，咱们可以去海南住一段时间。他摇摇头说，不用了，梦当不得真的，到什么地方住也没有住在家里好。

那天他让我拍一张大雁南飞的照片，可惜那群大雁飞远了，没拍成。

说他患老年痴呆症？这是胡说的，我不知道这消息是从哪里来的。我跟他这么多年，他的思维一直很敏捷，从未有一点痴呆的痕迹。我不知道这消息是不是与那张莫名其妙的诊疗单有关系。

那是他还在位时的一个春天，办公厅通知让省府领导去省人民医院参加一年一度的体检，我陪着他去了。那只是一次例行的检查，很顺利，他除了血脂高之外，未发现有其他的健康问题，我和他谈笑着回到了办公室。但第三天的傍晚下班时，财政厅的一位和我年龄相仿的朋友在走廊上拦住我，悄声问我：听说欧阳省长得了老年痴呆症？我一听笑了，回他道：完全没有的事，你从哪里听到的这消息？他神神秘秘地从裤兜里掏出一张纸让我看，我看清那是省人民医院的一张诊疗单，上边写着欧阳万彤的名字，单子上写着：经心理学测验和血液学及神经影像学检查，疑似患轻度老年痴呆症，可少量服用胆碱酯酶抑制剂，继续观察。当鼓励其多参加社会活动和日常家庭生活活动。

我当时看完，很生气地将它扔到地上说：完全是胡说八道，欧阳省长从来没得过什么老年痴呆症！随后我就走了。

没想到这消息在省委省政府机关传开了，机关干部们都以为欧阳省长得老年痴呆症了，我这时才想起去查查谣言的源头，于是找到财政厅的那位朋友，让他把那张所谓的诊疗单给我，他说：我见你的当天，听到你的否认之后，就将它撕掉扔了。

我问他是从哪里得到的那张诊疗单，他说，是他打开办公室门后在地上发现的。我虽觉得奇怪，但以为这事太无稽，也就未将此事放到心上。

欧阳省长一直不知道这事，我没有给他说过，别人更不敢给他说。他要知道了那岂不要气死？

我和欧阳省长在一起相处很轻松，他不是那种一天到晚都一脸肃穆的人。只要得了空，他愿同我聊天，聊的话题可谓海阔天空。记得有一次我们聊到了人的坚强，他道：要说坚强，我们家得数我娘。我小时候经常见娘红着脸去向邻居借东西，不是借杂面就是借苞谷糁。有一次是借盐，就是吃的盐，娘让我去东邻的一位大伯家借，给了我个小碗，我到了大伯家门口，喊了一声：大伯，娘让我来借点盐。大伯阴沉着脸从嘴上取下旱烟袋锅，说：嗬，又借？说完去他家的盐罐里摸出三颗大些的盐粒，扔进我端的碗里，说：够你们吃一顿了。借给你们家东西大都是肉包子打狗。我那时 8 岁，已能听懂他的话意，鼓着嘴回家，把盛着三颗盐粒的碗交到娘手上时，发怒地叫：以后别叫我去借东西！娘啥也没说，只是低头抹眼泪。我爹那阵子捏着赶牛的鞭子过来，一看碗里的三颗盐粒，也朝娘吼：谁让你借盐了，一顿不吃盐能死人吗？你个贱女人！娘不回嘴，啥话也不说，只是一边抹着眼泪一边给全家做饭……

他说：我娘要不坚强，我们家的日子早过不下去了。

他还同我聊过他早年的志向，他说，我本可以不当官的。我娘说我周岁抓周时抓的是一个唢呐和一支画匠的画笔。要是我这一生一直学吹唢呐或一直画画那该多有意思。吹好了，到哪个民乐团里当个唢呐演奏员，可以伴奏也可以独奏，那多好！自己心里闷了，拿起唢呐就吹一曲，《一枝花》《抬花轿》《庆丰收》《黄土情》《驻云飞》《江河情》《金蛇狂舞》《断桥残雪》《毛风细雨》，哪支曲子也能让人心旷神怡。我这一生要吹唢呐，大概也能赚不少钱了。

我笑着提醒他：那你就当不成省长了，吹唢呐的很难提拔成官员。

他道：你这话和当年我爷爷的话有点近似。我小时候，我姑姑请村里一个会吹唢呐的叔叔教我练习吹唢呐，我爷爷看见后，夺过我手中的唢呐就扔了，说：一个男娃子，吹这个东西长大了能有啥出息？吹拉弹唱，进不了官场。我姑看见自然不高兴，就说：这样小的娃娃，哪里就要去懂得当官的事？爷爷说，当个男子汉，就该到官场里去混个名堂……

他聊起往事时，两眼总是眯着向窗外的天空看去，似乎想重新看清那些已逝去的岁月。

一个人当了省长，我们都觉得他很风光，有车有房有人奉承有人鼓掌，干什么都有人代劳，日子过得好像很美妙；其实，这只是看到了一面。还有另一面很少有人看到，我作为他的秘书，整天跟他生活在一起，有幸看到了省长这个职务的另一面。这另一面就是不自由。比如吃饭，我们一般人吃饭都是一气吃饱，可当省长有时一顿饭得吃四五次，北京的、邻省的重要领导来了，你省长得出面陪一下吧，有的中午同时有五桌饭需要他到场，他每场坐个十分钟，说话又占去了不少时间，每场都只能匆匆吃几口，这日子有意思吗？再如如厕，咱普通人如厕，轻轻松松用多长时间都行，可他那边如厕，这边好多人在等着向他请示、汇报，等着他开会、指示，等着他出门上车，他又患着便秘，需要时间，怎么办？常常见他很痛苦地走进卫生间，又很痛苦地走出来。再如换衣，我们一般人一天只需穿一身衣服就行，可省长不行，这个场合只需要穿夹克衫休闲装，那个场合又需要穿西服，有时两个场合转换的时间很短，换衣服的时间没有，只能在车上换，车边走他边换衣服，在车上换裤子是个极其麻烦的事情，弄不好下车时就会出洋相。

他辞职的事我当然知道。

但他的决定做得很突然，我事先一点也不晓得。他辞职的半个月前，同我聊天时还在谈论中国官场和外国官场的相同处与不同处，心情很开朗。我记得他当时说，中国官场和外国官场的相同处，在于这都是一个人实现自我价值的地方，能让一个人显示出自己的政治才华和行政治理才能，满足一个人内心统治他人的欲望，满足一个人进入中、上层社会的渴望，满足一个人为民族为国家效力的愿望。不同之处在于，外国官场是一个受到法律严格限止和新闻媒体严密监督的场所，所有进入官场的人，首先被作为可能的犯规者和犯罪者对待，对其所有的行为进行监督，明确规定你可做什么，不可做什么。一旦做了不允许做的，立刻面临去职和受惩处的危险，即使你身为总统也一样，也会遭到弹劾。但中国的官场被看成一个伟人熔炉和道德高地，谁当了官谁就是最聪明和最有道德的人，他的思想就是最智慧的，他的言行就是最符合道德的，他对治下的百姓就有了父母对儿女一样的威权，被称为父母官，他就有了裁判一切的权力，谁也不能对他的决策和话语进行质疑。尤其是各地的一把手，即使他是一个混蛋，除了他的上级谁对他也没有制约的办法。万彤书记说，这个问题将来一定要解决，不对官员进行监督，不在权力的四周砌围墙，官员早晚会腐化，权力早晚会作恶，最后肯定要祸害百姓。他说他准备在清河省进行一下实验，看能不能为这个问题的解决蹚出一条路子。

怎么实验？我听他说了他的设想。他说，我们可以先从改革省政协的功能做起。现在的省政协委员，都是由组织部门和政协机关推荐、选定的，选出后只有讨论权和建议权，没有监督权。将来可以先由组织部门确定各界别的委员人数，至于谁来当委员，则在各界别内完全通过选举来决定，参选的人不能是官员。每个界别的委员选出之后,开始监督本界别的官员,金融界的委员监督金融界的官员,文化界的委员监督文化界的官员,工商界的委员监督工商界的官员,农业界的委员监督农业界的官员。要保证每个界别的官员都有人来监督。这些委员的主要任务,就是挑官员的毛病,既挑他们工作上的毛病,也挑他们生活上的毛病,更挑他们违法违纪的问题。而且要让省政协拥有一份报纸,这份报纸的主要功能,就是公布各界别委员监督本界别官员的情况,特别是官员违纪违法的情况,当然也包括所发现的官员廉洁从政的好事。这样,有监督的人,也有监督的手段。使得从政的官员每天都有一种危机感,使他们不得不老老实实当公仆,而不能高枕无忧去当老爷。被监督的官员无权决定政协委员的去留,任何用其他手段报复政协委员的官员,一经查实,立即就地免职并追究相应的责任。

我记得我当时听了很高兴,说:但愿这个设想能早日实现。可惜,他和我谈完这事没几天就突然要求辞职了。

他为什么辞职?我也很难说清楚。辞职的前一天,他还在精神饱满地参加全省农村工作会议,还笑逐颜开地说要在夏收前去十个小麦主产县看看,可是第二天下午,他就让我陪他去省委梁书记的办公室,亲自把他手写的辞职书交到了梁书记的手上。我记得他进了梁书记的办公室后,梁书记的秘书还没把门关上,他就开口说:梁书记,我经过慎重考虑,决定辞职休息,这是我的辞职书。我在惊怔的同时看见梁书记也一怔,只见他瞪住万彤省长吃惊地问:为什么?

我想要改变的东西很多,可我发现我只能改变很少的一点东西,我对社会风气的变化和权力本身有一种无力感,一种很强的无力感……

万彤省长这时才朝我和梁书记的秘书挥挥手，示意我俩出去。

那天，他和梁书记一直谈到天擦黑，足有两个小时。我和梁书记的秘书一直守在门外。平日，秘书们到一起，是免不了说说笑笑的，但那天我和梁书记的秘书都无心说笑，我们俩都意识到万彤省长的辞职是清河省政界的惊天大事，我们都在想这件事发生的原因和影响。尤其是我，万彤省长的辞职对我的前途影响最大。政界里的人都知道，秘书的命运是和领导的命运连在一起的，领导没了职务没了权力，秘书的命运也会发生很大的变化。有些变化还是难以预测的。

本来，一个人当官当到省长，按世俗的评价，那人生已是非常辉煌了。通常这个时候，都会考虑怎么再进一步，要么是当省委书记，要么是到北京去，到国务院有关部委任个职，但他却突然宣布了辞职。这不仅让外界意外、生出各种猜测，也让我们这些身边工作人员大吃一惊。他至死也没对我说他辞职的真正原因，无力感是我听到的一言半语，不知他是在指什么。我自己后来仔细回想分析，觉得他的突然辞职，原因可能有几个。第一个缘由，很可能是他夫人做的什么事情出了问题。当然，这些话，你不能写到传记中去。

他的夫人常小韫，与我的老领导欧阳万彤结婚后，最初几年，口碑非常好，在我们省的省级领导夫人中，是人们反映最好的一位。我最初同她接触时，感觉也好。她那时不过问政事，不插手丈夫的工作，不招摇自己的夫人地位，不收他人送的钱物，对我们这些工作人员，也很客气礼貌。但不知不觉的，她开始变了。我最先注意到的她的变化，是她穿得越来越讲究了。她是普通人家出身，原来对穿一点不在意，平日都是一身警服，不上班便是寻常的衣裤，偶尔穿条裙子，无论是式样还是布料，和机关干部们的夫人们也没啥两样。大家看见她，都觉着亲切，会随口叫她一声常警官。可慢慢的，她穿警服的时候少了，穿漂亮时装的时候多了。起初是买省内的一家名牌服装公司生产的女装，后来是买国内有名的两家时装公司生产的女装，再后来，就是买国际名牌时装。她逛名牌时装店的时间越来越多，不论是在省内还是去北京抑或是出国，她的很多时间都是在时装店里打发的。我们这些工作人员，陪她买时装的时间也越来越多。一开始是司机陪，后来是警卫员陪，再后来是我陪。万彤书记因和她有年龄差距，有点宠着她，对她买好衣服的事也没过问。说实话，她比其他省领导的夫人年轻，又原本就长得入眼，一穿上名牌时装也确实漂亮，以至于其他省领导的夫人在穿衣上都向她学习，她穿啥牌子，别的夫人就也穿啥牌子。可以说，她在省领导夫人这个圈子里，领导着服装潮流。机关里有人见她喜欢时装，过年过节就想办法要送她件衣服。万彤书记渐渐注意到了这个事情，提醒她小心负面影响。她没有在意，说：穿件衣服，又不是干坏事，怕什么？

可能就是为了经常展示她拥有的漂亮衣服，她不想再穿警服，要求换一个不需穿制服的工作。她让我出面问问省政协机关愿不愿接受她，并交代我先不要给万彤省长说。省政协的领导一听说她愿意来，立马回复道：非常欢迎！然后又是我出面为她办了调动手续。手续办成之后，她才给万彤省长说。万彤省长不高兴，可生米做成了熟饭，他只能皱皱眉头作罢。

她到省政协工作之后，分管与企业界委员的联系事宜，这样，与企业家们的接触就多了。有的人一听说她是省长夫人，就想办法与她套近乎。她一开始颇警惕,尽量回避。后来一个省里的名牌服装生产商邀请她去视察一条新引进的生产线,这是她的兴趣所在,于公于私都有理由,她就很高兴地去了。那厂长领她看了生产车间后,带她去了新装试穿室,要她试试几款新设计的秋装,这撩起了她的兴致,在试衣间里试得满心欢喜。那天临走时,厂长把她觉着好的两套衣服放进了送她去的车里,她只稍稍推辞了一下,就带回了。自此,那位厂长隔三岔五地来找她去试穿新衣,不断地送她新设计的衣服,她对那位老板就越来越有好感,越来越看重,越来越想给那位老板以帮助。后来,那老板说想在厂区附近再要一块地以扩大厂房,问她能不能给省市领导打个招呼给开个绿灯,她当即满口答应说:好,我让郑秘书去说。我一听这话,心里直打怵,因为万彤省长给我们工作人员交代过,谁也不能插手房地产领域的事,说这个领域里金钱成堆,最容易把人打倒。可如今他夫人说了,我也不能不办。我就给省城主管房地产的一位副市长打了招呼,请他关照一下那个厂长,尽量给他扩厂的方便。那位副市长见我出面,也就答应了。那之后,夫人去试衣的时候更多更勤,对此,我不敢多过问。后来我听说,那厂长早已让设计师记下了她的身高、臂长、腰围、胸围、臀围、肩宽等身体资料,专门根据她的身材设计定做衣服,有时还专门从外国请来设计师为她设计衣服,所以她每次试衣都觉得特别合身、特别开心。没有多久,那位厂长真的拿到了他想要的那块地。厂长为了感谢我,也给我妻子送来了一套衣服,给我送了一张银行卡,卡上有50万元感谢费。卡和衣服我当即退回,我一个小秘书,可不敢惹这麻烦。我退回衣服和银行卡的第二天,省长夫人也拎着一套衣服找到我说:你去把这身衣服和这张卡退给厂长。我一看,卡上写着100万。天呀!不退可是要出事的。我退完衣服和卡回来，夫人找到我特别交代：这件事到此为止，万彤省长那么忙，此事就不必给他报告了。我明白她的话意，就是别把这件事说给万彤省长，以免他发怒批评。

但我没想到，那位服装厂厂长拿到地后，并没有扩建厂房，而是盖了几幢二十几层的商住楼。在不是商住区的地方突然出现了商品住宅楼，建设厅当然要过问。那位厂长又提着几身好衣服来找省长夫人，请她代他们向省建设厅疏通。省长夫人可能也意识到事情的严重，迟疑了好一阵，先批评了他们不该乱来，命令他把衣服带走。之后又找到了我，说他们已经为建房投入了巨资，半途停下必会破产，让我去向建设厅说情。我明知这是违规的事，可怕惹省长夫人不高兴，她在万彤省长面前说我坏话，只好又违心地去办了。建设厅见我出面协调，以为是万彤省长的意思，也只好不再追究。其实，万彤省长的确对这些事情一点也不知情。这是真话，并不是为他打掩护，他已经去世，为他说假话还有什么必要？

在人事方面，她一开始确实很谨慎，基本上不插手，连她弟弟升迁的事，她都不干预。但有一件事，让她开了戒。我们省一家玉器厂的老板是省政协委员，有一天送给她一份请柬，请她参加该厂展销大楼的开业仪式，她以为是一项工作，就让我陪着去了。我那天没别的事，加上对玉雕艺术有兴趣，就高高兴兴地想去一饱眼福。那个展销大楼盖得很气派，厂里的各样玉雕精品几乎都摆了出来。但她对那些大型玉器雕品没有兴趣，目光只是一掠而过，在走进摆放玉镯的展厅时，才两眼放光了。多种玉料多样质地雕成的多类玉镯摆放在展柜里，被聚光灯映出极美的样态，她在展柜前停住了脚步，饶有兴致地看着，那老板见状就赶忙上前介绍说：玉镯是女性特有的平安和吉祥的护身符。玉镯的种类,按玉的颜色来分,通常有白玉镯、青玉镯、翡翠镯和玛瑙镯。白玉镯有镇静、安神之功;青玉镯可辟邪,使人精神旺盛;翡翠镯能缓解呼吸道系统的疾病,能帮助人克服抑郁;玛瑙镯能清热明目。按玉的产地来分,玉镯有岫玉镯、和田玉镯、独玉镯、绿松石镯等。岫玉产自辽宁岫岩,和田玉产自新疆,独玉产自河南南阳,绿松石产自湖北郧县,都是名玉。按玉镯的样式分,又有圆形镯、椭圆形镯、竹节纹镯、螺纹镯、雕花镯等等。你的手腕圆润皮肤细腻加上你气质高雅,戴这只和田圆玉镯最合适。说着,从展柜里取出了一只晶莹剔透含有不少翡翠的玉镯递到了夫人手上,夫人只顾戴上欣赏,没去看那价签。我看了一眼,不由得吸了一口冷气:88 万元呀?! 夫人根本没有玉的知识,压根儿不知道那玉镯会这样贵,她大概以为这只是个小礼品,所以没有客气就戴在手腕上往外走。老板此时让人取了一个精致的玉镯包装盒,把价签放进去后交给了我。我轻声向老板说道:这样贵的东西,她怎么付得起? 老板笑了:我们表示一点心意,怎能让她付钱? 再说了,金银有价玉无价,那价签也是我随便写的,你就放心吧……

那天回到省长家,我犹豫了一下,还是把那个装有价签的包装盒放到沙发上了。我想让她知道那只手镯的价钱,好心中有数。果然,第二天她就打电话问我:那价签上写的数字是真的还是假的? 我告诉她,按目前市场上和田玉的价格,应该是真的。和田玉的储量越来越少,产量越来越低,所以市场上的价钱就越来越高。她问我:那怎么办? 退给他? 我听出她话音中的不舍,只好说:既是已经拿了,再退回去,公司也会觉得难堪。她“哦”了一声,犹豫了好长时间,才说:你代我去把镯子退给他吧,咱不能要这么贵重的东西……

我估摸着那位公司老板不会无缘无故就把这个贵重的镯子送人，他一定有什么目的，果然，我和夫人去退镯子时，那公司老板叹口气说：我的确是有事想麻烦夫人，你既是这么决绝地退了这个镯子，我也不好提了。夫人道：你究竟有什么事？凡我应该帮的，就帮，并不是说只有收了礼才帮。那老板说他的儿子在省工商局任副处长三年，最近处长高升，空出了位置，但竞争者多，能不能请夫人出面为他儿子说句话。夫人听罢沉吟了一霎说：我一向是不管这些事的，但你这件事我去试试。回到家，她对我说：你给组织部的焦副部长打个电话，就说我请他帮帮这个忙，回头我再同我们那口子说。我自然得依令而行。这件事后来办得很顺利，可我估计，她并没有给万彤省长说。大约是从这件事以后，她可能感觉到办这类事不难，就开了口子，管这类事情越来越多了。后来，她的同乡、同学、朋友中有想提升的，不敢找省长，都是悄悄找的她。她通常不在家里见这些人，都是应约出去，在一些饭局上答应了人家，然后或者让我出面去协调办理，或是她亲自出面找有关领导。她办这些事我不知收没收人家礼物，但肯定会留下后遗症，也就是把柄，会不会有人抓住了这些把柄，使得省长不得不辞职？

不过最后，梁书记说服他收回了辞职书，由这点看，似乎又不是因为他夫人的事……

造成万彤省长辞职的另一个缘由，也有可能是潜龙河沿岸的水土治污问题引起了大麻烦。有一段时间，潜龙河沿岸几个县的癌症病例高发，而且新生婴儿的畸形率很高，省报一名记者因此下去采访，发现原因是位于潜龙河上游的海富矿业集团排出的污水太多，不仅污染了潜龙河水，还将两岸的不少土地也污染了，靠河近的农田土壤里铬、铅、砷含量超标，正是吃了由这些田里生产出的粮食，喝了与潜龙河水相连的地下水，才造成那几个县的癌症病例高发和畸形婴儿频现。那名记者据此写了一篇内参，万彤省长看了之后，当即批示：请省环保厅迅速组成专家组核实此事，若属实，应尽快拿出治理意见报我。不久之后，省环保厅呈文，写明记者所写的内参内容属实，建议强制海富矿业集团不再排出污水。万彤省长在看到环保局呈文的第二天，就带上我、省府办公厅主任、省工信厅厅长、省环保厅厅长，驱车去了位于潜县的海富矿业集团，预先并未给集团领导打招呼。我们到了潜县，没有先去集团总部，而是直接去了几个矿场，在那儿现场看了采矿、选矿的污水怎样直接排进了潜龙河。海富矿业集团是省内有名的大型民办企业，每年的产值近百亿元，集团老总海成贵是省内的著名富人，平日为人傲慢骄横，当他的下属向他报告说又有一伙人在查看他们的排污情况后，很快气势汹汹地带了一帮保安赶来，想赶我们走，及至看见是万彤省长，才慌慌地换上笑脸，说他是来请省长去给集团总部的员工讲话的。省长看见他，也没客气，当即冷着脸告诉他：一，立即停产，关闭所有采矿矿场；第二，尽快安装治污设备，待所有治污设备运转起来确定不再排污后，才能恢复开矿；第三，出钱帮助地方政府治理已被污染的河水和土地，争取使河水重新变清，使农田土壤中的重金属含量降低，究竟出多少钱，由省环保厅和你们在一起仔细评估后确定……

海成贵一开始还面带笑容地听着，听着听着就也冷起了脸。万彤省长说完后，他淡淡地说了一句：好吧，谢谢省长对环保问题的关心。

万彤省长随后去了潜龙河沿岸受污染最严重的几个村镇

察看详情。就在当天晚上，省长夫人由省城来了一个电话，电话是打到我的手机上的，说有急事，请省长马上接电话。我把电话交给省长，就听夫人说：刚才省府办公厅的林副主任，领着海富矿业集团的一个副总，送来了一尊用纸箱装着的释迦牟尼佛像，挺大，我一开始以为是陶瓷做的，加上觉得拒绝佛祖进家也不吉利，就让他们放下了；待他们走了之后，我打开包装才发现，原来佛祖是用纯金做的，总有五十来公斤，怎么办？给他们打电话他们不接。省长阴着脸让我通知省公安厅的房厅长，立即派人去他家把那尊金佛像先搬到公安厅存放。这个电话刚处理完，潜县的环保局长就来电话报告，说海富矿业集团所属的所有矿场，今天只停业一个下午，傍晚又全部恢复生产。省长铁青着脸听完了我的汇报后，要我立马拨通海富集团老总海成贵的电话，电话一接通，省长就生气地对海成贵叫道：你为何对我阳奉阴违？就因为你送了个金佛给我？告诉你，金佛我已送省公安厅，你必须马上给我停产！

电话里的海成贵先是带点求饶的口气说：省长，那么多矿场，关闭一天就损失上千万元呀，这既是我海富集团的损失，也是咱省工业生产的损失。我和我的股东丢掉的是金钱，省政府丢掉的是GDP提升的数字，你丢掉的是政绩呀！你就让我边生产边安装治污设备吧。

省长语调冷硬地说：咱俩都想想那些得癌症的人和发育不正常的婴儿吧。一家只要有一个人得了癌症或生一个畸形婴儿，你说他们的日子还怎么过？我不要这政绩，你也别要那么多钱了，钱挣多少是个够？立马给我停产！什么时候安装好了治污设备，再开业……

我和同去的那些省厅领导都以为，省长发了这么大的火，海富矿业集团肯定停业了。没想到三天后潜县环保局局长报告:海富集团的所有矿场均未停业,都在正常生产。这可把省长气坏了,说实话,我当时也是怒不可遏,我立马给海成贵打电话,但他的手机关机,打到他们集团总部办公室,回说海总外出了。省长当即令我通知潜县县政府,停止给海富集团的所有矿场供电供水!

这个命令一下,海富集团的矿场才算停下了生产。万彤省长交代我,省府办公厅每十天要让潜县县政府汇报一次海富集团治污的进展情况,要一抓到底。

我当时估计,省长的决心如此坚定,海富集团必会服从照办的。没想到海富集团根本不想把一大笔钱花在治污上,没有去购买和安装任何治污设备,而是到处找人找关系,企图软化万彤省长的决心。我从第三天起,就开始接到各方面官员为海富集团求情的电话,有本省的副省级官员,有邻省的省级官员,有中央有关部委的官员,对这些电话,我不敢不让万彤省长接听,但我看得出,他每接听一次,怒气就累积一层。他不能对这些人发火,只能在放下电话后,气得拍桌子、在办公室里来回踱步。他对我说:这个海成贵是想让我感受到他的关系网有多厉害,想压我放弃治污的决心,好吧,我就看看你有多大本领!

在海富集团停产的第十三天傍晚,下班前,万彤省长办公桌上直通北京的那部保密电话突然响了。我见省长拿起话筒,就急忙出了他的办公室进了我的办公室。对这类电话,我是不能听的。但我的办公室和省长的办公室就隔着一面薄墙,话筒里的来电声音虽听不见,可省长的声音是能听见的,何况省长大概是因为冲动,音量挺大,我想不听都不行。省长的声音分明是在辩解:……我并不是对海富集团有什么成见,更不是歧视民营企业,也不是不担心 GDP 数字的下滑,我是害怕水土污染会造成更大的恶果，担心更多的人得上癌症，担心出现更多的畸形婴儿……我是应该检讨，我的工作方法是有问题。自我任省长后，全省经济发展速度确实放慢了些……

我明白，这个电话又是为海富集团的停产而来的。

那天傍晚，万彤省长放下电话后许久没有动静。下班时间早过了，应该下班了，我隔了门缝向他的办公室里看了一眼，发现他抱头趴在办公桌上一动不动，我估计他是因为心里难受，没敢进去惊动他。那个傍晚，他在桌上趴了总有一个来小时，我在外屋也一动不动，直到他起身去洗脸时，我才进去收拾文件。他那天临出门对我沉声交代：告诉省环保厅，可以让海富集团边开工生产边安装治污设备，但一定要安装，不然，一个月后，我还停他的产！……

这件事，是不是造成他辞职的一个缘由？

我说不清楚……

我想了想，可能促成万彤省长辞职的第三个原因，是一件在北京发生的事。这件事知道的人极少极少，我可以告诉你，但你切记绝不能写进传记里。

有一次，我陪万彤省长去北京中央党校学习，他住校内，我住校外的一家宾馆。那家宾馆住的差不多都是我这样的陪读秘书。我们这些陪读秘书的任务，是为领导提供服务，服务的内容包括起草领导在校内各种讨论会上的发言稿，安排领导读书之外的各种宴请和赴宴事宜，联系拜会各部委办的头头，包括看望更高层的领导，也就是跑项目，此外就是送洗领导的脏衣服等等杂事。有的省市领导的陪读人员并不限于秘书一人，还有省府市府机关的笔杆子，以起草领导在学习期间需要发表的文章。

应该说，在那些秘书中，我的任务最轻，事情最少，因为万彤省长是研究生毕业，文字水平高，他看不上我替他写的文字，他的发言稿和文章都是他自己写的；他这人又不喜欢让别人洗他的内衣，他的衣服也都是他自己动手洗，我就省去了好多事情。我在那儿要做的，主要是为本省的各种建设项目，联系安排省长去见有关部委的领导和司局一级的干部，疏通协调。很多项目，你不跑是争取不到的。

这天上午，几个手上一时无事的秘书喊我过去打牌聊天。我这人喜欢看书，对打牌的兴趣不大，可又不能不去。这种秘书间的打牌聊天其实是交流各种情报信息的最好机会，再就是对一些大的事情交流看法。很多事情都是秘书们先在一起通气，统一认识，然后再说服各自的老板做出决定的。据说，那些年京城里的好多事，都是京城里的几十个重要秘书促成的。就是在这天上午的打牌聊天中，我得到一个重要信息：国家规划中的一条高速公路干线要提前到今年开建，这条路有将近四百公里通过我们清河省。目前，已有不少大员的公子想得到这条高速公路尽可能多的标段承包权，估计激烈的竞争很快就要开始。

我把这个消息告诉了万彤省长，提醒他可能会有人因此事找他。他听后沉吟了一霎，说：告诉省交通厅厅长，如果我此后不得不让什么人去找他们，他们一律要按规定办事，不能给予任何照顾，但尽量不要在言语上伤害对方。

我的判断和估计没错。果然十来天之后，清河省驻京办主任来电报告，说京城有名的一位公子，想通过他们请万彤省长聚聚。万彤省长听说后皱着眉头。我知道他有难处：不去吧，怕因此开罪那位公子的父亲；去吧，又怕他提出高速路建设上的不法要求。这顿饭不是好吃的。他犹豫了半天,还是决定:去吧,不去就是不给人家脸面,等于现在就把人家得罪了。晚得罪总比早得罪好,去了看看他说什么。

那顿饭安排在市内的一个会所里。那会所从外表看并不起眼,进去后才知道里边装饰得十分豪华气派。我和万彤省长都见识过不少高档聚会场所,但这里的排场还是让我和他都吃了一惊,亭台楼阁,流水游鱼,紫檀家具,墙上挂的全是名画,室内摆的有清宫的用物,地上铺的都是丝织名毯,来回服务的全是绝色美女。做东的是那位公子,陪客的是另一位有名的公子。两位公子热情邀我们入席,先说了一通"久仰万彤省长大名,今得相见,很是高兴"的寒暄话,之后便说两位的爸爸对万彤省长的印象是何等的好,说两位的爸爸常夸奖万彤省长的政绩,估计万彤省长肯定还要高升一类的话,接下来就是劝酒、喝酒。三杯酒喝过,四个人又换个敬了一遍酒之后,那位公子才开口说道:万彤省长,有件小事想麻烦你帮忙,在你,可能是举手之劳,对我,则是养家糊口的大事。万彤省长这期间一直是面露笑意不说什么,到此时,知道是不说不行了,便道:不必客气,有什么事尽管说,凡我能帮上忙的,必会倾力相助。那公子就开口说了,说的果然是要承包清河省境内那条高速路的全部标段。万彤省长听他讲完,表态道:这条高速路规划设计的时候我知道,但开工建设的事目前还没有正式通知我们。你们得到的消息若属实,届时自会满足你们的要求。谁来帮我们建设都是好事,何况是你们!郑秘书,你记住这事!

我急忙点头。

饭吃完的时候,做东的那位公子拍了一下手,立刻从外边进来两位穿旗袍的姑娘。那两位可真是地道的美女,丰胸翘臀，细眉大眼，体形苗条，身子高挑挺拔，双眼顾盼生辉，脸上笑靥诱人，两位美女的雪白大腿在开衩很高的旗袍下若隐若现，身上的香水馨香诱人，弄得我都不敢睁眼细看她们，尤其不敢细看她们的腿。

两位姑娘，陪这两个老板去洗个澡放松放松，一定要陪好呀！那做东的公子一脸郑重地交代她们。

请吧，二位！她们俩分别朝省长和我走来。

万彤省长这时含笑摇头，对那两位公子说：二位的盛情我们心领了，因为明天要参加学校的大会发言，还要准备发言稿，就先告辞了，待以后有空，再来打扰。说罢，起身就往外走，我急忙跟了出去。在返回的汽车里，万彤省长低声交代我：他要标段不是要真的参加建设，而是为了转卖承包权，你给省交通厅交代好，投标开始前，要确实通知这位公子来，但一定要和其他的投标者一视同仁，不得有任何照顾，他到那时再找其他关系来说，也晚了……

我当时心里就直打鼓，这样处理自然可以阻止他们转卖承包权，对高速路的建设有好处，但对省长本人并不好，会有后遗症的！

后来，省交通厅按我的交代办，提前通知他来投标，他兴冲冲来了，原以为是走个过场就把承包权拿走，没想到是真的让他和其他人一样正式投标，这下他傻眼了。他的标书根本就是糊弄性的，完全没法中标。他是怀着对万彤省长的满腔愤恨离开省城的，临走前，他打来电话，说要见省长，我告诉他省长去香港招商了，他恶狠狠地对我叫道：你告诉欧阳万彤，他有点胆大包天了，什么人都敢玩，玩到了我的头上，老子要让他吃不了兜着走！不就是一个鸟省长嘛，让他当他是省长，不让他当不就是一个草民?！妈的，咱们走着瞧！……

他在电话里的骂声,万彤省长在旁边全听到了。我看见省长铁青着脸,把手边的一个铁皮茶叶盒拿过来捏着,直到把茶叶盒都捏扁了……

这件事过后,我听见北京来过几次电话,每次省长接完电话后都坐在椅子上半晌不说话。

我想他心里肯定在倒海翻江……

此外还有一件事,因涉及今天仍然在世的省领导,不能细说,但它也可能是促成万彤省长辞职的原因,我可以概略地说给你,不过只供你分析时使用,你一定要答应我不能泄露出去,更不能写进传记里,否则,你我都可能会有麻烦。

这件事的开端很小。教育部派了一个工作组来清河省检查高等教育情况,就住在清河大学宾馆。晚上十点来钟,工作组里一位姓廖的年轻女士所住的房门被敲响,廖女士隔着房门上的猫眼一看,敲门的男子她并不认识。她本来可以不开门,但又担心是清河大学里有人来反映情况,何况这是大学里正规的宾馆,就毫无警惕地开了门。开门之后,那男子说:跟我走吧。廖女士有些奇怪,就反问他:去哪里?那男子听了这话就很生气,恶狠狠地说:到了那里你不就清楚了?廖女士就更惊奇了:这人怎么如此不讲礼貌?便也有些生气地说:你不讲清楚去哪里我怎么可能跟你走?那男人见她这样回话,不由分说,上前抱住廖女士就把手里的一块毛巾捂到了她嘴上。廖女士刚要挣扎,却忽然身子一软靠在了男人身上,原来那毛巾上蘸着乙醚。那男人挟着被迷倒的廖女士就要下楼,所幸这时工作组的另一位男士外出看朋友回来,恰巧碰见了他们,忙问怎么回事?小廖得了什么病?挟持廖女士的男子见势不妙,把廖女士朝对方身上一推就跑了……

这件事第二天自然就成了清河大学的新闻。刚好这天上午按照预先的安排是万彤省长会见教育部工作组全体成员，会见前，我把了解到的昨晚发生的这件意外告诉了万彤省长，建议他在会见时向工作组表示歉意。万彤省长一听这事火了，立马把省城的公安局长叫到了清河大学里，要他当天就把这件案子破了。还好，宾馆楼道里安有摄像头，那男子的面部和身影拍得清清楚楚，而且那男的车就停在大学校园里，车号也都被摄像头拍下了，学校的门卫也多次见过这人。公安局没费多少劲就抓到了那个名叫大熊的男子。这一问才明白，大熊那晚奉命要去宾馆的411房间领一个年轻女人，因为喝了点酒，糊里糊涂地跑到了311房间去敲门，巧的是311房间刚好也住了一个年轻女人，所以就闹出了这出惊动省长的案子。

照说这件事可以到此了结，反正也没有造成大的恶果。可审问大熊的探长从毛巾上的乙醚闻出了其他味道，没有就此罢休，追问大熊要去411房间领的年轻女人是谁，大熊吞吞吐吐说是清河大学里的大三女生。探长再问：你要把这位大三女生送到哪里？

东郊的南宋花园。

送到那里干啥？

不知道。我只管来领了人开车送去，别的不问。过去都很顺利，敲开门女人就会跟我走，没想到这次弄错了。

平时多长时间送一次？

有时是两天，有时是三天，有时是一周，时间不等。

每次送的人都不一样？

是的，全是新面孔。

谁让你领人送去的？

我的老板。

你的老板是谁?

国际飞腾的总裁简谦延。

简总裁要你把这女生送到南宋花园的哪栋别墅?

今宵聚。

谁在那里边住?

我不清楚。

是真不清楚?还是你愿意我把你当成拐卖妇女的罪犯处置?

别,别,是一个省领导隔三岔五去那儿休息。

哪个省领导?

是一个副的……我不敢说呀……

欧阳省长怒不可遏地把这事汇报了上去,但,一直没有消息……

11. 同乡魏昌山：

监管方能答应你采访我证明你挺有本领！我当然不是指我有多金贵。我其实已是一具腐尸，已经臭不可闻，只在等待彻底腐烂而已。我指的是，能进到这个地方的作家和记者此前还从没有过，你是第一位。

你想问什么？关于我贪污腐败的经历和事实？我已经交代很多遍了，大部分也都经由报刊和网络公布了，你还有兴趣？钱和金条的事，房子的事，酒的事，艺术品的事？给谁送的事？收哪些人的礼金的事？女人的事？是不是还想问我和那个女歌唱演员的交往经过？我知道你们作家对这类事感兴趣。那么漂亮的一个女歌唱演员，怎么会与我这个其貌不扬的家伙搞在了一起？这得感谢权力！是权力让我罩在了俊朗的光晕之中，从而有了魅力。什么？你不问这个？不是问这事，是问欧阳万彤这个人？他去世了？为他写传？嗨，他怎么会走得这样早？

我和欧阳万彤当然熟悉。你要问他的事我自然清楚。他和我是一个村的，他长我几岁，小时候俺俩经常一块下水塘洗澡，连彼此身上的胎记在哪儿都清楚。按村里的排行，我叫他哥。在我们那个村子里，我俩的职务，算是最高的。在我的人生历程中，他可以说是我的启蒙老师和人生导师。我俩过去是割头换颈的好朋友，后来主要是由于我的缘故，我俩才逐渐疏远并断了交往。断交的责任主要在我。当然，从今天看，幸亏我和他断交了，要不然，说不定也会把他牵连到我的案子里。

我俩断交了对他好呀！

我俩交往的年月可是太久了，讲他的事，多了去了，从哪里讲起呢？这样吧，就从1976年9月说起，从欧阳万彤来给我说毛泽东主席去世的消息聊起。他那时已在俺们县的一个公社里当了秘书，有天后晌，他突然回到了村里。我去他家看他时，他正神色激动地和他爹说着什么。我进屋后，他住了口，开始和我聊些家常话，但我感到，他的神情明显有些不自然。随即，我就告辞了。那天晚饭时分，我正坐在我们家门前的槐树下喝清汤稀饭，边喝边看着落到碗里的几颗星星，万彤来了。万彤说：昌山，有一个重要消息，我犹豫了一阵，决定还是告诉你！

我当时因为肚子里饿，一边喝着我的稀饭一边拿眼问他。

毛主席死了！

我停下嘴，惊看住他道：这可不敢胡说！

真的。公社马上就要广播了。

我“哦”了一声，慌慌地站起来。

你怎样看？

看什么？我一时没弄懂他的话意。

历朝历代的经验是：皇帝一死，必会生变！

我瞪住他，心中又是一惊：变啥？

当然是变的东西越多越好。谁上了台都知道如今人心思变。比如这土地的事，就最应该变！你想想，乡下人最关心的是啥？是吃饱饭。让肚子吃饱是最大的事！可这些年种地的人，包括你，吃饱过吗？没吃饱是因为什么？还不是因为每一家对土地的使用都没有权力！

你小点声，不想活了？！我紧忙朝四周看了看。

放心，别人听不懂咱在说啥。

可是谁敢去变？我压低了声音问他。

当然不是你我，但肯定有人！

你岳父说的？

他已经去世，这是我自己的预测。

我在越来越暗的夜色中看定他。我知道他这人在省城上过大学，平日里爱读书看报，又当着公社里的官，所以见识广，懂的事情多。

很可能还要流点血！

流血？我霎时觉着有一个冰冷的东西爬上了后背。

想变的人必会遇到不想变的既得利益者的抵抗。

谁会流血？

不知道。

不知道你就来吓我？

尽管你我两个对世事没有任何影响力，但也要学会预测。凡事预则立，不预则废。

那依你说咱们该咋办？

啥也不办，就像你现在这样，安安静静地喝自己的稀饭，我们只需静观其变……

后来，当那有名的四个人被抓之后，我不由得不佩服万彤的预测能力，果然是“宫廷剧变”。大概是从此以后，我对万彤，就更是信服了，但凡他说的话，我都不敢不认真去听。

也是因此，当第二年春天万彤回来探亲见到我，要我抓紧复习中学里所学的功课时，我听从了。我记得他劝我复习时是这样说的：对你来说，人生中最重要的事很可能就要发生了。自打隋朝认识到荐举任官制的弊病，并于开皇七年定下科考制度之后，以相对公平的考试来选拔官员，就成了掌权者稳定统治的共识，为历朝所沿用。毛泽东主席在中国取消高考，不管他的理由有多少，但肯定是一种不智之举。他西行远走之后，这政策不可能持久，必会有变的一天，因此，你要做好参加高考的准备……

万彤再一次说准了。

正因为我提前开始了复习，所以当 1977 年 10 月 21 日媒体公布国家恢复高考的消息，一个月后高考在全国进行时，我没有任何紧张，而是从从容容走进了考场。

我考进了清河大学历史系。这一年，我 23 岁。那年头，大学生就是准官员，一毕业就可以到各级党政机关当干部。拿到入学通知书的那天，我专门跑到他工作的地方，高兴地抓住他的手说：万彤大哥，我能有今天，最该感谢的人是你！没有你的预测，我不可能想起来去复习功课，不可能这么顺利考上大学，说吧，要我怎么回报？他笑了，说：你现在能回报我什么？请我吃顿蒸红薯？罢了，等你以后有本领了再回报我吧……

在大学的学习没有多少可说的，就是听课、做作业、读书、应考，和后来你们上大学差不了多少。当然，作为恢复高考后的第一届大学生，我们的在校生活和今天的大学生还是有很多不同的。第一个不同是我们的年龄普遍偏大。我所在的那个班年龄最大的达到30岁，这样大年龄的人，贪玩的就少了，大家的课余时间大都在读书，“文革”十年的耽误，让每个人都觉着要补学的东西太多。第二个不同是结过婚的人多。我们那个班有三分之一的人结了婚，逢了寒暑假和节假日，总有同学的媳妇来学校探亲。第三个不同是谈恋爱不敢公开。那年头对男女问题还看得很重，哪对男女接触多了，就会遭人议论和指责，所以同学间谈恋爱都需极端保密。

1978年，万彤放弃在县里的职务，也考进了清河大学历史系当了硕士研究生，成了全校年龄最大的学生。

相差几岁的我们俩，开始在一所学校学习。我俩本来就是好朋友，这时自然经常在一起。有天晚饭后，他把我叫到学校外边，一本正经地低声问我：你谈了没有？

谈啥？我一时没明白他指什么。

恋爱。

我摇了摇头：你看我有谈恋爱的资本吗？人长得一般，家在农村不说，还穷得叮当响，有哪个女的会看上我？

你知道男人最怕的是什么吗？他肃穆地盯着我的眼睛：没有自信。你要敢于大胆地去追求！

我能追谁？我自嘲地笑着问他。

我替你物色了一个追求对象，你要抓紧！

谁？我的笑意退了，看来他不是开玩笑。

你们班的武姿，她今年21岁，还没有男朋友。

我愣了一霎：武姿我很熟，上课时她就坐在我前一排；她是一个寡言少语貌相中等的姑娘。

你对她的感觉怎么样？万彤这时带了笑意。

不错呀！猛看上去她不漂亮，细一看还是挺耐看的。

万彤说：我发现，几乎每隔一周，总在周四的晚饭后，有一辆挂着军牌的吉普车开到学校大门外，给她送来吃的和用的东西。

这能说明什么？

这说明她有背景，她的家庭可能不一般。我猜，她父亲极有可能是个军官。

她父亲是个军官她更不可能看上我。

嗨，你可真是个窝囊废！

我当时被他的话刺得有点生气，半晌没说话。

听我的吧，抓紧！他说完转身就走了。

我慢慢扬起头，呆然看着高渺的夜空。因为灯光的缘故，夜空里看不见一颗星星。我那时已经二十多岁，何尝不想女人，何尝不想有个女朋友？可我身上除了一点学校发的饭票外，连请一个女人吃顿烩面的钱都没有，我咋敢去追一个军官的女儿？将来吧，等日后毕了业有了正式工作，拿到了工资吃上了商品粮再找吧。到那时估计找个一般人家的女儿总是可能的。人得有自知之明呀！

第二天上课的时候，我几乎已经忘记了这件事。可没想到，下课后，万彤又把我拉到了一边悄声说：我已经替你把约会的纸条塞到了武姿的书包里，约她晚上去黄河路电影院看电影《大河奔流》。

我大吃一惊：啥？你怎么可以——

我实在是怕你失去这个机会。你要是再不动手追，很快就有别人追了。我已经听说有人想动手了。今晚去吧！

你为何要这样逼我？我当时的确有点不高兴。尽管我和他是最好的朋友，但这种终身大事我怎能让他替我做主。

他声音很轻地说：昌山，你该明白咱俩现在的身份变了，我是官员你是准官员，也就是说，我们将来是都要进官场拼搏的。当官和咱们当农民种地可不是一回事。中国的全部历史告诉我们，官场是一个最讲人脉关系最需要人提携的地方，可我的岳父已在“文革”中被斗致死，我们日后怎么办？在官场里单打独斗？你现在有这样一个机会，为何不紧紧抓住？

天！我木然看着他，他竟然想到了这个。

去吧！就算哥我求你，何况武姿这姑娘不错，确实也值得追。喏，两张电影票已经替你买好！

接过电影票时我的心一热，他这事做得是有些武断，但在我的同学朋友中，还有谁比万彤更关心我？同时，我在内心里也承认万彤说得对，真要进了官场，是得有人脉呀！那就去试试，丢人就丢这一回！

那天的晚饭后，我心怀忐忑地向黄河路电影院走去。我做好了在电影院门前长时间等待之后再独自回校的精神准备，可没想到刚在影院门前站下，武姿就面带笑容地朝我走过来说：嗨，魏昌山，谢谢你请我看电影！

我记得我当时脸立刻红了，嗫嚅着不知说了句什么。倒是武姿大方，说：走，咱们进去吧！在影院里坐下后，离电影开演还有一段时间，我一时想不起该说什么，怕说错了话惹武姿不高兴。好在武姿健谈，开映前话头一个接着一个。她先问我对几个讲课老师的看法，然后问我作业完成的情况，接着问我对我们正在学习的宋朝历史的看法。一说到对宋朝历史的看法，我的心情放松了，因为我对有关宋代的史书看得太多了，老师讲的那些内容远不到我知道的三分之一。我说话自如起来，一句连着一句，很多都是我自己的看法，武姿大概觉着新鲜，听得很入迷。电影开演的时候，武姿凑近我的耳朵说：看来，你没有把书读死！她这句夸奖让我很受用，就扭头朝她笑了一下，没想到她见状又接着说：魏昌山你知道不，你笑起来很好看。可能是她这话有一种鼓励的味道，我也胆大了，说：再好看也没有你好看，你可是咱们班里最好看的女生！

没看出来，你的嘴还很甜，挺会说些含糖量大的奉承话！她又压低了声音在我耳边笑道。

我不是奉承，我说的是自己的真实感觉。在我眼里，你就是全班长得最美的姑娘，像天仙！我也学她的样子，把嘴凑到她的耳边压低了声音。

她在我的手上拍了一下：好了好了，别说得这样肉麻，我身上都起鸡皮疙瘩了。当然，你这样说我也很高兴，哪个女人不想听这种灌迷魂汤的话？

她这样说话让我急起来，我一把抓住她的手正色道：我绝不是在给你灌迷魂汤，我说的是真心话！

好吧，别急，我信你说的是真心话……

接下来，她的手就没有再抽回去，这让我觉得意外而惊喜。我的胆子就越发大了，就开始找各种让她听了高兴的话在她耳边说，直说到电影放映结束，场灯大亮，观众们开始站起来。

我恋恋不舍地放开她的手。在灯光下，我看见她的脸上满溢着快乐和羞涩。我俩不敢一同走回学校，在影院门口分手时，我望着她娇小的背影，心里满是欢喜、激动和对万彤的感激。

那天晚上回到学校，我端了脸盆拿了毛巾、牙具刚进水房准备洗漱，万彤来了。他站在那儿不说话，只是用眼睛望着我。我笑着朝他点了点头，刚想开口，他便明白了，扭头就走……

看完这场电影,我追武姿的自信心就有了,和武姿来往时也不再胆怯自卑战战兢兢。原来女人中有的人并不在乎你家里多穷,她们主要是看你这个人肚里有无真本事,看你这个人有无趣味。从此以后,只要课余有时间,我就约武姿出来,或是一起去图书馆看书,或是去校外散步同她讨论我想写的研究宋史的论文,或是去不要门票的公园教她荡秋千。我和她约会只把握一个原则:不去需要花钱的地方。我从不敢带她去商场和饭店。我把约会的时间都限制在三个小时之内,以保证我们能按时间回到学校赶上食堂开饭。

这样的交往持续了将近一个学期,我就感觉到我能最终得到她的心。她开始把她写的作业交给我提意见,把她写的文章交我修改;请我帮她选定课外阅读书目,请我帮她借书还书;她有病的时候,只让我陪她去医院就诊;常给我带一些零食吃;天热的时候,还给我买了一件短袖衬衫;有女同学在寝室里惹她不快了,她只愿找我倾诉……

第三学年上学期快结束的时候,我们俩已无话不说十分亲密了。

有一天晚饭后,万彤把我叫到操场上,我以为他是想问我和武姿关系的进展情况,刚想开口给他说明,不料他突然将十张10元的人民币塞到了我的手上。那年头,100元是一个不小的数目,说实话,长那么大,我手上还没有一次拿过这么多钱,所以我很吃惊地问他:给我钱干啥?

你还没有带武姿去宋城玩过吧?他笑问。

我摇了摇头:没有。

你和她都喜欢研究宋史,不去北宋的都城看看说不过去吧?这个周六下午没课,你带她去宋城玩玩,周日下午再回来。

他的话让我很感动，还有哪一个朋友能替我想得这么细？可我知道他家虽比我家富，但因他岳父去世，他有岳母和孩子要养活，手里的钱并不宽裕，我怎能去花他这么大一笔钱？急忙把钱又往他手里塞：不用不用，等我工作以后再去也不迟，再说武姿从来也没讲要去宋城，那咱何必？

听我的话，去一趟，最好周六下午去，这样，还可以在那里住一夜。

在旅社住一夜花钱更多，要去，就周日早上去，下午回来，只花一顿饭钱和来回的车票钱。我说。

他笑了，指着我道：你钻到钱眼里了，光想着钱，没想很快就要毕业了，你和武姿的关系必须确定下来！去吧，我打听了，宋城一般的招待所十几块钱就可以住一夜。这一夜住罢，把你们的关系定死，花这点钱值，应该花！

我听罢先是一愣，问他：住一夜与我和武姿确定关系有何联系？随后突然间明白了他的用意，脸红了，嗫嚅着说：武姿可不是你想的那种女人，她不会允许的。

万彤笑着转过身去，边往远处走边笑道：去吧！一去不就明白了……

在我的内心里，我是一直想带武姿离开省城到外边玩玩的，现在有万彤的鼓励和经济上的支持，我当然高兴。于是就去找武姿商量周六去宋城的事，武姿一点也没犹豫地答应道：好呀，可舍得带我出去玩玩了……

那次的宋城之行竟然真和万彤说的一样，晚上住店的时候，因那年头男女住一起还要结婚证明，我只好开两个房间，可临睡前和武姿的一阵长吻，让我俩都有些激动和冲动起来，武姿没有催我去另一个房间，我也就不管不顾地留到了她的房间里。还好,旅馆里那晚没人来敲房门查问。我俩第二天也根本没起床去看龙亭、铁塔和潘湖、杨湖,只是出去买了点面包、煮鸡蛋来填饱肚子,直睡到下午四点才头重脚轻地去汽车站买了返程的车票。没想到这一夜有那么大的作用,从宋城回来一个星期后,武姿就正式跟我说:她这一生非我不嫁!

我当然心花怒放,急忙去给万彤说了这个重大事件。万彤听罢先是舒了一口气,然后说了三个字:祝贺你!……

这年的春节放假时,武姿要我跟她去她家一趟,见见她父母,就在她家过春节。我有点拿不定主意,主要是怕拿不出像样的礼物,让她父母看不起。去征求万彤的意见,他听罢了说:好呀,当然要去!女婿早晚是要见岳父岳母的,礼物我帮你准备,咱拿不出厚礼,就拿点薄礼,礼轻情意重嘛!

当天晚上,万彤就把一包东西提到了我所住的寝室里。他先掏出一件男式毛衣,说:这是给你岳父的;又掏出一件女式毛衣说:这是给你岳母的;再掏出两个头巾,说:这是给武姿的两个姐姐的。我当时被感动得眼泪都流出来了,就是我的亲哥哥,也不可能替我想得这样细。我记得我当时冲动地抓住万彤的手说:大恩不言谢,小弟只有今后再报答了……

我原来以为,武姿的家就在驻省城附近的某支部队里,要走那天,当武姿把一张去北京的火车票递到我手上的时候,才知道她家住在北京。我当时很吃惊地问她:你为何一直不告诉我你是北京人?她笑道:很抱歉,这是我父亲对我们姐妹三个的要求,谈恋爱时不说明家庭情况,以免家庭因素被带进两个人的关系里。

我心怀忐忑地随武姿上了火车。北京在我心里是一个高贵的地方,我从来没有去过。本来去武姿家我就有顾虑,现在知道她家在北京,更让我的顾虑多了一层。不过还好,武姿一路上给我不停地讲北京的人和事,我的精神慢慢放松了下来。

我依靠我在农村生活的经验和这几年对省城生活的了解,预先对武姿家里的景况做了想象,当然是往最好处想象,但到了一看才知道,真实的情况远远超出了我的想象能力。我们坐的火车早上六点一进北京车站,刚走下车厢,就见一个解放军军官来到面前,叫了一声:武姿你好。武姿急忙向他喊了一声:余叔叔好!

这位就是昌山吧?我代表武姿的爸妈欢迎你!

经武姿介绍我才知道,余叔叔是她爸爸的警卫参谋。我一边在心里琢磨警卫参谋这个官衔,一边新奇地看着北京火车站的模样。我们随着余叔叔来到站外,上了一辆黑色的小轿车。我隔着车窗,贪婪地看着北京大街清晨时的风景。这是我第一次坐轿车,更是第一次驱车走在北京的大街上。窗外的景致让我目不暇接,心里的不安让我面露紧张。轿车最后是在一个军队大院内的一座小院前停下的,小院门前也站着持枪的卫兵。武姿一下车就向院里跑去,我则在余叔叔的引领下从卫兵面前经过。我被领到了客厅里,那是我当时见过的最大的客厅,客厅里的摆设也令我吃惊,除了沙发之外,摆着两发巨大的炮弹和一辆两轮的显然用过些年头的军用摩托车。余叔叔示意我在沙发上坐下。这当儿,隔壁传来了一个男人带笑的声音:好,我的宝贝闺女长大了,能自己找对象了!走,咱们去看看未来的女婿!话音刚落,就见武姿拉着一个瘦瘦的身着便装的老年男子出现在客厅通内室门口。他们的身后,跟着一个面目和善的老年妇女。

我知道这就是武姿的爸妈了,急忙站起身来朝他们鞠了一躬。

是叫魏昌山?武姿的爸爸人虽瘦,但说起话来声音却大得出奇。

是的，伯伯。我照武姿预先交代我的称呼叫了一声。

行，小伙子长得挺精神！训练训练会是个好兵！这证明我闺女的眼光还行。

爸——武姿朝她爸爸撒着娇，他是大学生，可不是你的兵！

快去洗洗吧，孩子。武姿的母亲这时朝我示意，洗完赶紧吃早饭。你们坐了一夜的火车，肯定早饿坏了。

没想到武姿家还有专门的餐厅，而且是那样大。餐桌前放着十来把椅子，不过今早坐在桌前的只有武姿的爸妈、我和武姿。餐桌上摆满了稀饭、豆浆、包子、油条和各种小菜。墙边的橱柜里放着各种各样的酒和餐具。这种气派让我不由得拘谨起来。武姿递给我一个包子，我刚送到嘴边，武姿的爸爸突然一本正经地开口：魏昌山，我对我闺女选择你当女婿没有意见，但我要预先警告你，你若将来对我女儿不好，对她耍脾气，可要小心老子的子弹！说完，还“啪”地拍了一下桌子。

我被惊得手一抖，包子一下掉到了桌子上，脸也吓白了。

有你这样说话的吗？你存心要吓坏孩子？武姿的妈妈这时急忙起身走过来，捡起桌上的包子又递到我手上：别跟你伯伯一般见识，他就是这么个驴脾气。

旁边的武姿不好意思地朝我挤了下眼睛表示歉意。

吃吧，快吃吧。武姿的爸爸这时又笑着对我礼让道，我是想把丑话先说到前头，姿儿是我最小的女儿，是我的宝贝！

我忙把头点点，表示明白他的心意。我三下五去二地把手上的包子吃完，想早点结束这场令我极度压抑的早餐。未料武姿的爸爸对我只吃一个包子也很不满意，说：你吃得这样少还能算个男子汉？将来能干成啥事情？告诉你，我在你这个年纪,一顿饭吃过十二个像这样大的包子！来,吃！他边说边拿过两个包子不由分说地放到了我的盘子里。

我看了一眼老人,他的待客之道的确和别人不一样。我只好又低头把那两个包子吃了下去。说实话,吃完这两个包子,我才算真吃饱了。

我被安排住在二楼的一个房间里。武姿住在隔壁。武姿家的房子可真多,仅二楼就有五个房间。武姿告诉我,二楼的五个房间是这样分配的,她和大姐、二姐各一间,保姆一间,剩下的也就是我住的那间是客房;她爸妈的卧室和大客厅、小客厅、她爸的书房及餐厅在一楼;三楼是几个库房。地下室里放着乒乓球台,是她们几个姐妹锻炼身体的地方。楼前左侧的平房里住着警卫排的排长和二十几个士兵,右侧的平房里住着两个司机、一个炊事员和警卫参谋余叔叔。她爸的秘书曹叔叔在右侧平房里也有两间办公室。

她家的这副派头令我吃惊不小。我原来只想到她家会有一排大瓦房,根本没想到是这个样子。看来,武姿她爸的官职比万彤和我猜想的都大。要是我当初知道她家的真实情况,就是万彤再鼓动我,我也不敢去接触武姿。我家和她家的境况相差太远,那真是一个天上一个地下呀！

吃完早饭武姿她爸上班走了之后,院子里安静了下来。武姿来到我的房间里问我要不要出去玩玩,我没答她的话,只是不高兴地反问她:你为何不把你爸的官职早告诉我?

怎么了?是因为我爸的那些话生气了?武姿笑着。爸妈不允许我们姐妹三个把家里的情况说出去,我不是跟你讲过吗?我爸说话一向都是那样直白,你在家里住久了就会知道,其实他对人很好,尤其是对他的女婿们。他对我大姐夫和二姐夫都好着呢！

你要早让我知道你们家的情况，打死我也不敢跟你交往。

看看，幸亏我没给你早说，早说了我不就找不到你这样的男人了嘛！武姿笑拍着我的肩头，告诉你，这个家的派头随时会被收走。“文化大革命”时，我们家可是连住的地方都没有。我爸说过，官职其实就是一张纸，有那张纸，你是官；没了那张纸，你就是平民。家里的这副派头是身外之物，只有你我的感情是实在的，是任何人也拿不走的！……

在武姿家的头一个晚上，睡觉时出了一件意外的事。我当时正准备上床，忽然听到楼下传来了摩托车发动的声音，我一愣，这么晚了，还有谁要出去？我到窗前隔玻璃一看，院子里并没有人和摩托车，再仔细一听，摩托车的响声就来自楼下大客厅，这让我更吃惊了。我想起了在客厅里看到的那辆军用摩托车，晚上在客厅里发动摩托车干啥？开出去？摩托车的持续响声让我不安，我便悄声走出了自己的房间，沿着楼梯往下走了几级向客厅看去，客厅里亮着一只小灯，微弱的灯光下，只见一个战士骑在发动的摩托车上，身子不动，只有一只手在轻抚着油门，使摩托车的响声得以持续。这是在干什么？这样晚了让摩托车如此响着岂不是会干扰全家休息？我正站在那儿诧异着，武姿悄无声息地站在我背后，轻拍了一下我的肩头，低声说：这是警卫战士在为爸爸催眠。战争年代，爸爸习惯了在声音嘈杂的地方睡觉，尤其是习惯了在行进的吉普车上听着引擎的轰鸣闻着些微的汽油燃烧后的余味睡觉，进入和平年代后，夜晚的安静反而让他睡不着觉了。他失眠很厉害，什么药都吃过却无效果，后来，警卫们就想出了这个催眠的法子，每晚在爸爸洗漱完躺上床后发动摩托车，让他感觉就像又坐在了行进中的吉普车上，让他又闻到了行军时常闻的那股汽油味儿，这样，要不了半个小时，爸爸就会沉沉睡去，而且只要不喊他,他会一直睡下去。

哦?我惊奇地回头看着武姿。这当儿,那位发动摩托车的战士慢慢放小了油门,摩托车的响声在渐渐降低,又过了几分钟,摩托车的响声完全停了。只见那个战士轻步退出了客厅并返身轻轻关上了客厅的门。主楼完全静下来了。

爸爸睡着了,你也去睡吧。武姿悄声说罢,拉了一下我的手,示意我回自己的睡屋。

我躺到床上还在新奇不已……

一连几天,武姿都领着我去看京城里的名胜古迹,这种轻松的参观游览让我感到压抑的心也慢慢轻松起来。我心里想,不管武姿她爸官有多大人多厉害,我反正成了他女儿的男朋友,总有一天,他必须把我当成他的家人。

大年三十晚上,武姿的大姐、二姐都带着她们的丈夫、孩子由自己的住处回来过年,这时候,我成了她两个姐姐的审查对象,她们问了我和我家庭的许多问题,就好像我是一个存心要把她们的妹妹拐走的坏蛋。这给我的感觉很不好,年夜饭我吃得无滋无味。还好,她二姐夫看出了我的不快,悄声在我耳边说:别烦恼了,我当初和你一样,可只要你和武姿一结婚,她们就不敢不对你客气了。

大年初二上午,大概是武姿她爸爸闲下来了,让保姆喊我和武姿到小客厅里。我们刚进去,武姿的妈妈也来了,老两口在沙发上坐下时,屋子里弥漫着一股肃穆的气氛,看来,这是一场很正式的谈话。

昌山,你和武姿再有一学期就要毕业了,你想过毕业后去干什么了吗?武姿的妈妈先开的口。

听说我们这批毕业生很可能要分到各级党政机关,我答道。我意识到现在谈的是关乎我此生长远发展的大问题，那一刻，我想起了万彤，如果他在我身边，我回答前一定要先问问他的意见。

没有想过干别的？武姿的爸爸问。

再就是留校教学了，只是不知道学校能不能留下我。

如果让你去当兵呢？

当兵？我很吃惊，我从来没想过要当兵，万彤也肯定没想到过。我扭头去看武姿，希望从她脸上看到她的态度。

武姿见我看她，笑道：爸爸是问你的意见，你想当就说想当，不想干就说不想干，他不会强迫你，我更不会勉强你。

是这样，你伯伯从军一辈子，很希望他的孩子们能有人继续干他的这份职业，这也算后继有人吧。可惜我们没有儿子，三个女儿和两个女婿都坚决不愿当兵，所以他就想问问你的想法。武姿的妈妈进一步说明。

我不知道我能不能当好一个兵，我对军队的生活可是一点也不懂。我一时拿不定主意：答应吧，怕将来后悔；不答应吧，又怕因此影响我和武姿的关系。如今，我对武姿的爱已很难中断了。

只要你愿意干，就一定能干好。任何一个男子汉，经过一定的训练，最终都能成为一个好兵。当然，你是大学毕业生，进部队后不会让你去当战士，会给你定行政级别当军官。我们军队的整体文化素质不高，这也是我急于想从地方大学里直接招大学生入伍当军官的原因。武姿的爸爸解释着。

一听说让当军官，我的心有些轻松了。到地方党政机关去，不也是当官挣工资养家嘛。既然都是挣钱养家，武姿的爸爸又希望我去军队里当军官，按万彤的说法，算有人提携我，那就去吧。想到这儿，我就点点头说：好吧，我愿意！

你确定？不会后悔？武姿的爸爸紧跟着问。

我愿意。

那好，那就定了！老人高兴地拍了一下大腿，总算有人继承我的这份职业了！既是这样，你在毕业分配的时候，就说服从组织分配，剩下的事会有人去替你办好……

那天中午吃饭时，武姿的爸爸高兴地让给我斟上白酒，一连同我碰了三杯。她妈妈还说：待昌山和姿儿一毕业，就给他们办婚礼吧！

没想到我这一答应当兵，所有的事就都顺利解决了……

过完春节一回到学校，我就赶紧给万彤说了我答应武姿爸爸去当兵的事，我原以为他会很不高兴，认为我以后帮不上他的忙了，没想到他一把抓住我的手说：好，咱俩一个在军界一个在政界，正可以互相提携帮助，这个结果最理想……

我说这些与欧阳万彤关系不大的事你愿听吗？愿听，太好了。实话告诉你，你今天能听我说话我很高兴。在这个地方最苦的事情是孤独和寂寞，没人同你说话，也没人愿听你说话，而在过去，很多人主动请我讲话，无数人主动找我说话，这个落差太大，我真受不了呀！感谢你愿意听我说话。那我就继续说，你继续听，不想听了你就想点别的，让我继续说，权当你是可怜我。

毕业的时候到了。那时的大学毕业生国家包分配，不像今天，工作全靠自己去找。那时你有门路，可以分到好单位；你没门路，也一定给你分个工作。分配开始的时候，我按武姿爸爸的交代，表态"服从分配"，然后去问万彤，要不要让武姿家出面为他的分配说说话。万彤说，现在不用，你和武姿还没结婚，眼下就去求助会让她爸觉得过分；何况我是研究生，国家肯定要给我分个工作,待你站稳脚跟以后再帮我吧。

最后分配方案下来,武姿是到人事部报到,我是到总参谋部干部部报到,我们俩都去北京。研究生毕业的万彤是回天全市委组织部报到。那时候研究生很少,一般很少分到县级以下单位。拿到派遣证的那天,万彤笑着说:我总算可以到市级机关工作了。

毕业生分别的时候到了。去北京报到的前一天晚上,我用买完车票剩下的钱请万彤吃饭。他说他请我,我没答应。我说,你一定要让我请你一次,要不然我心里难受。他说,好吧,那就让未来的军官请客吧。

我不会喝酒,我家里也从来没钱让我去喝酒,但那天晚上,我买了一瓶宝丰大曲,和万彤对饮起来。我记得我端着酒杯说:万彤哥,你为小弟做的,小弟永远不会忘记!我很快就有了帮你的能力,说吧,需要我为你做什么?万彤那一刻笑道:你现在的任务,是自己先在京城站稳脚跟,先当好一个军人,然后才有帮我的资本。我现在什么也不需要你帮,你只管把你自己的事情办好就行!……那天晚上,我喝吐了,是万彤扶我回学校寝室的。这是我第一次喝醉酒。

我是和武姿一起去北京报到的。她到人事部报到后分到了人事部办公厅当秘书,我到总参干部部报到后分到了军事训练部当参谋。穿上新军装的那天,我确实有些激动。我一个农民的儿子,真是做梦也没想到能有今天呀!

我和武姿的婚礼是在我俩上班之后的那个国庆节举办的。在民族饭店的一个大厅里举行的仪式。仪式虽然简单,但来的客人不少,其中有几个人的名字让我大吃一惊,他们都是在当时的报纸上常见的名字。尽管武姿的爸妈一再邀请我父母来参加婚礼,可我还是以爸妈身体不适为由婉拒了。连我都没见过这样的场面，我的父母一辈子连县城都没到过，来了更会手足无措不知怎么应对。我不能让他们在这种场合出丑。

有武姿预先的仔细说明，有婚礼司仪的关照示意，我在婚礼上的表现还算得体，武姿家没人挑出我什么毛病。婚礼这一关一过，武家人果然对我态度大变，待我十分亲密，完全是一家人的样子了。

蜜月期间，我提出带武姿回清河老家一趟，武姿当然高兴地答应了，武姿的爸妈也很支持。武姿的爸说：姿姿应该去认认婆家的门，和公公婆婆见见面，向老人们问好，表示一下孝敬之心。武姿的妈妈专门拉上武姿去了一趟商场，给我父母和家人买了很多穿的、吃的、用的东西。

我预先给家里写了信，交代妹妹把家里收拾得干净像样些，并寄了些钱让他们提前买点好吃的好用的东西。上了回家的火车，我开始给武姿说明：我家很穷，父母都是普通的农民，吃、穿、住、用的境况和你家完全不同，可以说一个是天上一个是地下，对此你一定要有精神准备。你这次清河之行不是去享福的，是去了解底层百姓生活真相的。她听罢笑了，说：你别说得那样吓人，我大姐、二姐当初插队时我去看过她们。我到过农村，你能在那儿长大，我去住一段时间还能受不了吗？

尽管我给她打了预防针，让她对我们乡间的穷况有个心理准备，但到了我家，见到那种家徒四壁的情况，我从她的眼中还是看到了震惊。我们家就三间正屋和一间小厨房，父母住正屋的东间，我和武姿住正屋的西间，原本住在西间的妹妹就住在当客堂的当间里，两个弟弟原是睡在当间的，现在只好在晚饭后一人扛一床被子去村里的伙伴处和人家打通腿睡。

家里除了三张老辈子传下来的两张大床、一张小床和父母当年结婚时打制的一个吃饭桌、几把小木椅及两口旧木箱之外，再无任何东西。但她没有露出任何嫌弃的表情，而是一副嫁鸡随鸡嫁狗随狗的样子，做起了一个媳妇该做的事情，帮俺娘洗碗扫院子，帮妹妹洗衣服、择菜，像极了一个乡下媳妇。村里人都没有看出她是一个高官的女儿，对此，直到今天，我都对她充满感激……

好了，我只顾说我和武姿的事，忘了正题，我们不扯别的，我们还回到万彤身上。

万彤研究生毕业到天全市委组织部报到后，组织部没再把他往别的机关分，就把他留到了组织部里。那时的研究生非常金贵，加上他当初任过公社和县里的秘书，对基层比较熟悉，所以组织部直接把他任命成了科长。万彤经过研究生三年的历练，写机关公文不在话下，而市委组织部向下指导工作，主要是靠起草各类公文，这就让他很快在同职级的官员中显露了头角。他在科长的位置上只干了两年，就被提升为副部长，正式进入处级干部行列。

万彤在生活中给了我那么大的帮助，而我帮他的时候却很少。如今回想起来，他向我求助仅有三次。第一次，是在他当了组织部副部长两年后，天全市下属的西恭县县长提升，空出了位置，他给我打电话说：这对我是一个机会，我符合任职条件，但竞争者很多，只凭我的才干和人脉恐难胜出，需要老弟助一把力。我当时就答：你放心，我会全力以赴。我当天就回武姿家找到了我岳父，说了万彤的情况。我岳父只问了一句：这人真有理政的能力和品质？我点头之后，他当即给清河省委书记打了电话，向他正式推荐了万彤。不久，万彤就走马上任了。万彤抓工作还真是一把好手。他上任的第二年，西恭县的粮食产量就跃居到了全省第一。

他在县长任上时，我利用休假时间带武姿去看过他一次。他领我俩看了他动议建成的小麦、玉米杂交试验田，看了他提议引进种植的板栗林，看了他筹备建立的红枣加工包装厂，看了他利用港资建起的面粉厂、点心饼干厂等等，我感受到了他任职一地、造福一方的雄心。也是在这次见面的酒桌上，我向武姿坦白了当初给她的第一个约会纸条，其实是万彤替我写的。武姿得知真相后，先是捶了我一拳，然后站起身，郑重其事地向万彤鞠了一躬说：谢谢万彤哥，没有你，我还找不到这样的好老公哩……

他第二次找我求助，是他到天全市当市长时家里出了大事。当时，他妻子被逮捕，他本人也被免职。我记得那是一个晚上，我已经上床躺下，电话响了，我一听他的声音就知道出大事了，他的话音里充满痛苦、沮丧和绝望。他在我面前一向都是朗声笑语，从未用这种音调说话。我现在还记得他的第一句话：昌山，我们一家完了……当我问清情况后，也觉得棘手，但我没有犹豫，我坚信万彤是清白的。我那时已是师职干部，但我到处找人，朋友们还是帮不上忙。没办法，我只有让武姿去找她爸——这样难的事我去求老人家怕他很难应允。我岳父当时已经住进了医院，武姿去医院先问他爸：爸，你说我找了昌山这个丈夫怎么样？他爸说：好呀，我很满意昌山。武姿又问：那我们是不是应该感谢介绍我俩接近的那个人？他爸说：当然。武姿这才介绍了万彤，说了万彤被冤枉遭撤职的事，要他爸想办法帮忙。他爸犹豫了许久，才挣扎着拿起病床前的电话，向一个大领导求了情，这才有了万彤尔后的复职……

他那次复职后，我借出差的机会又去看了他一次。这次见面，谈起官场生活，他没有了过去的那种意气风发一腔豪迈，而是面色凝重不停叹息。他说，当官时间越长，看出的官场弊病越多；当官，可能并不是人生的最好选择；不过，一旦走进来了，想再走出去，也很难……我那时也已置身官场多年，对他的话很有同感。

万彤第三次找我是在他由省委副书记转任省长的时候。当时，考核组听到了一些对他不利的意见，主要是反映他的第二任妻子与一些商人来往密切可能受贿的事情。他求我向有关部门说明他的清白。这时虽然我岳父已经去世，可我此时已是将军，军内外的朋友已遍布京城，帮他这个忙还是能做到的。我安排了几个饭局，请了一些在关键岗位上工作的朋友，向他们介绍了万彤的情况，为他打了包票，并请他们再去考查清楚。还真起了作用，考核组又去考察了一遍，最终弄清了情况，还他了清白，打消了对使用他的疑虑，提名他作为省长的候选人，不久就被选为了省长。

他任省长以后，我们又见过多次，不过这时见面，虽依然谈个人和家庭，但我们谈得最多的，是国家的安危。也许是我们的职务都很高了，保卫这个国家的安全成为我们的共同职责。他每次见我，都让我先说说军队建设的进展情况，然后再说说他在地方工作发现的涉及国家安全的问题。我记得他给我说得最多的是四个问题：一个是购买美债问题。他说购买美债实际上就是我们中国人利用本国的资源生产消费品，出口到美国让美国人消费，然后美国给我们一堆上边写了数字的纸。他们通过美元贬值，让这些纸上的数字不断缩水；名义上告诉你可以拿这些纸来美国购物，却又不准你买美国高科技的好东西，只准买他们不怎么稀罕的东西。这是在变着法子掏空我们，其中隐藏着深远的算计，我们必须心里有数。另一个是网络安全问题，因特网的根服务器基本上都在美国，其实他们才是因特网的控制者。因特网已进入中国几亿人的家庭，再加上中国一些知名网站的控股者不是中国人，这其中的安全隐患不可小觑。再有一个是稀土出口问题，欧美在 WTO 起诉中国，逼迫我们出口稀土，照前几年的开采出口量，中国绝大部分稀土资源再有十几年就会开采出口完毕，到那时，一方面我们的生态环境会被摧毁，另一方面我们也丧失了制造尖端武器的能力，加上他们长期实行武器禁运、技术封锁和战略资源禁售，中国在军事上不就出现了危险局面？还有一个就是 GDP 问题，他认为美国经济学家发明这个概念，有它的积极意义，但也容易麻痹我们的神经，好像 GDP 数字上去了，我们的国家就强大了，说话就有分量了，其实这是两回事。1840 年时，中国的 GDP 占世界的三分之一，英国才占二十分之一，全部欧洲加起来，也比中国少，为何是中国被欧洲瓜分了？1894 年，中国的 GDP 是日本的 9 倍，为何被日本打败了？我们对这个概念必须有清醒的认识。我也觉得他忧虑的这些问题值得重视。对于军队建设，因为他先后兼任过天全军分区和省城警备区的党委第一书记，所以也是有发言权的。我曾问过他对军队建设的意见，他说至少得重视三件事情，头一件是用人，一定要把那些经常思谋打仗、有指挥才能的人用到关键岗位上去，而不是用那些整天对你说奉承话的、巴结你的、给你送钱送物甚至送女人的人，这样一旦开战，才有打胜的把握。第二件是尽快更新武器装备，把军费的大部分切实用到购买和研制先进武器上，不能用到豪华宴会和豪华建筑上，争取使我们的武器装备水平能和美国大致持平。航母可再建几艘，潜艇要建更先进的；要让隐形战机尽快升空值班，要拥有尖端的无人机群，要把洲际弹道导弹的突防能力再增加一个量级。不要怕别人说你威胁，他感受到了威胁才不敢对你动手。第三件是抓紧训练。训练时不要玩花架子，不要练为领导看、练为电视台拍，要练出打仗的真本领。我觉得他说得好，他虽不是行伍出身，但说到了点子上。

作为一个封疆大吏，他的脑子是清醒的。

也是在这期间，我俩的关系开始变僵以致到反目。当然，在这之前很久，我们俩的关系就逐渐出现了问题。现在回想起来，第一次让我对他生出不满的事情，是他有一回到北京开会，我请他到家里做客，他提出要参观我家的地下室，我当时一愣：为何单要参观地下室？我领他进入我家的地下室时，他发现了我在地下室里堆了几百箱15年和30年以上的茅台酒，他当时问我保存这些酒干啥？我说：这是我的爱好呀！我这人喜欢喝酒，而且也喜欢送人酒喝。他当时摇了摇头，一本正经地说：昌山，这不好！这些酒肯定不是你自己买的。不管是别人送的还是单位用公款买的，都对你不好！你就是放开喝，一天能喝多少？保存它们只会麻痹你的神经。你现在是将军，不是一个农民，不要总想着把好东西都放在自己家里……我当时心里很不高兴，主要是不高兴他这种训斥的口气。我毕竟也是一个将军了，别动不动就像训你一个下级一样。什么好不好的？保存点茅台酒还能上纲上线？再说了，你一个省长，知道京城上层官员的社交面有多宽？仅过一个春节，我就得去看几十个领导和朋友，看哪个领导和朋友不得送几箱茅台酒去？你一个下边的省长也就是井底之蛙，能懂得京城的官场？嗨！我那天虽然没有反驳他，但我的脸色肯定不太好看，我就是想让他知道：我不再是村子里你那个没见过世面的小老弟,你可以随意指点批评,我已经是共和国的将军了,是和你平起平坐的人,你得学会尊重我点儿!

我第二次对他产生不满是缘于我坐专机。那一次我去清河省驻军单位调研,是坐专机去的。我这个人喜欢坐专机,坐专机主要是快,节省时间,而且安全。坐民航飞机坐火车都不可能不与普通旅客打交道,万一这中间出了安全问题,怎么办?当然这都是我当时的考虑。我的专机由北京起飞前,我让秘书和万彤省长的秘书联系了一下,想约他当晚聚一聚,毕竟是到他的地面上了。我没料到他会亲自到机场接我。我的专机在清河省一个军用机场降落之后,我看见他迎了上来,当时就感觉到他可能会嫌我讲排场。果然,一见面,他就笑着说:将军大人真是派头十足呀!这么漂亮的专机,这么多人警卫,这么多人迎接,真是可喜可贺!我一听他这口气就不太高兴,含讽带刺的,什么意思?等我俩在宾馆里坐定,周围没人时,他更是直白地说:昌山,回一趟老家值当摆这谱吗?路又不是太远,民航航班和火车车次那么多,干吗兴师动众地坐专机?老百姓看见你这派头会骂的。我当时反驳道:这也是为了工作嘛,没工作谁也不会坐上专机乱跑。我心里当时真是对他非常生气,我好歹也是一个将军,好心好意地约见你,你跟我说话就像跟你那些厅长说话一样,这是什么礼节?!

我对欧阳万彤意见最大的事是他干涉我的家事,想插手我离婚的问题。当然,武姿这女人不错,可不错的女人也有让人倒胃口的时候。50岁过后,总是怀疑我在外边有别的女人,一会儿警告我不要与那个女演员接触,一会儿提醒我要小心这个女主持人,整天疑神疑鬼,唠叨来唠叨去,让人烦死。自然,她也不是完全胡闹,今天也都无法瞒你们了。我是和一个姓赞的演员有亲密关系,那也是没有办法,她长得那样漂亮,又会撒娇,非要往你的怀里扑不可,我能怎么办? 我又不是柳下惠,我做不到坐怀不乱。再说了,一夫一妻制就真的很人道? 明明已经对她没有欲望了,还要硬生活在一起,就对了? 还有就是我岳父虽然去世了,我也搬离了原来的家,可我还是觉得有一种压抑感和束缚感,好像老爷子的一双眼睛还在看着我,让我不自在,让我做事放不开。我已经五十多岁了,我想过一种自由自在的生活,我不想一直生活在老岳父的阴影里。

我不知道欧阳万彤是怎么知道了我要和武姿离婚的事,也许是武姿打电话告诉他了,也许是我女儿打电话让他来调解。要说这种事你知道了也该假装不知道,清官难断家务事,谁愿掺搅到别人家的离婚案里? 可他知道后就趁来北京开会的机会,来家里要求我不要离婚。我一听可就火了,你凭什么来干涉我的私事? 你离婚时我去干涉了? 你和原配离婚娶了一个年轻漂亮的妻子,凭什么不许我离婚?

他倒没有生气,脸带笑容地说:按说我是不该管这事的,这毕竟是你的私事,而且你也是个大将军了,啥道理都明白,再就是我也离过婚,根本没有劝说别人不离婚的资格。我今天所以来见你来劝你,有三个原因:其一,是因为我是你和武姿的媒人,你们要离婚,按照咱们天全老家的规矩,媒人是应该到场的,而媒人的身份要求我劝合不劝分;其二,是因为我是你的老乡和朋友。老乡和朋友家里有大事发生,我应该出现,作为老乡和朋友,我觉得你现在是家里强势的一方,你要对武姿负起一定的责任,你现在离婚,可以再找年轻的女人结婚,而她已年老色衰,想要再婚是很难的;其三,作为一个离过婚的人,我想来给你说一句,不到万不得已,不要走出这一步,走出这一步,受伤害最大的,是孩子。我当初离婚,是我前妻提出的，她是想以离婚来保护我……

就是因为他的干涉，迫使我把离婚的事搁置了下来。在我被双规前，我每一想起他阻挠我离婚我就对他气愤不已。当然了，今天看，我不离婚是对的，我的儿子和女儿因我的事受了连累，两个人都被关了起来，儿媳和女婿也受了处分，我估计他们心里都对我有气。如今，能来这个地方看我、给我送生活用品的，只有老妻武姿了。那几个原来与我有亲密交往的年轻女人，在组织上调查我的事情时，把所有的责任都推到了我的身上，连我给她们的钱都否认得一干二净。如今，听说连人也不知跑到哪儿去了。我可真是众叛亲离了。

你问我对权的看法？权这个东西，确实是个好东西。它本来是一张任命书，一张纸嘛，可那张纸只要一到一个人的手里，转眼间就能让他变成另一个人。本来他长得挺丑吧，一般的女人连看都不喜欢看他一眼，可只要他有了那张纸有了权，人们立马就觉得他不丑了，女人们都觉得他长得有特点，很多年轻的包括长得很漂亮的女人都想靠近他亲近他。权能使人变得有美感，你说这是不是很怪的一件事？其次，是权能让人变威风。一个原本腰总是弯着看上去畏畏缩缩的人，如果你给了他任命书给了他权力，他立马就能挺起腰来，变得很自信，连走路的姿势都会跟着一变。原来根本看不起甚至根本不想正眼瞧他的人，马上就对他恭敬起来，甚至有些怕起来。你说这是不是又很奇怪？再就是权能让人变富，这一点我就不多说了。本来是一个穷小子，只要一有权，家境立马就会殷实起来，有大权的大富，有小权的小富。权有这么多好处，你说一般人能不喜欢它？你说我能不喜欢它？现在好多人批判我说我为了权不顾一切，我承认这一点，不过这样做的可不是我一个人，有几个男人不是这样？

对钱的看法？钱这个东西虽然总和权联系在一起，但它有独立性，或者用今天的话说，叫有主体性。它可以不依赖于权独立地站着，也就是说，人只要有了钱，什么东西你都不用发愁，钱可以把所有的东西都买来。你想想，这世界上哪一样东西钱买不来？土地？房子？美食？华服？豪车？你只要舍得出钱，都可以买来。包括女人的身体和男人的良心，买来都不是问题。良心的价钱嘛，这年头并不是很贵，根据我的经验，地位低的男人，他们的良心有时要比地位高的男人稍贵一些。有些地位高的人的良心，差不多一千万就可以买来了，相反的，有些地位低的人，他的良心价格倒需要两千万以上。总之吧，你只要掌握了钱，你差不多就可以掌握一切，所以，我劝老弟你还是要想办法多弄点钱在手里。我这样说不会被你理解成向你灌输不健康思想吧？你既然问起了这事，我不能不把我认识到的真理说给你，在这儿再说假话没有意义。

对名的看法？我对这个东西不是很在意，也没有进行过研究。我这个人比较注重实际的东西，名这个东西很空。其实一个人只要有了权和钱，名跟着也就会有了。人们会到处传颂谁谁谁的权力多大钱有多少，这不就是名嘛?！名这个东西不用刻意追求，它会跟着权和钱一块儿来的。我们还是别说这些理论问题，我一向讨厌理论，我们还是说欧阳万彤，接着说我和欧阳万彤的关系。

我对欧阳万彤不满的事情还有很多。比如，有一年春节，他的继女常笑笑来北京看同学，住在我家。因为是过春节嘛，按照习俗，我这个当叔叔的应该给孩子压岁钱，于是我就按通常的做法，给了那闺女三个包在红塑封里的条子，也就是三根500克的金条。那孩子过去可能没得过这样的压岁钱，很意外，也很高兴。看见孩子高兴，我也高兴。没想到的是，孩子回清河家里几天后，万彤会派他的秘书又专门把那三根金条送了回来。我见状可是气坏了，哪有把压岁钱再退回来的？问他的秘书这是干什么，他秘书吞吞吐吐地说：省长觉得这礼物太重了，他不能收，他说你的心意他收下了……万彤这件事办得我满头是火，我认为这完全是绝情之举。也就是从这以后，我不怎么理他了。他打来电话，我接，但我再没有主动给他去过电话。

还有就是为了我想在家乡盖房子的事，我和他当面争执过一场，两人都红了脸。他当了省长后，我找他想让他给我批一块地，我说我想盖房子。他道：要盖就在咱老家的村子里盖，我给村委会主任说，让他给你划一块宅基地。估计他们会支持你盖房子的，你虽然在京城工作，但毕竟老家在这里，老家有栋房子有个窝是应该的，老来思乡还乡在村里住住，乡亲都会理解的。我说我不在村子里盖，我要盖就在天全市盖，而且我也不是想要一小块宅基地，我要的土地面积至少在二十亩以上，我要盖就要盖几栋像样的楼，给我的兄弟姐妹每人一栋，而且院子里要有水系，要设置景观，要建亭台楼阁，就像苏州一些私家园林一样。我为国家为军队辛苦工作了大半辈子，我也想享受享受。再就是为我的儿女们留一份家产和念想，让后世子孙们知道，他们有一个当了将军的前辈，他们是名门和贵族的后代……

可欧阳万彤一口回绝，说：天呀，二十亩地？面积太大！土地这么金贵，我哪能给你一家批这么大面积的土地？再说，你盖那么多的楼房也没有意义，你不怕老百姓骂你？

你只说给我批不批吧？我当时很不高兴，只问他这一句。

他说：昌山，别逼我去犯错误。我知道你过去帮过我，你的要求照说我该满足，可这超出了我的权限，我实在无权给你批这么多的土地，这是明显的违规，希望你能理解。你想想，假如清河省在外工作的省军级领导都回来要这样多的土地盖房子，那可怎么得了？

我当时见他只想给我讲大道理，明白求他是无用了，于是大声说：那你就好好当你的省长！说完我扭头上车就走，他的秘书上前来想拉住我留我吃饭，我瞪了他一眼，示意司机启动车子……

我后来是在北京找人为我办好了在天全征地的有关手续。土地落实之后，我派人又找了中国一流的设计师来天全，根据所征地块所处的位置和周边环境，做出了设计。设计图纸出来后，我还先后请了几个风水大师来指点，直到确定全部设计合乎风水要求，只会对家族后人有益有利之后才开始动工。工程队我也是在北京找的，实话告诉你，屋檐的彩绘部分，我是在故宫博物院请的古建彩绘大师来干的。我这人办事，一向是不办则已，要办就要办得像样。

主体建筑落成的那天，我从北京赶回来验收，欧阳万彤刚好那天也回天全检查工作，听说我回来了，就也来到了建筑现场。他一看整个院子雕梁画栋的样子，有点大惊失色地说：昌山，你这哪是在建日后退休要住的房子，你这是在建将军府邸，在建宫殿呀！你不怕别人议论，不怕别人背后戳你脊梁骨呀?!

我当时冷冷地回了他几句：谁愿怎么议论就让他怎么议论，议论有什么不得了的？怕议论就不做事了？你去安徽的西递和宏村还有山西的阳城看看，过去那些在外做官经商的人都知道回到家乡盖一座大宅子，我们今天为什么不行？你去看看山西阳城的皇城相府，那不气派？如果没有那座城堡式的官宅建筑群，今天有几个人会知道陈廷敬这个清朝文渊阁大学士兼吏部尚书的名字？

他被我顶得半晌没有话说，停了半天才又问：你从哪儿来的钱？盖这么多气派的房子得多少钱呐？

我又顶他道：这不用你操心，反正不是抢来的！

他被我顶了个大红脸，怏怏道：还是你有本领。好了，你忙，再见！他没有说要请我吃饭，我也没有移步送他。我俩的关系已经变得很淡很淡。

你问我盖房子的钱是从哪里来的？今天你们都已经知道，报纸上都有公布，我也不再辩解了。一部分是吃的回扣。我原来的那个职位，不是掌握着向下批经费的权力嘛，哪个单位想多要点经费，可以，但我批给你后，你得有所表示，得回给我一些，不然就是不识好歹了，比例嘛，可大可小，我批给你5000万，你回给我300万到500万总是可以的吧？说实话，我从来没提什么比例，都是下边的单位自愿送，送多送少我都没有异议，我从来没有嫌多嫌少的，更没有给下边脸色看。大家的一番心意嘛，多少都好。另一部分嘛，是一些下级送的礼金。我是一个主官，下边的人过年过节，总要带个红包来看看我；逢到提升调动，也会向我有所表示；我要是生个病，大家也会带个信封来看看我。我一直觉得，逢年过节和我生病时大家送个信封来看我，这部分钱不能算我贪污，人情往来嘛！这部分钱的数量有多大？一年也就两三百万吧，不多嘛！我还想特别说明的是，我从未主动向下张口要过。大家都是自愿。你有时若坚持不要，还会伤感情。早些年过年过节时，大家是送实物的，送肉、送鱼、送烟、送酒、送大葱、送萝卜、送点心。比如过中秋节，各单位都来送月饼、鲜花和水果，结果一送一屋子的月饼、水果和鲜花，怎么吃得完？怎么摆得开？很多都放坏了，这个表示礼数的法子确实不太好。后来大家就想法子改进，把买月饼和水果的钱装到信封里送给你，这样，送的人和收的人都觉得轻松，送的人不必大张旗鼓地开车上门让别人看见，收的人也不必担心没有地方保存。一开始过节时送信封，里边也就装个 500 块钱，后来就发展到了 1000 块，再后来，有的人就送卡了，卡里打个 2000 元，好看些，一张卡拿到商场够买一件衣服；发展下去，卡里打的钱就多了起来，有 5000 的，有 1 万的，还有 2 万的。后来纪委限制送卡了，大家又恢复了送现金，5 万一捆的，10 万一捆的，数字逐渐加大，你过去已经收过了，到这个时候，就不能不继续接着收。像我，不收说不定会得罪更多的人。到后来，钱送得不稀罕了，才又开始送金条。再有一部分嘛，就是处置部队上不用的土地和房产时的截留，或者也叫回扣吧。军队有些土地和房子不用了，卖给地方上的老板。这些老板通常都很讲义气，你卖给他后，他觉得应该知恩回报，于是就悄悄给一些钱。其实这部分钱里，是有感情因素在的，完全算我贪污也有点冤枉我。

你说抄我家时在地下发现的那部分钱？嗨，那也是没办法呀，有了钱，你总得给钱找个放的地方嘛。存到银行里，不敢呐，存钱实名制这个主意不知是谁出的，太他娘的阴狠了！不用实名制存钱才是对的，现在好多官员只能把钱放到家里，对银行不好呀！给亲友保存？也不行呐，用不了几天他们就会说出去，保不住密呀！家家亲戚都有女人，女人的嘴是保不住密的，有人说女人保密的时间最长只有三个月，这话我信，她们说不定哪一会儿就说出来了。没办法，你只有放在自己家里才放心。再说了，放在家里，隔几天看一眼，心里才会特别舒服。我刚才给你说了，我小时候见过的钱很少很少，父亲手里的积蓄，从未超过 5 块钱，家里放钱的地方就是父亲的破手绢。父亲总是把家里的几块钱积蓄小心地包在他那个破手绢里，然后塞进墙缝，因为家里既没有柜子也没有箱子，桌子的两个破抽屉上也无钱安锁，没有放那几块钱的地方。我上小学上中学时最怕的是交学杂费的日子，每当我说出学校要让交的数目后，父亲总是愁眉苦脸地打开那个手绢包，将里边的零票数来数去，不够的话，父亲就要黑着脸出门去找人借钱。借来借去，只借得村里的所有人都害怕看见父亲。那时我的家里，除了几张破木床和两口锅及一些粗瓷碗外，基本上没有别的东西。对这种家境的记忆给了我强烈的刺激，使我从小就对钱有着极强的渴求心理，一见到钱就想让其归自己，看到钱放在自己兜里放在自己家里，心里就觉得特别舒服安逸。也是因此，我喜欢把钱放在自己身边。最初，积下的钱不多时，我就把它们放在床下的一个木箱里；后来多了，我就买了一个保险柜；再后来，一个保险柜装不下，我就又买了一个保险柜；钱积得更多之后，不能总买保险柜，要是在家里摆一溜装钱的保险柜，那也容易引起别人的注意，所以后来就想起了把钱埋在地下的主意。怎样把钱埋到地下才能不损坏，这也很伤我的脑筋。你知道，地下潮得厉害，弄不好就能把纸钞沤烂。为了解决埋钱的问题，我看了好几本介绍过去地主老财们埋钱法子的小册子。我一开始买来几个装醋装酱油的瓷坛子，把钱装进去，然后用蜡把坛口封死，再埋到地下，这法子保险是保险，可就是一个坛子里装不了多少钱。你要埋的坛子太多了，也容易暴露，要是被别人挖走那可就太亏了。后来一个偶然的场合，我才听人介绍说，现在有一种保险箱，不仅可以防盗，还能防水、防潮、防火，我急忙去商场里了解，果然是有这样一种保险箱，我高兴极了，急忙去定了几个。这时，我刚好也在天全市盖起了房子，我就让设计师专门在院中草坪的下边，设计了一个密室。我当时给设计师说的用途是放点杂物，其实是为了放保险箱。密室设计建好后，我专门在北京雇了一辆大厢车，把那些装满了钱的保险箱外边用塑料布和草绳缠裹了一层又一层一道又一道，根本看不出来是保险箱，这才装上厢车，让我儿子和女儿亲自押车，一家伙拉回了天全新建的府里，然后在一个午夜，我亲自和儿子、女儿，将那几个保险箱推进那个密室藏了起来。这活不能让别人干呐，连儿媳和女婿都不能让他们知道，只有自己一家人来干才行。把地表的土封好后，第二天让工人们在上边种了草，我这才放了心。我当时想，不管以后社会上发生了什么事，有了这些钱，我的儿女和后代都不会受苦了，他们都不必再过我小时候过的那种缺钱的日子了。唉，没想到我后来会出了事，没想到组织上会抄我的家，会发现那些钱，让我的心血全白费了。太亏了……

为啥不把钱送出去？嗨，送是要送的，你不送咋能获得提拔重用？上边你不能不打点。不记得是从哪一年开始，人们想提升就得送钱了。一开始是送几万就能升一职，后来水涨船高，一次不送几十万是不行的。有些职务虽然没有明码标价，但大家其实是知道它的价位的，要送，你就得按那个价位送，不按那个价位送，你送的钱就有可能打水漂，就是说，钱送出去了，但并没有提你，白送了。我最多的一次送多少？已经交代过了，你要想听，我就再交代一次，2000 万，把 2000 万的钱放进一张卡里，趁上级女儿结婚的时候，送去，算份贺礼。你吃惊了？是的，这个数字是有点大了。你写作一本书能挣多少钱？那差不多顶你一辈子写书挣的钱了。

当然了，我弄来的钱也不能全送出去，送出去个三分之一就行了，你提职当官最后不也是为了钱嘛，你得把主要的部分留给自己呀！这些年我是送出去了不少，不少人得了我的好处，这些人的名字我也已经给组织上说了，听说有些人也已经被抓起来了。抓起来了好，不能让大家以为就我一个人贪，就我一个人是坏人，他们都是清正廉洁的正人君子，怎么可能？风气怎么可能是我一个人带坏的？如果就我一个人贪，早就被发现了。我在这儿可以看到报纸，我在报纸上看见，很多人在义愤填膺地痛斥贪污，这些人让我几乎笑掉大牙。我还能不知道他们？他们其实也贪呐，只是眼下还没有暴露而已，还没有被揭发出来而已。所以我现在在这儿采取一项策略，就是我每揭发出一个贪污的、收过我的贿赂的人，我都在下次提审时问组织上是不是把他们抓起来了，如果还没抓，对不起，我这次就不再揭发新的人，我这也是一种督促，督促组织上快点把和我一样的贪污犯抓起来。我这也是一种反腐行为，是一种对国家负责的行为，不能让我在这儿伤心流泪心疼不已，他们在那儿兴高采烈，继续喝酒吃肉，这不公平！

对所有的贪污犯都应该一视同仁，都应该把他们的真面目亮出来。

我从进来到今天，已经替国家挖出来了不少贪污犯，清出来了不少蛀虫，我也算立功了，是吧？

反腐有很多战线，我这儿也算是一条战线。

当然，我首先是一个罪人。

我承认我把贪来的大多数钱都留给了自己，辛辛苦苦担惊受怕弄来的钱，我不能都送给别人。直到今天，我仍然认为，人当了官，发一点小财是应该的，要不然谁还来当官？两袖清风只当公仆，这话你信？反正我不太相信，谁会傻到辛辛苦苦的奋斗就为了来当公众的仆人？仆人是得听主人吆喝的人，现在的当官的哪个愿听老百姓的吆喝？你给我找出来让我看看？

还有一点，就是自古便有当官发财的说法，过去不还有“三年清知府，十万雪花银”的先例嘛。历史上就是这样干的，你能一下子把历史切断？不可能嘛！当官其实是很辛苦的，上边对你不满意不行，你得首先把对上边的关系搞好；下边老跟你捣蛋也不行，你得把下边也糊弄住；左右也得多小心，弄不好他们就会算计你，容易吗？还得没明没夜地思考问题解决问题，还要在各种会议上讲话做报告，还要出国考察，还要与基层对话，辛苦着哩！说得有点远了，和欧阳万彤没关系的事咱还是少说点，言归正传，咱还说我与欧阳万彤的关系。

我俩最后完全闹掰是因为一顿饭，一个饭局。有一天，国家一个大型企业的老板请我吃饭，他听说万彤省长正在中央党校学习，并且知道我和万彤是同乡，就提议把万彤也一起请来坐坐，我自然不能当面反对，只能说好呀，一起聚聚还热闹些。他们于是就把万彤由中央党校请了来。今天想想，那晚安排宴会的同志是有点大手大脚了，本来每人三个硬菜加些辅菜就行了，平均一个人也就四五千块钱的样子，可他八成是怕显得小气了，就又加上了一个甜点。每个人的甜点盘子里都摆了一条铂金项链，大概也值几千块钱的样子。因为在座的还有几个年轻貌美的女士，上条项链也是可以理解的，给人家一个礼物嘛。在吃前几个主菜时，我就注意到万彤不太高兴，说这几道主菜的花费就顶清河省一个农民两亩地的收成了。这话让那个国企老板听了有点尴尬，那老板也是享受国务院部级领导的待遇呀。他这话也让那几位见过世面的女士不停地笑，说实话，我当时脸都有些红，心想你万彤也太老土了,吃顿饭都心疼得要命,哪还像个省长嘛！我当时有心拦万彤的话头,又怕他说出更难听的话,只好装聋作哑。待最后一道带项链的甜点上来,他起身去了外边的卫生间,我以为他很快就会回来,谁知他竟不告而别,把我和那位老板还有几个陪同的官员和那些女士都晾在了那儿。我那一刻真是气得七窍生烟,亏你还是一个省长,怎么可以这样不讲礼数？大家都在官场上混呐！你要什么清高？你不愿要那根项链,你不拿它不就行了？你给我说一声放那儿不就成了？或者随便给身旁哪位女士都行呀,干吗要玩这一出？让我们都下不来台？

从此以后,我就不再同他来往了。也是因此,他啥时得的病,怎么治疗的,我都一概没打听了……

你问后来又与他通过话没有？通过,但都不是我主动打给他的,是他打来的。他打来,我不好不接,毕竟是一个村的人呀！记得是在中日钓鱼岛争端爆发后,他打来电话,问我这件事情的未来发展可能是什么。我说,这事有上级在掌握着,不用我这一级干部操心。他又开口教训我说:昌山,你如今是将军了,咱们国家的将军能有多少？你这一级干部再不操心这些大事,让谁来操心？这些事的处理虽然不用你来决策,但你一定得想,得考虑,有了好的想法要向上报,实在不好报了可以让记者写份内参,以便给上边的决策者提供处理方案。我耐着性子听他的教训,听他告诉我:这场争端表面上是日本右翼购岛惹起的,其实背后的挑唆者是美国。表面上是中日的领土之争,实际上是美国主导的经济之战。美国最严峻的问题是债务太过庞大,目前降低债务又不可能,搞好经济的出路只能是增加资本。而增加资本、保证美国经济复苏的办法,就是确保美元成为全球的结算货币和储备货币,只要美元保持着这种地位,美国施行的定量宽松政策也就是多发货币,其负面后果便可以向全球转嫁。可欧元、人民币和日元却正在挑战美元的全球结算货币和储备货币的地位，为此，美国必须要对这三种货币进行打击以消除威胁。为了打击欧元，美国在脆弱的希腊动手，火烧连船使得欧盟摇摇欲坠，欧元地位大大动摇，结果使欧洲的资本快速流向美国，修复了美国的资产负债表；为了打击日元和人民币，美国挑起了钓鱼岛之争，岛争一起，中日两家原来的互换货币协议被搁置，两个外汇储备最多的国家，其外汇在潜在战争的影响下源源流向美国，使美国在危机中快速复苏。美国的经济结构和社会结构是建立在债务扩张基础上的，美国偿还不了这些债务，只有印钞还债，一旦美元的全球结算和储备地位被动摇，美国的经济和社会就将崩溃……

他一直把我当一个下级、一个没见过世面的小弟弟来教育，这是他不自量力的表现，是我特别烦他的地方！他忘记我在北京生活了多少年了，他忘记我今天的地位了！

还有一次，他打来电话说战争的危险，我当时也只能应付性地听着。我记得他说：昌山，我在地方工作，对战争的事操不上心；即使操心，也是瞎操心，不会有人来理会我，而你，作为一个将军，一个领兵打仗的人，一定要明白，战争其实离我们很近很近！近到也许就在几年之内，你一定得操心这件事。

他说，我最近看到有人传给我一份克林顿的讲话，是1999年美国在轰炸中国驻南斯拉夫大使馆后应议员们要求到国会发表的一个秘密讲话，不管内容是真是假，但其中流露出的东西值得我们警惕。克林顿在那个讲话里说：我所要描述的新战略的目标将是从现在起，美国要成为人类最后唯一的帝国……我们制定了详细的目标，第一步，就是北约东扩……诸位已经看到，在科索沃战事上，原来我们还对俄罗斯心有余悸，现在，他们几乎成了一丝不挂的乞丐。但是，我想诸位议员能够明确地了解，我们的东扩，不仅仅是让叶利钦出出洋相，我们东扩的目的是控制整个欧亚板块，在那里，在东南亚有一个我们头疼的地方，就是中国。总之，在这条路上虽然也有一点冒险性，但基本上没有可以阻挡我们的敌人。一个完全在美国领导下的21世纪很快就会到来。克林顿在回答一个议员关于科索沃战事还要拖多久的提问时答道：纵观一部美国发展和发达的历史，战争符合美国的利益，第二次世界大战给我国经济带来高速发展已足以证明此事。克林顿在回答另一个议员关于科索沃会不会像越南那样让我们陷入泥潭时答道：海湾战争已证明了我们在战争中的伤亡几乎等于零，这就像玩一个电子游戏。所不同的，是他们在用他们的生命和不多的、必须赖以生存的家当与我们赌博。在回答又一个议员关于轰炸中国大使馆在什么地方符合美国利益的时候答道：除了莫斯科，在更远一点的地方，有一个让我们更担心的国家，他同时也是一个核大国，那就是中国，他本来应该在十年之前就分裂成七个国家，可是，至今仍似乎牢不可破。尽管在我们的各种打压下，他的发展仍然令人吃惊，而且等他内部自行肢解的可能性也不大。出于一种考虑，应该让他沿着苏联的老路走，即疯狂地军备，这样足以拖他下水。不远的将来，他同样将因经济崩溃而无力对我们说不，并且沦为国际乞丐。在回答另一个议员关于中国会不会因此使用核反击时克林顿答道：在对中国大使馆动手之前，我们做了慎重的研究，分析了各种可能性。我们得出的结论是，首先，“误炸”会刺激中国人，但中国人不至于启动核按钮，况且他们还有一个愚蠢的承诺，即不首先使用核武器。其次，现在中国人最想要的是我们的科技，因此，他们在全球最不想得罪的就是美国。第三，有鉴于此，他们能做的也就只有抗议而已。第四，做最坏的打算，即使他们动手，既然世界上最先进的武器全出自美国，我们还怕什么呢？在回答一个议员关于引发中国的反美情绪会影响美国企业界的利益时，克林顿答道：我可以预见，中国领导人比我们更渴望恢复中美关系，他们的几张关键底牌也在我们手中，诸如台湾问题、西藏问题、新疆问题等等，不管什么时候，只要我们想做点文章，是不难找到话题的……

他在电话上复述这个讲话让我烦躁不已，就算真有这个讲话，有什么不得了的？要你去操心？

他还在电话上说，美国现在的债务还不到20万亿美元，还可以继续提高债务上限继续借钱，但当他的债务总额达到20万亿的时候，每年的利息就是6000亿美元，那么即使国会允许政府每年借6000亿美元，也只够还利息。到这时，他就无法再借钱了。当他们举债度日的日子走到头的时候，美国会怎么办？和平赖账？债务违约，不还了？当然可以，可那样一来，美国在世界上就没法混了，会脸面和威风丢尽，他不会干。剩下的路还有两条，一条是搞大宗交易，美国可以跟中国做的交易是：我把台湾给你，你免掉我的全部债务；美国可以和日本做的交易是：把钓鱼岛彻底交给你，你免去我的全部债务。这样做，全世界都可以看明白，美国也会因此丢脸和丧失威信。还有一条特别简便的路，就是挑动日本和中国打仗，他站在日本一边，战争一打响，就宣布抹掉所欠中国的全部债务，在和日本联手打中国的同时，再告诉日本，我帮助了你，你我之间的债务也全部归零。我们要特别小心美国走这条简便的路……

我当时边听边想：你一个当省长的，省省心吧，把你清河省的事情先办好再管别的吧，越界想这些事究竟有什么用处？

对你个人有什么好处?

再有一次,他打电话向我推荐清河省理工大学的一名教授,说他在该校调研时,发现这位教授的研究项目既可以民用,还可以军用,而且一旦被军方使用,很可能造出一种世界上从没有过的新武器。他说,美国不怕你跟在他后面造他已有的武器,像航空母舰、隐形飞机,你在技术上很难玩过他,他知道那些武器的全部弱点,更知道应对的办法;美国最怕的是你另辟新路,造他没有造过的新武器,他造无人机的时候,你造破坏遥控遥感的东西;他造卫星、飞船的时候,你造能让卫星和飞船与地面失联的东西;他拿刀的时候,你别也拿刀,你拿一个能准确伤害其眼珠的东西,这就会让他紧张,令他害怕。

他说,我现在是省长,在军队没有职务,只有请你尽快向总部领导反映此讯息。老实说,我当时真想告诉他:军中有专门管科研的机构和将领,他们还能不比你专业,还用你从地方上发现一个人才?我当然没去理会他的推荐,我吃饱了没事干?不过,大约也是碰巧,那位教授后来被总参聘进了他们的一个研究所,他真在不长的时间内造出了一种新的武器,其威力不是你我能想象出来的。因为保密,我不可能了解得很具体,我能告诉你的就是,这种武器可称为"顶尖利器",仅这一种武器,就可以让任何一个敢向我们玩火的敌人尝到可怕的苦果,会令他们胆战心惊……

说实话,为这件事,我再次在心底里佩服他。

我能告诉你的也就这些了。总之,今天回头去看,我和欧阳万彤绝交是犯傻,等于是抛弃了一个提醒者,是扔掉了一个真朋友。如果有他这个诤友在,我可能在犯罪的道路上走得不像今天这样远。我真的很后悔。

你听了我这些话,大概也能明白,欧阳万彤不是一个庸常的省长,不是只会念讲稿背讲稿的角色。他曾不止一次地给我说:中国人中的智者实在太多,当一个领导者的任务,就是发现这些智者并制定一套让智者崭露头角的制度。我猜,在他的内心里,可能存在着一种忧虑和焦虑,总认为世界上有一股要置我们民族于不利处境的势力,总觉得时间紧迫,所以他不论什么时候都在留心着找到应对的办法和人,而且办什么事都很着急。

这和我的状况一点都不同,我在进这儿之前,可以说,每天都活得非常轻松,每天都在享受生活。

当然了,他这种忧虑和焦虑也不是没有一点道理。

正因为他是一个心中常怀忧虑的人,所以我觉得他活得很沉重。

现在他走了,他获得解脱了……

12. 保姆华小羽:

你为何找到我？你是不是听到了什么传言？我知道有些人在外边胡说,在造我和万彤伯伯的谣言。说我这么漂亮的一个姑娘和少妇,当年长期跟欧阳万彤当保姆,特别是他前妻被抓后,其中有一段时间他没结婚,一个人独居,我一直死心塌地跟在他身边,两个人肯定不干净。我一直想找到造这谣的王八蛋,找到了我会上去撕她的嘴!

我是18岁高中没毕业就到万彤伯伯家当保姆的。那一年,村里有家人盖房子,让我爹去给他们做木工活,上梁时,我爹一不小心从梁上摔了下来,把一条腿和一只胳膊摔断了。爹本来是俺家的顶梁柱,他这一出事,落下了残疾,不仅他不能干活挣钱了,还要俺娘想办法借钱给他治病。我有两个妹妹一个弟弟,家里一下子穷得揭不开锅了,没法子,我就退学回家帮娘干活。农村种地是挣不到多少钱的,要把一大家子人的生活维持下来太难了,就在我和娘四处借钱愁眉不展时,一个叫欧阳兆绣的姑奶来看俺娘,娘说这个姑奶和外婆、外公家是一个村的,人特别好。欧阳姑奶见我们家的穷困样子,就说要介绍我到天全市去给人家当保姆挣钱,当时也没说要去什么人家,娘点头答应了。我于是便跟兆绣姑奶去了天全市。我那时并不知道我去当保姆的这家主人是天全市的副市长,更不知道他叫欧阳万彤,我只觉得这家人大方,答应一月给我300块钱。那时,300块钱是一个很大的数字,天全城里其他的老保姆一月才有100块钱。我是后来才知道欧阳万彤和我娘赵灵灵年轻时有过一段感情波折,才晓得兆绣姑奶介绍我去她侄子家当保姆是想帮助我们,才明白万彤伯伯给我开当时最高的工资是关心俺娘和俺们一家。兆绣姑奶把我安顿好要走时给我交代,暂时不要对俺娘说是在万彤伯伯家当保姆,我当时不太明白她的用心,也是后来才懂得她是怕伤了俺娘的自尊。

老实说,我刚到万彤伯伯家可是总挨批评。当然不是挨万彤伯伯的批,万彤伯伯每天在家的时间不多,见了我也就是打个招呼点点头而已。我主要是挨万彤伯伯的前妻林蔷薇阿姨的批。林阿姨也是官员,我记得当时她是一个科长,相当于乡长那样大的官。她很有派头,每天上下班都是用万彤伯伯的汽车接送,司机通常是先送万彤伯伯上班,然后再回来将她送往办公室。家里的事都是她管,她的脾气不是太好,不仅经常批评我,有时也批万彤伯伯和千籽哥哥。批他们时,他们也是老老实实听着。我挨批主要是做家务毛糙,有时是地没扫干净,有时是浴盆没擦干净,有时是衣服没洗干净。此外就是炒菜做饭的本领不行,炒的菜咸一顿淡一顿,有时还把米饭蒸煳了,这主要得怨俺娘,她平日在家里总不让我上灶做饭,结果使我的厨房本领没有练成，出来就坐蜡作难了。对于林阿姨的批评，我的回应是老老实实地点头认错，咱做错了嘛，有啥办法？当然有时候也生气，觉得她吹毛求疵，小题大做，真想不干了，回家，可又舍不得这一月300块钱的报酬，家里确实需要钱呐，只好咬咬牙咽下气，努力学习做各项家务的本领。林阿姨这人脾气虽然厉害，但人不小气，心眼好。我记得头一个月给我发工资时，她递给我350块钱，我说：多了，兆绣姑奶说定的是300。林阿姨说：拿着，那50块钱是让你买衣裳的。你这孩子有错能认错，我喜欢。

大约是半年之后，在林阿姨的耐心指导和我的虚心学习下，我的保姆本领算基本练成。老实说，林阿姨教会了我不少东西，比如煮排骨汤时，可加一小匙醋，能使骨头中的磷和钙溶解到汤里，还可保存汤里的维生素，再放入几块新鲜橘皮，可使味道鲜美，减少油腻感。比如，为了使牛肉炖得快炖得烂，用纱布包一撮茶叶放进去同煮，肉很快就烂而且味道鲜美。比如，炒鸡蛋前加入少量砂糖，使其具有保水性，会延缓受热时间，使炒出来的蛋蓬松柔软，再加上几滴醋，可使炒出的鸡蛋更加松软味香。我的本领强了，林阿姨批我的时候就越来越少，对我也越来越信任。到后来，家里买菜买日用品的钱，总是交给我，让我全权去办。再后来，她上街去买衣服时，也让我跟上当参谋。一年过后，她就开始不把我当外人了，说话不再避我，当着我的面就和万彤伯伯说公家的事，说他们一家人的事，一点也不在意我是不是能听到。

我记得她当时和万彤伯伯说得最多的，是她的职务。她认为她的职务偏低，不合道理，她要万彤伯伯想办法将她提上去。万彤伯伯面有难色，似乎对这事不很上心，为此，林阿姨和他闹过不止一次。有一天吃晚饭时，林阿姨问他给市委书记说过她提职的事没有，万彤伯伯回答说为自己老婆的事张不开嘴，林阿姨大怒，“啪”的一声将筷子拍在桌子上，说：当年我爹为你的提升费尽了心力，他被批斗时还在为你的职务到处求人，没有他哪有你的今天？如今你竟然这样对待我，你还有没有良心？！如今官场里的人谁不知道，要用就用自己的人，这样工作起来才无人掣肘，才没人捣你的蛋，利益来了才好分，再说了，如今房子、车子、工资都是按职务来定，我没有一定的职务，啥好处也享受不到。你倒好，对自己老婆的事一点也不上心，你究竟是想怎么着？是不是操着想和我离婚的心？是不是想再找一个年轻女人？……

那时千籽哥已去省城上学，他俩吵架已没人劝了。我是想劝而不敢劝，我怕惹恼他们任何一个人。

万彤伯伯那晚被林阿姨骂得脸色铁青，起初还能一根面条一根面条的往嘴里送，到后来就气得完全吃不成了，就那样捏着筷子一动不动地坐在饭桌前。我在林阿姨开骂之初，就赶紧离开饭桌进了厨房，我怕万彤伯伯在我面前难堪。那晚万彤伯伯起身离开饭桌时，林阿姨给他下了最后通牒：三个月内你要再不把我提成副县级，我会闹得你副市长都当不成！你信不信？

后来还真是没用两个月，林阿姨就当上了市国土局的副局长。

林阿姨任职文件宣布的那天，她高兴得厉害，先说要去碧溪大厦最好的包间定一桌庆贺酒，万彤伯伯坚决反对，伯伯说你要在外边张扬我就决不参加。林阿姨这次听了万彤伯伯的劝，让我做了四个凉菜六个热菜外加一个汤，全家人就在家里进行庆贺。我记得千籽哥也被叫了回来，他们三口人坐在那里喝酒说话，我在厨房里忙活。林阿姨那晚喝了不少酒，她举着杯子对千籽哥手舞足蹈地说，你要好好学习争取顺利毕业，毕业后，趁你爸爸手里有权，给你也弄个官当当，那样咱们一家就都是官了，是真正的官家——官员之家！……

林阿姨升职的第二天，给我也加了工钱，林阿姨说：小羽，从这个月起，每个月再给你加100，咱们有福同享！

林阿姨当了副局长后，家里有段日子变得十分平静，我偶尔还能听到林阿姨的歌声，万彤伯伯回家来心情也明显好了，眉头不再皱着，说话开始多了，不时地，他和林阿姨会在他们的卧室里发出响亮的笑声。

林阿姨当上了副局长后，待遇也跟着来了，每天上下班也有车来接送了，就不再用万彤伯伯的车了。林阿姨有了专车后，我也能跟着沾点光，我有时去买菜买肉，给她的司机打个电话，只要司机闲着，就会过来拉上我去菜市场。这让我觉得，林阿姨当初闹万彤伯伯闹得对，让她当上副局长实在应该。

林阿姨当上副局长的另一个好处，是平日发的东西和收的礼物比往日多了去了。过去机关里发吃的用的，只发万彤伯伯的一份，现在是两份。过去下边县里的人来送礼，只送一份，现在也是两份了。收到的这些东西，贵重的，林阿姨收起来，不是很贵重的，都由我来管理。他们家其实根本用不了吃不了这么多东西，我每次回家看娘，林阿姨都让我带上不少她收到的礼物。不管说到哪里，我都认为林阿姨是个大方的人！

又过了一些日子，万彤伯伯就当上了天全市的市长，市政府的一把手。这可是特大喜事，你想想，千把万人的一个市，人们的吃喝拉撒生老病死都归万彤伯伯管了，那还不是大喜事？林阿姨又要庆祝，说要在碧溪宾馆摆上几桌，让朋友们都来喝个一醉方休。万彤伯伯又是坚决不让,伯伯说:有喜就有忧,你只看到喜的一面,没看到我压力增大的一面,我现在是天全的当家人之一,我得让全市百姓都过上舒心的日子,这个担子会轻吗?万一哪里出了纰漏,可是要挨骂挨批的……

万彤伯伯当了市长没有多久,林阿姨就又念叨着要他想法给她再提一级。说她打听了,有的副处级干部只提了一年,就升成正处了,这是人家运作得好。关键是要想法子,比如,可以让她先代理一个正处的职务,然后再找机会转正。万彤伯伯听得很不耐烦,说,我当了市长,先给自己的老婆升官,像话吗?你就不怕别人在背后骂我们?林阿姨说:谁愿骂就让他骂吧,反正咱听不见,骂也等于没骂。再说了,人掌握权力都是有期限的,有权不用,过期作废,你现在不提我,等你不当市长了,想提我也没办法了。再说了,你要提我当了哪个局的局长,那个局不就不用你操心了?我肯定会全心支持你!这对你积累政绩也有好处,你若提了别人,让肥水流到外人田里,于你自己何益?……

林阿姨为这事不停地唠叨着万彤伯伯。万彤伯伯后来一听她说到这个话题,就赶紧想躲开,或是说办公室有事要去忙,或是要去另一个房间打电话。我当时就估计到了,他们早晚还得为这事吵起来。

又过了一段日子,林阿姨有天中午到家后显得兴冲冲的,见了万彤伯伯就问:你知道我们局的尹局长要上调省厅的事吧?这个位置空出来后,我想当代理局长。这是一个重要位置,交给我你也好放心。我记得万彤伯伯沉思了一阵后说:我们俩干吗都要在政界过日子?这样对家庭不一定好呀?!林阿姨发火道:你甭在我面前唱高调,谁不知道中国评价人生成不成功全看你官位高低,你现在当了市长,你的人生成功了,你为何不让我的人生成功？你为何一定要让我活在你的阴影里？告诉你，我不想让别人整天指着我说：那是万彤市长的老婆。我想让别人介绍我说：那是天全市土地局长林蔷薇！我这样要求难道错了吗？你们不是口口声声要解放妇女么，为何解放到我就不行了？你举手之劳就可以办到的事，为什么总想推托？我是不是你的老婆？是不是你儿子千籽的妈？是不是你最亲的人？你为何不想把权交给我反要交给别人？仅仅是怕别人议论你任人唯亲？你睁眼看看现在哪一级领导用人不是在用的自己人？……

那天，林阿姨整整数落了万彤伯伯一个中午，到最后，万彤伯伯摇摇头叹口气说：唉，人们都愿当官是不假，但迷当官迷成你这个样子的，还真是少有……

林阿姨怕万彤伯伯不真心帮她，又特意准备礼物去看了市委书记。

她的努力没有白费。几个月后，林阿姨真的当上了土地局的代理局长。林阿姨那天从办公室里给我打电话，叮嘱我晚上多做几个菜。吃晚饭的时候，林阿姨又让我开了一瓶红酒，她高兴地举杯对万彤伯伯说：万彤，谢谢你，来，我敬你一杯！咱今天这不叫庆贺酒，庆贺酒留到我转正时再喝，今晚这叫感谢酒，感谢你终于敢用自己人了！万彤伯伯喝酒前不知为何摇了摇头，喝下去后很肃穆地说：蔷薇，我给你说明白，这次让你代理局长，是书记的提议，你可一定要对得起组织上的信任，一定要夹住尾巴做人，尤其在动钱时要特别小心，你要好自为之！

那天晚上，林阿姨让我放水，伺候她仔细地洗了澡，洗后又抹了不少香水，还让我找出她刚买的一套半透明的睡衣，仔细穿上后才满面笑容地向卧室里走。那是我好多天来看见她最高兴的一晚……

林阿姨是半年多以后转成正局长的。她当了土地局的一把手后,来家里汇报工作的人明显多了,来家里送礼的人也日渐增加。过去人们送礼多是在过年过节时送,现在几乎是每天都有人送。礼品也是五花八门,从吃的海参、阿胶、虫草,到穿的西装、皮鞋、裙子;从喝的名茶、怀菊、咖啡,到玩的高尔夫球杆、象牙麻将、鋈金宝剑;从佩的项链、手镯、玉坠,到床上的床单、被罩、枕套,那可真是应有尽有。好多东西林阿姨并不喜欢,甚至连看都不想看。有的林阿姨让我送给了她的亲戚,有的送给了邻居,还有一些让我拿回了老家。说实在话,就这个方面来说,林阿姨处事确实大方大气,对她的升官,我心里是十二分的拥护。

林阿姨当了土地局长后,我明显感到她和万彤伯伯的感情好了起来。可惜,这段日子并不很长。不知从哪个晚上起,他们两个又有了低声的争吵。有天夜里我都睡着了,"砰"的一响又把我惊醒了,响声来自万彤伯伯和林阿姨的卧室,我起身去了客厅细听,万彤伯伯正和林阿姨在低声争吵,为什么不得而知,只隐约含混听到了"土地""钱""留学""美国"等字词,我不知道该不该进到他们的卧室去劝止。所幸他们的争吵后来停止了,我才又回屋睡觉。

林阿姨后来是突然出事的。我能看出林阿姨一点也没料到自己会出事。出事的前一天,她还要我第二天午饭后去商场给她配一条表链,她那块坤表的表链其实也是新的,但她不喜欢它的花哨形状。没料到中午下班那会儿检察院和公安局会突然来了人。我记得很清楚,她下班进家把手袋递给我,我急忙将擦手擦脸的毛巾递给她,然后给她端来了她喜欢喝的毛尖茶。她边喝边问我晌午炒没炒丝瓜条,我说没有,我说你要想吃的话我就马上炒一盘。她点点头正要开口说话,门忽然就被敲响了。我和她当时都以为又是送礼的人来了,所以毫无思想准备。我去开门的当儿,还听见林阿姨嘟囔了一句:真烦人,都不让人歇一会儿。待我把门打开,看见一男一女朝屋里冲来时,我真是惊骇无比,因为平时来市长家的人,不是求官就是求地或是求给自己解决问题的,大都是满面惶恐小心翼翼一脸是笑点头哈腰的,还从来没人敢这样放肆。我当时的第一个估计是来了抢劫犯了,待他们亮出证件说是检察院的时,我还有些不相信,我真想高声喊救命的,可又怕他们动手打林阿姨和我。直到万彤伯伯回来,直到万彤伯伯同意让他们押着林阿姨走,我才明白他们真的是检察院的人,才明白林阿姨是真遭了难了,而且连万彤伯伯也不能救她,这个家是出大事了!

这是我此生第一次看见人被强制带走的事情,而且带走的是我如此熟悉如此亲近且又很有权力的人,它让我切实感受到了恐惧。

那天中午,摆在桌子上的饭菜,万彤伯伯一点也没动。不仅他没吃,我也吃不下去,这个家怎会出这样塌天的事呢?

下午司机照样按时来接万彤伯伯上班。空着肚子的万彤伯伯穿好衣服,仍像往常那样出门往楼下走,但我看出他的步子有些打晃。我急忙找出一包饼干,跑下楼塞到他的司机手里,示意让他给万彤伯伯吃,司机显然已经知道了情况,默默接过,朝我点了点头。万彤伯伯上班走后,我赶紧给在美国的千籽哥哥打电话,想让他回来一趟,可怎么也打不通。后来才知道,检察院通知千籽哥说他妈妈有病,在他坐飞机回到北京机场时,把他也抓走了。我那天吓得捂住胸口,喘气都喘不顺了，天呀，这个家怎会遭如此大的祸灾？

第二天的傍晚，万彤伯伯下班进屋时，人好像一下子老了许多。他是被司机搀进屋的，极像是得了大病。我送司机出门时司机悄声告诉我：万彤市长被免职了，暂时不让出天全市，他心情非常不好，你要小心照顾他，有需要我帮忙的就赶紧给我打电话……

我当时惊在门口，好长时间没能挪步。原来那样一个红红火火的家，怎么突然间会变成了这样？世事真是无常呀。

我那晚给万彤伯伯炒了四个菜，做了他平日最爱吃的芝麻叶面条，可他不吃，就坐在那里一动不动。我哭着说：伯伯，你要再不吃就会饿坏了身子呀……

那晚，他只是喝了点开水就躺下了。

我不知道该怎么办，我给他的秘书打电话，想讨教个主意，可他的秘书不接电话。那位秘书平日一天能来家里几次，如今是一次也不来了。没有办法，我想起了姑奶欧阳兆绣，我想我得回老家请兆绣姑奶，她来了肯定有办法。第二天早晨，我很早就起床把早饭做好，温在锅里，又在客厅的桌子上留下了个写有"伯伯，饭在锅里"的纸条，然后就往长途汽车站跑。我坐车赶到兆绣姑奶家已是中午了，本想进屋就哭诉的，可没料到姑奶也得病躺到了床上，正在让人喂中药喝呢。见姑奶那个病恹恹的样子，我哪敢再哭再诉？我只能说是回来看看，伯伯家一切都好。从兆绣姑奶家出来，我回了自己的家——两个村子相离有几十里地。见了自己的娘，我才忍不住哭了。娘这时已经知道我是在万彤伯伯家当保姆，见我进屋就反常地哭起来，忙问情由，待听我说了万彤伯伯家情况后，娘沉了声说：小羽，你伯伯家现在遭了难，别人都可以不管不理，可你不能，你是得过人家恩惠的，你现在就赶紧回去，把你伯伯照顾好,把他们家里的事管起来。人嘛,不能势利!人势利了会被人看不起。娘说着给我拿了两个锅上刚蒸好的热馍,又掰了一截大葱递给我说:你现在就走,边走边吃,别误了回天全的汽车。回去先想法让你伯伯吃饭!你要告诉他,无论啥事都有过去的时候,这天底下没有人过不去的坎,要让他挺住……

我那天回到万彤伯伯家时天刚刚黑,进屋看见伯伯坐在饭桌前吃他自己下的面条,我的心稍稍放下了。伯伯看见我说:小羽,今后一段时间我不上班,我能自己照顾自己,你可以回家住些日子,你的工资我已放到你的卧室床头柜上了。

我抹了一下眼泪说:我刚从老家里来,我娘要我在这里照顾你。

万彤伯伯自然知道我娘是谁,他听了我的话默然了半晌,之后才说:谢谢你和你娘……

从这天开始,我一个人照顾他的饮食起居。他白天基本不出门,就坐在自己的卧室里看书、想事,要不就是趴在桌上写着什么。他通常是晚饭后出门,我因怕他想不开,总想悄悄跟在他身后,但常常会跟不上他。有一次我跟上了他,看见他在一个偏僻的街边公用电话亭里打电话,我很奇怪,家里都有电话,他何必要出来在街边打呢?

又过了很久,他的职务才算恢复。

他的职务刚一恢复,家里就又人来人往川流不息了。我看着那些人觉得惊奇,在我万彤伯伯免职时,他们都在哪里?说实话,别看我是一个乡下女子,我看不起那些人!他们太势利!尤其是他那个秘书,脸上带着笑意又来了。我私下里对我万彤伯伯说:这个秘书不是个东西,你得把他换掉!

万彤伯伯当时没说啥，可没过多久，他果然把他换掉了。

后来，我就听说万彤伯伯和林阿姨离婚了。这事伯伯没给我亲口说，告诉我这个消息的是伯伯的司机。那司机说，是林阿姨主动提出离婚的，伯伯同意了。

千籽哥哥被无罪释放出来后，曾回家了一趟。那天，万彤伯伯特意没去上班，在家里等着千籽哥哥，可千籽哥哥好像对伯伯充满了气恨，进屋连看都不看他一眼。万彤伯伯跟千籽哥哥说话，语气小心翼翼的，可千籽哥哥不理他，只管收拾自己的衣服和用品。我那天照万彤伯伯的嘱咐，做了一桌子的菜，可千籽哥哥哥根本没在饭桌前坐，更别说吃了。千籽哥哥把自己的东西收拾完之后，提上箱子转身就走。我想上前拉他坐下吃饭，他一下子就摔开了我的手。后来有人告诉我，千籽哥哥那天是在大街上一个小馆子里吃的东西，吃完，就回他的单位了。从那之后，再没见他回来过……

林阿姨被判刑正式关进监狱之后，我负责定期给她送东西。每隔一段日子，我也会陪着万彤伯伯去监狱里看望林阿姨。每当看见林阿姨一脸憔悴穿着囚服缓缓走来的样子，看见万彤伯伯和林阿姨四目相对无语的样子，我都想流泪。

变化太大了！当初，林阿姨一身华服气质优雅，出门前呼后拥是何等的高贵高傲呀！

经过了这场变故，我对万彤伯伯干的这个行当没有了原先的那份羡慕。我明白了干这一行其实和我爹干木工活一样，也是有危险的；而且这种危险更吓人。万彤伯伯后来调往省城的时候，曾问我愿不愿跟他去继续当保姆，愿去的话工资也再给我加一些，我摇了摇头。我不想去省城倒不全是因了我已结婚的缘故，更不是因为工资多少的事，我不去是因为我害怕再遇见啥意外，我害怕受惊吓，我想过平静的日子，穷一点没关系，安宁就行。我能说的也就这些了，你还想听什么？万彤伯伯离婚后的事？

万彤伯伯和林阿姨离婚的消息传开后，是有不少市委、市府的人来到家里，说是要给万彤伯伯介绍对象，但万彤伯伯都只说：谢谢美意，我眼下还不想考虑这个问题。他拒绝去见那些人所介绍的女人，一个人上班下班。他的生活那段日子很规律，下了班吃完我做的饭后，就回到他的卧室里看文件批文件和读书读报，再不就是找人在客厅里谈工作。他交代我，不管是谁来按门铃，只要隔着门镜看见他手里拎有礼物，就一律不开门，任何礼物都不能收。

那期间，当然也有女士登门，凡有女士打电话要来看望伯伯，他都要我回话：市长不在家。有些女的可能知道我说的是谎话，就直接来敲门，逢了这时，他就要我一直坐在客厅一角负责倒茶续水，不要去自己的房间，直到女方走。我记得市府办公室有个女的，年龄不到三十岁，人长得比林阿姨年轻时还漂亮，有天晚上来送文件，文件放下后就不走了，没话找话地和万彤伯伯聊起天来。万彤伯伯几次说他晚上要改个讲话稿，暗示她走，但她就是听不明白，依旧坐那里和伯伯说话，说着说着还把外衣脱了，露出里边的精美内衣和鼓得很大的两个奶子，你想我也不小了，能看不明白？我就悄悄起身去了自己的房间。我当时想，反正伯伯心里难受，他又和林阿姨离了婚，他真要和这女人发生点啥事，可能对改善他的心境也有好处。没想到不大一会儿，万彤伯伯就又喊我出去给女方续茶。我给她续了茶之后，她才怏怏地起身告辞走了……

我想，万彤伯伯那段时间可能是对女人生了反感。

至于那阵子社会上传的常小韫是万彤伯伯的情人，我觉得是瞎说。如果他们真是那种关系，应该是瞒不过我的。再说，那时，好像天全市有一帮子人一直在盯着万彤伯伯，随时想找出他的毛病和问题，万彤伯伯肯定知道这个，他不会再将把柄递到他们手里。万彤伯伯和常小韫的交往，是在伯伯去了省城以后。

这个我可以肯定。

13. 原民国黄河委员会委员沈儒域：

我和欧阳万彤先生是有些交往。他走的消息我是从电视上知道的，他走得太早了，起码是该我走之后他再走。不过话说回来，早走早好。像我这样超过一百岁的老东西，耳朵听不清，眼睛看不清，牙齿咬不动，双腿不能动，活着真是受罪，也让人不待见。欧阳万彤先生一开始是为治水的事来找我的，想听听我对治水的看法。我说，你作为一省之长，现在关注水的事是有远见的表现。水是什么？水是地球的血液，也是一个国家一个民族最重要的资产，如果一个国家一个民族的水资产出了问题，那这个国家这个民族想兴盛是不可能的。我告诉他，现在我们国家在水资产方面存在的问题是两个：一个是少；一个是脏。

他问我怎么解决水资源少的问题，我叮嘱他要做好两条，其一，是在使用现有的水资源时注意节约。要让全省的人们都知道，水，并不是取之不尽的东西，用水要像用油用粮一样小心计算，不能大手大脚，要不然，干沟干河干塘干井会越来越多，甚至干江也是可能的，地下水的水位会越来越低，人们取水会越来越难。其二，是要学会保存雨水和雪水。雨水和雪水是上天对人类的慷慨馈赠，人们要学会保存珍惜，各个家庭都要像以色列那个国家的家庭一样，备有接雨雪的器具，各个村子、各个社区都要有接受雨雪的设备，各个城市、各个地域都要有储存雨雪的地方，不能让雨雪白白流进下水道流进脏水沟流走。

关于水脏的事，他和我有相同的感受。我提醒他，眼下治水，首要的是治污，也就是治脏，就是要把水被污染的事赶紧管住。他承认，如今的清河省已经没有一条河是清的了，这是个比治黄、治淮都大的事。

我对他说：水是每天都要进到人肚子里的东西，它被污染了，那还得了？那还不要影响人的寿命？还不要影响人的生育繁衍？还不要影响中国的将来？他同意我这观点。他这人有一个特点，就是一旦认准了一件事，立马就去指挥人们干。他在治理水污染上下了真功夫，也舍得花钱，省内的几条主要河道开始变清了。我俩是由此事结了友谊，后来，他有空闲时就来我这儿聊天。我记得我们聊过长寿的事，他见我活过了100，便问我长寿的秘诀，我告诉他，就三个字：不生气。这世上让人生气的事太多，你如果动不动就生气，你就会经常不快活，不快活的人内脏运行就会失去节律，老失去节律的人肯定要生病，生病就会损坏器官，长寿就不会可能。百病皆缘于生气。因此，平日要学会不生气，不生气的法子就是遇事不急，处事不躁，见人先让一步，见利先退一步。他觉得我这说法有道理，但他说他很难学到这条长寿之道，原因在于他在官场中做事，有些事要做到不生气太难了，他因此说他大概不会长寿。我当时笑着阻止他：这话不吉利！没想到真的一语成谶，他竟然真没能活过 80 岁，太遗憾了。

我俩在一起议论的另一个话题，是人类发展方面的事情。他问我，依你的阅读、思考和探究，认为人类在地球上已经存在了多少年？我说：按照我们中国人传统的说法，大约 170 万年前，元谋人开始在云南元谋一带生活；约 80 万年前，蓝田人生活在陕西蓝田一带；约 20 万—70 万年前，北京人生活在北京周口店一带；约 18000 年前，山顶洞人开始氏族公社的生活；约 5000—7000 年前，进入类似河姆渡半坡那样的母系氏族公社；约 4000—5000 年前，进入类似大汶口那样的中晚期父系氏族公社；约 4000 多年前，传说中的黄帝时期开始。这样说，人类从出现至今，也就 200 万年的历史。按照国际上人类学家的说法，人类从动物大家族中衍生并脱离出来，大约开始于 800 万年前的东部非洲。

他听了我的回答之后说，这两种说法好像都有道理，却又无法解释一些新出土的化石和器物。比如美国业余化石专家威廉·J. 米斯特于 1968 年夏天，在美国犹他州羚羊泉敲开的一片化石。在那片化石上，一个完整的鞋印踩在一只三叶虫上，这个鞋印长约 26 公分，宽 8.9 公分，从鞋印后跟下凹 1.5 公分来看，这应该是和现代人类所穿的便鞋相类似的鞋子，可三叶虫是生长于 6 亿年至 2 亿多年前的生物，这怎么解释？比如，在南非克莱克山坡一处有 28 亿年历史的地层中，发现了几百个带有凹槽的金属球，这怎么解释？再如，法国人 1972 年在非洲加蓬共和国一个叫奥克洛的地方，发现了一个古老的核反应堆，经测算，奥克洛铀矿成矿年代大约在 20 亿年前，而这个核反应堆应是成矿后不久就有的，这又怎么解释？他问我怎么看这些现象，我说我和玛雅人的看法有点近似，人类在地球上并不是只出现一次，每一次的人类文明发展到一定时期，由于人类自身的问题或外部环境的问题，又被毁掉，然后留下少部分人，重新进入原始社会，渐渐又重新发现出新的文明。他笑了，他说他也有点认同这说法，比如，由于人类的科技发展到一个很高的高度，研制出了一种生物，原本是想让其为人类造福的，却不想出现了变异，反而把人类毁了；比如，另外一个小行星因为脱轨或坠落，撞上了地球，把人类毁了。总之，人类被毁掉是有可能的。这样的猜测让我们更加看清了人类处于何等可怜的境地。也许正是人类身处的这种境地，让我们觉得人类可敬：一次次被毁，一次次倒下，又一次次站起，一次次建设，始终不屈服，始终想在宇宙里和地球上确立自己的存在和位置……

我俩在一起聊天，谈论最多的，是正视我们国人身上的弱点和毛病。他曾说，你在这个世界上生活的时间比我们都长，接触过几代人，对国人的了解肯定也比我等透彻，依你之见，国人身上的主要弱点有哪些？我告诉他，我觉得中国人有四个弱点特别明显：其一，是喜欢窝里斗。国人习惯把阴谋看作智慧，把杀掉作对的一方看作英雄之举，表现在官场是喜欢钩心斗角，剪除政敌；表现在民间是喜欢拉帮结派，整垮弱势的一方。尊重彼此、宽恕宽容、互助互爱的精神没有深植到中国人的心灵深处。其二，奴性心理强。由于历史上改朝换代时对不服从者镇压特别残酷，动不动就要砍头，所以中国人对权力充满恐惧，养成了不管谁掌权都愿意服从的习性，而且愿意使用最肉麻的语言吹捧掌权者。其三，凭关系办事。中国人做官，经商，入学，评职称，办调动，在社会上做任何事统统要凭关系，不是血缘关系就是师生关系，不是老乡关系，就是同学关系，不是同事关系，就是邻居关系，无关系事就难办十倍。其四，复古心理重。总爱说过去好，愿意把过去的人称为圣人，把过去的东西称为国宝，把过去的时光称为美好时光，而对今天的智者百般挑剔，对今天的发明创造进行贬低，对今天的生活一味抱怨。他听了我的话后笑笑说：有点道理。他说，你讲的第二点对我这个掌权者有警示意义，我应该小心使用手中的权力，不能动不动就要老百姓服从，要注意倾听民言，了解民意，要让百姓说话，培养大家的公民意识，要制定法律保证老百姓能挺直腰杆对官员说话，要保证老百姓有更换官员的权力，使国人身上的奴性逐渐降低；同时要保持清醒，听到入耳的奉承话、讨好的话、吹捧的话后不要忘乎所以，要明白那只是说话者的保身之言，当不得真的……

我和万彤先生就聊些这类的闲话，没有啥实用价值，对他治省理政好像也没有直接的关系，于我的生活也无意义。可我俩都喜欢这样聊，这样的聊天带给了我俩很多快乐。他这样做与一般政界的官员有很大不同，我喜欢。

一般的官员见人都有实用目的，对他做官要有用他才见，而他来见我，功利心似乎不强，好像他也是想放松。来找我这个老得没用的人聊闲天，这样的官员很少，算是个异数……

14. 省人民医院神经内科主任包健山：

我是多次给万彤省长看过病，但并不是他的保健医生，我和他只能算是认识，没有什么私人交情。有一段日子，他的右侧脸颊和右手大拇指有点轻微的麻木，大约是经我们院长推荐，他就来找我看病。我后来给他治好了，他也因此更信任我。此后他只要身体不舒服，就让秘书给我打电话，或者直接来找我。有时我处理不了，就建议他再去找别的科室的医生，或者干脆为他组织一次会诊，以确定治疗方案。

他的身体状况总体上看是不错的，多次检查都没有发现大毛病。他不吸烟，酒也喝得很少，偶尔喝一次，也多是喝点干红。他每天早晨还能坚持散步。他的心血管过去也没发现问题，未料到他最后会因心梗而走，这让我很意外，看来是我大意了，我应该提醒他早做更细的心血管检查，我为此感到很内疚。不过心梗这个病，不发作时确实难以检查出来。不管怎么说,他信任我这个医生,而我却没有帮他发现这么严重的心血管疾病,确实对他不起。

他来看病时,我们俩会在一起聊聊天,但从不谈他的工作,只谈与健康和疾病有关的事情,因此,我恐怕不能说出你感兴趣的问题。哦,有一件事,也许你会觉得有意思。

那是万彤省长去世前几年的一个冬天,有天后晌,在专家门诊坐诊的我,接待了一个挂我号的病人。那会儿已接近下班,但病人在诊桌前坐下后却没像一般病人那样急切地陈述病情,而是静静地坐在那儿。我略略有些诧异,就抬头注意地看他,病人是一个壮年汉子,戴着墨镜和口罩,我问他哪儿不舒服,他突然开口说:包主任,我今天挂你的号不是来找你看病的。我闻言很吃惊,便道:那你想干什么?

他放低了声音说:想跟你做笔生意。我更吃惊了,问他:我一个医生能跟你做什么生意?他道:你不仅能做这笔生意,而且稳赚不赔。

我估计我遇到了一个神经不太正常的人,于是就站起身来说:要下班了,我还有事,你如果不看病的话,就请你离开诊室吧。他坐在那儿没动,很淡定地说:我和你这个神经内科主任讲的这笔生意,涉及你的一个重要病人欧阳万彤!

他说这话让我吃了一惊。让我意识到来人并不是一个神经病患者,而是一个需要我认真对待的人。他不仅知道我的专业,而且知道欧阳万彤找我看过病。说说你的生意内容吧。我也淡淡地对他讲。

现在有人希望听到这样一种风声:欧阳万彤患了轻微的老年痴呆症,虽暂不会影响工作,但需要开始治疗。

谁?谁希望听到这种风声?我内心感到了惊骇:还有这样的事?

这你不必知道！

你的意思是让我宣布欧阳万彤得了轻微的老年痴呆症？

他点了点头。

可你想没想过，像他这一级干部，确诊一项病情可不会由我一个人说了算，甚至也不会由一家医院说了算。

不需要你写出诊断结论，只需要你便中对他的秘书和省府机关的人说出你的怀疑就行。我们需要的只是一种风声，一种舆论。

哦？你们也可以自己造这种舆论呀！

只有经你说出来才有权威性。

嗬！

然后你就可以得到一笔钱。

多少？我笑着问他。

100 万。

吆，真不少！

你这可是无本买卖。

如果我不想要这笔钱呢？我看定他问。

假如你权衡之后确实不想要这笔钱，那就算我从来没有挂过你这个专家的号。

我们当医生的，有自己做事的底线，这笔钱我不能要。

那就罢了。不过我希望我们今天的对话能成为永久的秘密，否则，你就会付出代价！我知道你的儿子在师大教书，知道你的孙子在实验中学读高二，知道你老婆每天散步的路径，如果你泄露了我今天的咨询内容，他们三人的右脚就都可能失去！

我震惊无比地看着他，感觉到了一股刺骨的寒意……

那人走后，我坐在椅子上半天没动。我的第一个判断，是万彤省长得罪了什么人;我的第二个判断是这帮人的心非常狠毒,啥事都可能干得出来。有心想去给万彤省长说说这件事,又担心给我的家人带来祸殃。我胆子太小了。

后来我又想,一个堂堂的省长,还能怕这样一个有关个人健康的谣言?

不过这件事过去后,我心里一直有点不安,总觉得有点对不住万彤省长。

再后来,我查了那一阶段的报刊和网上新闻,发现有几件事是万彤省长力主干的:一件是对食品造假者进行重罚,省长说要罚得他们倾家荡产,而且果然罚倒闭了几家企业;另一件是查处几家房地产开发商拉伸钢筋的事,开发商们为了省钱,把钢筋拉细,致使钢筋的韧力受损,影响了房子的坚固度,有几个开发商人被抓走了;第三件事是在省府系统刮起了反腐风暴,接连抓了三个贪污的正厅长和四个索贿的副厅长。那天见我的那个人,很可能就是这三拨人中的一个派来的。

又过了一段时间,我就听社会上在传万彤省长得了老年痴呆病的消息,我不知道他们又找了谁,反正,他们的愿望实现了……

15. 农妇赵灵灵：

你找俺干啥？俺一个种地的老太太，牙落耳聋的，能给你说出个啥子丑寅卯？认识不认识欧阳万彤？他我当然认识。俺娘家和他家一个村，从小就和他在一起玩，能不认识？他是拜我爹为师，学过吹唢呐的。他人聪明，学吹唢呐学得很快，没用两年，就吹得很好听了。我那会儿学吹的是笙，笙你见过吧？那边墙上挂着的那个便是。唢呐得有笙来配，它俩是一对姐妹乐器，唢呐音高，笙音低；唢呐声大，笙声小；唢呐音脆，笙音润；唢呐声尖，笙声浑。它们配在一起才入耳，方好听。万彤比我大，我向他叫哥。那个时候，我和万彤哥吹起唢呐和笙来，会忘了一切，那个快活呀，心里边那个甜呐，就好比大热天吃了一块用凉井水浸泡过的西瓜。俺俩那时吹得最多的曲子是《百鸟朝凤》，百来种小鸟来朝拜凤凰，围着凤凰高兴地叫，叫得那个美呀！那曲子太好听了，每一回只要一吹起来，我这心呀，就跳得欢实极了，就把啥烦恼不快的事都忘了。

我和他的感情？都啥年月了还提那档子事？你看看我老的这个样子，眼珠浑黄，头发又稀又白，脸都跟榆树皮一样了，还说感情？好吧好吧，你既是想听，我就给你说说，反正万彤和俺们娃他爹都不在世了，他们听不见了，说这些事也不会让他俩不高兴了。俺俩那个时候都年轻，你想嘛，一男一女老在一起，又吹着好听的曲儿，你看着我我看着你的，日久能不生情？当然是他主动。我那时虽然心里天天时时想着他，可我害羞呀！我至多是偷偷从俺家给他拿点好吃的东西塞到他手里，包子了，桃了，杏了，甜瓜了等等。看着他大口地吃，我这心里就特高兴。他比我胆大，我记得头一回他对我动手是在一个夏天的夜里，他和我还有我爹我娘我叔去陈庄给一个结婚的人家吹喜乐，吹完都快半夜了，主人家给了钱又让俺们都吃了一碗面条后，俺们几个人一起往回走，走着走着，也不知是有意还是无意，万彤和我就落到后边了。那天夜里虽然有月亮，可云彩挺厚，所以隔几十步人就互相看不清了。待走在前边的我爹我娘我叔他们看不清我和万彤时，万彤突然就一下子抓住了我的胳膊，我还没弄清咋回事哩，他就把我抱进了怀里，我自然是吃了一惊，可也没害怕，其实他这样做也是我心里暗暗盼着的。可接下来他做的事就超出了我的预想，手一下子伸进了我的衣服里，嘴也一下子吸住了我的嘴唇，夏天穿的衣服都很单呐，他的手乱摸我哪受得了？就想踢他放手，谁想到我一踢他反倒来劲了，“呼”一下把我抱起来平放到了地上，身子跟着可就压过来了。他可是太胆大了，几下子就把我的衣服解开了，我不能反抗，因为我反抗的声音稍大点，爹和娘和叔他们在前边就听见了。当然我心底里也不想反抗，在我内心里，我是非他不嫁的，既然他愿意这样，那就随他吧。

不想我娘这时在前边喊我了一声：灵灵，你和万彤走快点！我和万彤一听都慌了，他急急忙忙扶我起来，让我答了娘一句……

那之后不久，万彤他姑妈就过来正式提亲了。娘问我对这门亲事的想法，我心里当然高兴了，可我嘴上只能说：俺听娘的。娘说，我和你爹商量了，觉着万彤这人聪明实在，是个可以依靠的人，就答应这门亲事吧！我一听娘这话，就欢喜地急忙捂住脸跑开了。

亲事定下之后，除了爹娘给我准备嫁妆之外，我也悄悄地开始准备了，我主要是准备贴身的衣裳。我晓得万彤特别喜欢荷花，就想给自己的胸衣和内裤上都绣上荷花。我估摸着，到了新婚之夜，他解开我的外衣后，看见我的内衣上满是鲜亮的荷花，肯定会非常高兴。我的绣功在我们村子里是数得着的。我偷偷买了绣花的丝线，买了做内衣内裤的细白棉布，过水后晒干，然后把它做成内衣内裤，接着就绣开了。我在内衣的胸前绣一朵，在内裤的小腹那儿绣一朵。胸前的那一朵，我绣的是盛开的荷花，花瓣都张开了，红的花瓣，粉的花蕊，鲜亮得很；小腹前的那一朵，我绣的是将开未开的荷花，花苞鼓着，花瓣要张未张的样子。我绣的那个仔细呀，一上一下，千针万线，把我对荷花的喜欢和对万彤的爱都绣到了里边。这身衣服绣好的那天晚上，待爹娘和弟弟妹妹他们都睡下之后，我试穿了一下，我端上油灯，站在娘给我的那个裂有一道缝的旧穿衣镜前，天呀，把我自己都看傻了，那两朵花活灵活现，好像都有香味飘出来了，我感到自己也被这内衣内裤衬得好看了……

我从来没想到这门亲事还会出意外。当万彤的奶奶那天说有事要找我聊聊时，我还以为是要指点我在婚礼上的举止哩，我高高兴兴地去见她，可见面之后她告诉我，说县上的领导想把自己的女儿嫁给万彤，万彤现在很作难：答应县领导吧，对不起你灵灵；不答应县领导吧，又怕人家从此给他穿小鞋，以后当官提升就难了，这就断了万彤这辈子向上走的路。她还说，万彤是他们欧阳家多少代里才出的一个官人，是他们光宗耀祖的希望，他们全家都为这事作难哩……你想我又不是傻子，她的话外之音我还能听不明白？这不是逼着让我表态嘛?！我当时就捂着脸哭着跑开了。我在家躺了一天，我哭着想着，想着哭着，前想想后想想，左想想右想想，我想到最后我明白我得放手。我要不放手，万彤带着前途被毁的怨气和我成婚，他要么把气闷在肚里，早早得病；要么找茬儿和我生气，惹得我俩都不快活。与其这样，还不如让他去当县领导的女婿好些。他要日后真当上了大官，对他家是好事，对俺这个村子何尝不是好事？那是他家的荣耀，也是俺这个村子的荣耀呀……

我后来就亲自跑过去和他们说明：俺和万彤的亲事作罢。

我不知道万彤听了这话咋样想。我事后听说，万彤的爹妈和奶奶听了我的话后都很高兴，我这心呀，难受了好久好久，不过后来我想开了，该放手时得放手，人往高处走，水往低处流嘛……

你问我心里怨不怨万彤？怨能怎样，不怨又能怎样？都过去了，人这一生像水一样，转眼就都流走了。如今万彤的骨头都烧成灰了，还能说怨吗？

和万彤的婚事作罢之后，我就让娘赶紧随便给我找个人家嫁走，我在村子里多待一天我就多难受一天。一看见万彤家的房子，我这心里就疼呀！当时的想法是，哪怕把我嫁给一个傻子都行，只要能让我快点离开村子，只要别让我看见万彤家的人和房子。可惜那时没有打工这一说，倘若那时允许乡下人外出打工，我可能不会那么快就嫁人，我会第一个外出打工，像今天的那些女孩子一样，也出去闯荡闯荡。那个时候的姑娘，要想离开家离开村子，就只有嫁人。

我后来就嫁到了这个村子里。这个男人对我咋样？乡下夫妻，就那个样子呗。白天俩人都忙，他忙着给人家做木匠活，我忙着做地里活；到了夜里，就做点生儿育女的事。你是结过婚的人，自然知道夫妻俩夜里在床上干的那些事情。俺男人不识字，不会像万彤那样说话，穿衣服也不像万彤那样讲究，我和他在一起当然不像和万彤在一起那样快活。和万彤在一起，我这身子老像在飞一样，轻快得很。

我的大女儿小羽长到17岁时，俺男人给人家盖房上梁时摔下来，一条腿和一只胳膊都残废了。家里遭了难，日子差一点都过不下去。这个时候，万彤的姑妈听说了俺的家境，就来家里说让俺大女儿小羽出去给人家当保姆挣钱，我当然同意，就让小羽跟万彤的姑妈进了天全城。一开始我不知道小羽在跟谁家当保姆，我只知道那家的主人很大方，给小羽开了很高的工资，帮助俺家度过了最艰难的时期。后来我才晓得小羽是在给万彤家当保姆，知道了以后，我这心里像打翻了五味瓶，那真是啥味道都有。我有心不让小羽再干，可小羽不干，家里就没钱把日子过下去，只有接着干。没办法，人穷志短呀。

再以后，万彤家里就出了事。我听说后，除了叮嘱小羽照顾好她万彤伯伯，别的忙也帮不上。还好，万彤总算有惊无险，逃过了一劫。他后来调到省城去时，小羽就回来了，这个时候，小羽已结婚有了孩子，她自己也有了牵挂。

自小羽回来，我就与万彤完全断了消息。我们乡下人又不读书看报，整天在忙着从土里刨食，也无心再打听他的行踪。

我自和他解除婚约出嫁以后，再没和他见过面，直到那一年的春种时分，有一天村委会主任带着乡政府、县政府的一帮人来到俺家，不由分说就把一台电视机、一台洗衣机给安上了，又给俺家里搬进了一套木头沙发和一张很像样的饭桌，还帮助我把院子和屋子里里外外打扫了一遍，弄得干干净净。我很惊奇，问他们这是干什么，凭啥一下子给俺这么多东西？是真要实现共产主义了？村主任和乡长这才给我说明缘由，原来是第二天有一个省里的大官要来视察，大官很可能要进我家看看，所以才临时来做点安排。

我赶紧说，让大官去别家吧，我一个老太婆不会说话。

乡长说，据我们了解，这位领导很可能就是为了看你才回故乡的，所以请你务必配合我们。他还告诉我，领导问话时，只说村里和乡里的好话，说收成好，说村风好，说日子好，说干部们热心帮助村民，甭说坏话和不好听的话。我那会儿哪敢说别的，只能点头答应了。第二天一大早，乡长和县长就来到了村里，他们还带来了一些人，让那些人代替村里人去村边的地里干活，让俺们村里的人放假都去镇上赶集，不到午饭时不要回来，让我吃罢早饭就在家里守着，等待大官的到来。俺从来没见过这阵势，吓得心里直扑腾。

直等到半上午时，才见到几辆小面包车开到了村边。只见一帮人拥着一个大官下了车，那大官先到村边的地里，和在地里干活的人说了一会儿话，具体说的啥我听不清楚，只能隐隐约约听见说得很热闹，而且有笑声传过来。我当时在心里想，可惜那些人里没有一个真正的村民。

当那大官在村主任和乡长的引领下，来到俺家院门前时，一上来我并没认出他是谁,直到他大声地喊了一句:大嫂子,你好呀!我才觉出有些耳熟,才仔细地看他,这一看才看明白,原来他是万彤呀!我的天,他白白胖胖的,除了皱纹多些、头发白了一些,其他的变化不大,我还能认出他。

大嫂子呀,我代表省委、省政府来看看你和乡亲们。你这院子收拾得很干净哩!他边说边先我进了院子。他一点也没认出我。我知道他没认出我的缘由有两个,一个是我的变化太大,我已经是一个头发全白满脸褶子的农村老太太,他根本无法想象我是当初那个年轻水灵的赵灵灵;另一个是我女儿小羽虽给他说过我嫁的这个村名,但经过这么多年,他不可能再记清这个村名,何况这个村离我俩的老家有几十里地哩。

他这时已走进了俺屋里,高兴地说:你这家里的电器还挺全哩。我听你们村里的人说今年的收成不错,看来是真的。你家几口人呐?他转身笑着问我。

我想我不能再装了,我要再装可能此生就失去和他说真话的机会了。我就喊了一声:万彤,你认不出我是灵灵了?

听我这样一喊,他也愣了,忙扶了扶眼镜,看定了我,半晌才吃惊地反问:你怎么……是?

其他陪他的人见这情景,都出了屋子,屋里只剩了俺俩。

对不起,我没认出你。他搓着手,神态非常不自在。我不知道他们这样安排,我真的不知道。他像在对我道歉,手和脚都不知道怎么放了。

倒是我这个老婆子很镇静。我说:他们这样安排多好,咱俩可以见一面,要不然,真可能再也见不上你了,你看我这身子,已经老得不成样子,活不了多长时间了。

怎么可能?他平静下来,转而宽慰我。能看出你家的生活水平不错,要好好保重,把日子过好,争取长寿,活到

100岁。

我笑了，问他：你是看着那些电器和饭桌、椅子不错吧，可惜那不是我的，你一离开，他们就会拉走的。

谁拉走？它们不是你家的吗？他很吃惊。

那是从乡政府临时拉来的，是专为让你看的，是想让你知道俺们老百姓在他们的领导下，日子过得很好，你明白吗？其实你应该晓得，咱这里的百姓，就只会种地，一亩地夏季收几百斤麦子，秋季收千把斤苞谷，麦子和苞谷都是几毛钱最多块把钱一斤，再扣掉种子钱、机播钱、化肥钱、买除草剂的钱、天旱浇水的油钱和机收钱，能剩多少？孩子们上学、全家人看病、再加上买衣服日用品，一年到底，也就是落个肚子圆罢了；这几年孩子们出去打工，才算挣了几个活钱，可那几个活钱哪敢去买电器？得预备着得大病呀，盖房子呀，给孩子娶媳妇呀！

哦！他叫了一声，好像非常意外和恼怒，眉头皱皱着，一副想发火的样子。我急忙劝他：你可不能批评乡长他们，你批评后拍拍屁股走了，受罪的是我。我是他们的百姓，他们要收拾我一个乡下老婆子还不易如反掌？

唉，他叹了一口长气，说：很对不住你，都怨我没有治理好，让你和乡亲们的日子如今还过成这样……你多保重，我走了。他说着眼圈有些红，从怀里掏出一卷钱放在桌子上：我出来没带多的钱，一点心意，请收下。说完就转身出了门。

我看着那卷钱，有心追出去塞给他，又怕他难堪，想想就没有再说啥。我出门后，看见他虎着脸在向车边走，一帮人小心翼翼地跟在他身后，谁也没有再说啥……

他走后的第二天，乡里派车来拉走他们当初放在我家的东西时，司机小声告诉我，说万彤省长昨天临走时骂了陪同他的干部;那些干部所以决定让万彤省长来我家,是因为他们猜错了省长的心意,他们以为这次省长来此地是专门看我的。他们在省长来前特意做了调查,弄清了我和省长年轻时的关系,他们是想拍马屁,结果拍到了马腿上,拍出了问题……

那是我最后一次看见万彤。后来就听说他不当官了。再后来就听从婆家回来的小羽说,他过世了。唉,不知道日后我也去了那个地方,还能不能再见到他……

16. 圆山寺住持智贤法师：

我和欧阳万彤先生很熟悉，他在省长位置上的时候，每年的春节前夕，都会带一两个宗教局的人来看看我们圆山寺的僧人。他来的时候，并不做预告，更不兴师动众，而是像一般烧香拜佛的客人一样，轻步来到寺院里。若是见我们正在诵经，就静静地站在那里看，直到我们忙完再过来搭话。我们大殿重修的时候，僧众们捐的经费不大够，他听说了，就特意让宗教局给我们又拨了一笔款子。我有时留他用膳，他也不客气，就和我们僧人一起在斋房里吃斋饭。我们这儿吃饭没有俗世上的那份讲究，一人一碗一盘，四人一张木桌，每人一把木椅，吃的全是素食。万彤先生和寺僧一样不挑剔，坐下就吃，吃得很香，这一下拉近了他和我们的距离。有的小僧也敢向他发问，寺里的人也因此很敬重他。

有一次他来寺里，我俩闲谈时，他说，法师身在俗世之外，冷眼旁观人间，看人看事肯定更清楚，依你的眼睛看来，目下世上人的主要迷障在哪里？我当时一笑，答道：眼下来寺里烧香拜佛的人们，求心安身宁的人很少，求官、求财的人太多，这不是一个好征兆，这是陷入迷障的表现。表明很多人把佛祖看成了私欲的保护神，而不是看作一个拯救人出苦难的慈悲的化身。每每听到人们边焚香边求告佛祖保佑他们升官发财时，我这心里就特别苦。在我们佛寺的历史记载里，但凡来寺内求财、求官的人特多的年代，都会在随后有一个混乱时期相随，这不是一个好的兆头。

他听了我的话后沉吟良久，又跟着问：佛家既以救人出苦难为本，那你认为世上的苦难都是从哪里来的？

我告诉他，由出家人的眼睛看去，世上苦难的来处，无非是三个：一为天地，如暴雨洪水，如地裂地动；二为社会，如战争，如动乱；三为己身，如背弃，如患病。

他再问：以你之见，人间的诸种职业中，干哪一种职业经受的苦难会少些？

我有点明白他问话的意思了，就笑道：干哪一种职业都要费心、费力，都要与他人打交道，要处理人际关系；都会有个阶梯让你爬，有个待遇让你去计较。也因此，苦难都不会少了。像你从政做官，外人由远处看去，风光无限，其实呢，苦难也很多。比如，要费尽心力去做施政谋划，稍有差错就会面对民众的反对；要小心翼翼去面对上级和同级，并随时准备迎接人际背叛；要冷静面对各种诱惑，稍有不慎就会身败名裂。

他笑了，说：方丈果然不是凡人，能把事情看得如此通透，佩服佩服……

说起欧阳万彤省长，还有一个小插曲相告：我们这个寺院里有一位早年由银山寺云游过来的高僧，算起来应该是我的师兄，他有一个观相的本领，能由一个人的脸相上观出这个人的过往经历，能概略地说出这个人今后的命运走向。他的这副本领据说是跟一位在银山寺避难的民间高人学的。他初来时这本领并未显露于外，只是在闲暇时为本寺一些小僧观观面相，因讲说很准，才慢慢传扬开来。于是，来求他观相的就渐渐多了起来。他问我怎么办，要不要接待这些要求观相的人，我想，信众们既然有这个要求，完全拒绝了也于寺院的声誉和香火不好，就给他单独辟了一间僧舍，让他每日满足几个人观相的心愿就行。有一次，欧阳万彤省长来寺里看望我们僧人，我陪他在寺里走动时，无意中经过了我那位会观相的师兄的舍门，我为二位做了介绍。我那位师兄以为欧阳万彤省长是我领来让观相的，开口便说：欧阳先生伤过两个女人的心，又被两个女人伤过心，我说的可准？

欧阳万彤省长先是一怔，接着脸便一下子红了。我也有些尴尬，急忙说道：欧阳省长是来看望我们而不是来观相的。说罢，便想请省长移步，不料省长这时兴致来了，站在那儿笑问我那位师兄：法师还从我脸上看出了什么？

未来会有一劫！

哦，什么劫？省长依然笑着，我心里却有些打鼓，怕我师兄说得没轻没重。

劫有多重解释，请先生自己去悟。

法师还能看出什么？

你近日可是频繁被一忧虑所缠？

哦？省长的神色为之一变，笑容没了：法师能看出我有什么忧虑？

这需要你说出一个近日做过的梦。

一只大雁由当空飞过，空中有云。

你忧虑——

我怕师兄说出惹欧阳省长不高兴的话，急忙将省长拉走了。

他还有一次来，同我在寺院闲步时问我：法师，以你之见，生命的长度怎样度量？我答：俗世上喜欢用时间，也就是用年岁来度量，比如说某人活了80岁，这就是他的人生长度。我们出家人有时会用做佛事的次数来度量，比如说某僧做过29200场，那就相当于在俗世活了80岁，一年365天，天天做一场佛事，70年加起来就是25550，一般僧人是10岁入寺，再象征性的加上3650场，刚好是29200，这就是他的人生长度。听说在古时的西域，人们比较人生，是看他一生步行的距离，凡步行走过九万里的，都算人生无憾了。他听完点头道：好，好，用行走的距离来算生命的长度，有意思……

他那天虽没说更多的东西，而且始终面带笑意，可我已经明白，他不会无缘无故地想到生命的长度，他的心中必定有苦。我虽不会观相，可也能看出他不快活，更谈不上进入喜乐之境，他需要有人来帮他解脱。

我是真心想帮他由苦难中解脱出来的，可他不愿细说，我也就无从下手。

后来，就听说他想辞职。我得到这个消息后，在心里暗暗为他高兴，他若真辞了职，也许就从苦难中解脱出来了。可后来又听说，他没辞成，被留任了……

他远走的消息传到寺院之后，我带着全寺的僧人为他诵经超度，整整诵了三天，想他如今该是已到了西天极乐世界，再无烦恼苦痛了……

17. 原清河省常务副省长段德源：

欧阳万彤省长在位时，我是他的副手，任常务副省长，他的情况我当然了解一些。我不知你想问哪方面的事情？随便说？也好，那我就随便说说我对他的印象和关于他的一些记忆。

我至今还记得他上任后第一次开省长办公会的情景。那天，他开门见山地说：我能和诸位副省长一起工作，除了组织上安排的因素之外，我自己相信还有缘分的关系。这世界上的人很多，但一个人一生中能近距离接触的人并不多，能在一起搭班子做事的人更少，能在一个省级政府的领导班子里一同工作的机会更是微乎其微，我会很珍惜与大家在一起做事的缘分。然后他又说：我们的职务虽然不是通过全省百姓普选获得的，而是上级决定的，但我们应该把它视为是老百姓给予的，是老百姓委托我们来管理这个省的，我们应该对全省的百姓负责。他还说，我们这些走上仕途的人，在任乡、县级官员的时候，把为官作为一种谋生的手段，遇事为个人为家庭考虑得多一点，还勉强可以理解；在任地、厅、司、局、市一级的官员时，把为官作为一种光宗耀祖、个人成功的标志，还多少可以容忍；如果在任省、部一级官员时，仍然脱不开个人和家庭的束缚，仍然在想着为个人和家庭谋名谋利，想不到国家和民族，那就是一个罪人。你想想，全中国的省部级官员加上军队的军级官员能有多少？不就几千人吗？如果连这一两千人也不为国家、民族考虑，那我们的国家、民族岂不是太悲哀了？！他那天还特别指出，在中国，省级干部应该是以搞政治为终生事业，算政治家了，是政治家就应该有政治家的操守。我们省级干部，住的房子比老百姓大，坐的车比老百姓好，吃的、穿的比老百姓强，我们的个人利益都已经得到了很好的照顾和保障，在这种情况下，你如果不把主要精力放到工作上，放到为老百姓谋利上，那真是既对不起组织和百姓的信任，也对不起自己的良心，那就只是一个卑下的政客，一个政界里的过客……

他那天还说，我在这里告诉大家，我不是个一贯正确的人，我犯过不少错误，最严重的一条是没管好自己的老婆，致使她犯了贪污受贿罪。她在法律上被判了刑，我在内心里也受了刑。我希望大家吸取我的教训，在我们的制度设计有缺陷的情况下，始终保持清醒头脑，自己给自己划定不逾越的红线……

老实说，他那天的讲话让我很受震动。

他上任后，要求省府班子的全体成员必须重视数据的收集和分析。他说，我们治省理政的全部政策和措施，其实都来源于数据。没有对真实数据的把握，我们不可能做出正确的决策。比如，省里有多少人口，其中男人多少，女人多少；男女人群中各有老人多少，壮年人多少，青年人多少，少年儿童多少；外出打工的男女各多少，带走的孩子有多少。没有这些数据，我们怎么来判定劳动力的数量，怎么预测人口的出生情况，怎么确定建多少医院、多少养老院、多少中学、多少小学？怎么来安排农村住宅用地面积？怎么来确定城市建设规模？怎么来调整计划生育政策？再如，全省耕地有多少，其中旱田多少，水田多少，旱涝保收田多少，每年毁损农田多少，没有这些数字，我们怎么来安排粮食、油料作物和蔬菜种植面积，怎么来预测农业产量，怎么来确定建多少粮食仓库，怎么来预定粮食、蔬菜的调进调出？我觉得他说得很有道理。

他上任后，每做一项决策，必走三道程序：第一道程序是调研，在调研中发现问题并初步拿出解决问题的方案；第二道程序是对初步方案进行专家论证，而且要挑那些敢于直言敢于发表不同意见的专家参与论证；第三道程序是民意测验，把经过专家论证完善过的方案变成测验题，在各种人群中进行测验，对民心民意表现出真正的敬畏。

他上任后主要抓的是四件事情：第一是农业的固守。他说，这是稳定的问题。我们是农业大省，人口有将近一亿，我们不能指望别的省来为我们解决吃的问题。农业生产是我们必须固守的阵地，如果农业抓不好，粮食不够吃，全省马上就会乱。他抓农业强调的是：耕地不得挪作他用，每年的播种面积不能少；种地者的收入要逐年增加，要把一部分农民吸引在田野里；搞好农田水利和科学耕种，保证亩产每年都有一定的增加；控制土地和河流的污染，保证产出的粮食是绿色的。第二是工业和信息化产业的发展。他说，这是富裕的问题。光指望农业，我们省富不起来，要想富，就得把工业和信息化产业搞起来。要既支持已有的骨干企业做大做强,也鼓励人们办小微厂坊;既支持本省人放开胆子办实业,也鼓励外省人外国人来投资设厂。第三是商业环境的营造。他说这是活力的问题。他说,如果一个省的商业环境不好,大家都不来经商,那你的经济怎么能活起来,你这个省的经济发展怎么会有活力?他强调要建好商业设施和经商场所,让商人来了好立足;要搞好社会治安,让商人能放心经商;要特别注意严打商业领域里的黑社会组织,保障市场的公平竞争;要用足经商优惠政策,吸引商人蜂拥而来。第四,是教育事业的兴旺。他说,这是持续的问题。他说一个省的教育事业不发达,没有充足的人才支持,你这个省怎么可能持续发展下去?他强调既要办好中小学,更要把已有的大学办好,还要鼓励民间办学,争取在省里能出现哈佛那样的民办大学……

他给我留下的最深的印象,是他想做成一番事业,想让清河省的经济和社会发展在他手上再上一个新台阶。他不是那种在官场混日子的人。他做事情有魄力敢拍板敢承担责任。我给你讲一个例子:有人想在我们省建一个核电站,说除了输电方便,还会给本省增加很多财政收入。但欧阳万彤省长觉得清河省地处国家的腹心地带,人口密度又非常大,还是产粮大省,核电站一旦出事,隔离都隔离不成,对清河省和整个国家都是巨大的灾难,因此拒绝批准。这惹恼了上边的一些人,气势汹汹地来省里责问这是谁不批的,把几个具体的办事人员吓得不轻。最后他站出来说:是我决定不批的,不必批评别人,我不批准的道理都在这儿。他说着把一叠调研材料递到对方手上:你们看看,若不认同,咱们可以到北京去辩论……

作为他的下属,我是很敬重他的。如果一定要说他的失误的话,我自己觉得,他的最大失误,是不该把与省委秦成康副书记的关系搞得那样僵。这让万彤省长付出了巨大的代价。我原来不在清河省工作，不知道他们之间过去发生过什么，我只知道他俩在天全市工作时搭过班子，我猜测，很可能是在那时他俩之间就有了过节，后来这个心结一直没有解开。他与秦副书记的不和，给他带来了很多麻烦。我估计，他后来曾经提出辞职，很可能就与秦副书记有关系。如今时过境迁了，我可以说一句，秦副书记在上边是有人的，更多的我就不说了。而且这句话我希望你也不要写到传记里去，写进去也会有麻烦的……

你问秦副书记和简谦延的关系？这我不太清楚。我只知道，省公安厅有一年在排查全省的黑社会头目和他们的组织时，曾把简谦延和他的公司列为第一号对象，但后来不知何故，又被从名单上抹去了。我未分管打黑的事，详情不是很清楚。

我和欧阳万彤在工作中当然也有矛盾，在有些问题的处理上也有过争执，甚至红过脸，但他没记过仇，更没给我穿过小鞋。他说过一句让我终生难忘的话：我们今天搞的是现代政治，现代政治要学会尊敬反对者，不要记反对者的仇，反对者的人格并不是都低下……

18. 前妻林蔷薇：

你还能找到我，证明你本领挺大的。我住的这个地方非常偏僻，知道我是谁的人几乎没有，告诉你，除了我儿子、儿媳和孙子，我已经有好多年不见任何人了。我每天的事就是喂喂这几只鸡，浇浇这些菜和花，看看有关"主"的书，我对人世上的事已无任何兴致和兴趣，我只想让肝上的肿瘤长快点，好让主早点把我收走，可是奇怪了，主不知怎么回事，老忘了圈掉我的名字，老忘了派他的手下来领我走。有心自杀吧，又下不了手，还怕吓住我儿子，让他更伤心。所以就像现在这样不死不活地拖着。欧阳万彤过世的事我知道了，大人物的死是有响动的。我原来估计我一定会死在他的前头，没想到倒让他占先了。他啥时候啥事情都想占先，连死他也要跑到我的前头，我真服了他了！

说过去的那些事还有意思吗？留个念想？给谁留？算

了，你走吧，让我安静安静，我如今最喜欢的就是安静，也让他安静安静，我猜想写传记的事不是他生前定下的，不像是他的主意，八成是常小韫的安排。我猜对了？我估计他不会这样蠢，死后再让人来翻腾他的过去……

你怎么还没走？一定要听我说点什么？看来你也是个执拗脾气，常小韫给你多少钱让你这样认真？好吧好吧，那就满足你，你想听我说他哪方面的事？啥都成？他当官做了哪些事情，抓粮食生产啦，抓工业化啦，抓水利建设啦，抓第三产业啦，抓爱民工程啦，抓反腐败啦，不用我来说，各级的档案馆里都有文件、资料、记录，你去查查就知道了。还有许多他的讲话、批示、文章，还有不少报纸上登的答记者问，你查查就可以写了。你认为那些没有价值？看不出人的内心？一定要让我说说？好了，我就给你说说我和他之间的那些陈谷子烂芝麻吧。

我当初所以和他结婚，主要是因为我爸爸、妈妈想给我找一个在政治上有发展前途的丈夫，说白了，就是适合当官走仕途的人，好让我有个依靠。我爸曾经是县长我妈曾经是县妇联主任，“文革”三结合的时候我爸还当了一段县革委会主任，不过后来又被打倒了。我爸我妈的身份，使得他们找女婿自然要找能当官的。他们觉得欧阳万彤在公社工作那段时间里，表现得成熟老到，尤其是做事有韧劲，不张扬，加上肯吃苦，会写公文，认为他是可造之才，以后会有前途，就极力向我推荐游说。我见了他一面以后，觉得他的长相和气质还行，特别是他身上隐藏着的那股傲气，对我有点吸引力；加上老县委、老县府两个大院里的那些同龄男孩身上多少都有些纨绔气，让我看不上，所以最后我就对我爸妈的选择点头认可了。可以这样说，我当时对他并无真正的爱恋，他只是在身体上有点吸引我，又加上他符合我父母的择婿标准。

结婚以后，特别是在迷恋彼此肉体的日子过去以后，我发现男女家境相差太多，生活在一起还是有很多麻烦的。到了这个时候，我才感到，古人主张结婚要门当户对还真有点道理。我在我家，养成了每晚洗澡的习惯；万彤呢，晚上连脚也不洗就要上床。我在我家，每顿吃饭，都要炒几个菜弄一个汤；他呐，吃饭时，直接把面条捞到碗里，在上边放点辣椒或剥一瓣大蒜就开吃了。我在我家，喝茶是要预先泡在杯里或壶里，坐下来慢慢饮；他呢，渴了就拿个饭碗倒碗开水，凉一凉便咕嘟咕嘟一气喝下去，很不雅观。诸如此类的事很多，慢慢地，我对他就有了气了。我们和别的夫妻一样，免不了吵吵闹闹，当然，每次吵闹，都以他道歉我胜利告终。那个时候，我在家里，心理上一直占着优势，我内心里觉得，你是高攀到我们家的，又得到了我爸爸的提携调到县里，你必须得听我的！

后来事情发生了变化，我爸爸妈妈相继被打倒之后，我自觉在家里的地位一落千丈，对万彤的心理优势也一下子没了。还好，万彤还像以前一样诸事顺着我，并未轻看我，把一切加在我家的压力都扛在肩上，努力照顾着我爸妈和我们这个小家，这使我对他充满感激。我对他的真情是在这个时候才真正生出来的，对他的真爱，也是从这时才正式开始的。

“文革”结束他考上研究生，我尽全力支持他，我一人在家带孩子、上班、做家务，让他在外拼搏。他没有辜负我对他的希望，最终在官场站住了脚。后来他一步一步高升，无数的夸赞和羡慕之语传到我耳朵里，令我非常开心。我暗暗感谢父母当初看他看得准，真是为我选到了一块“好玉”。

再后来，我就想借助他的力量，也到官场去试试。在咱们中国，一个女人要能当上官，那可是比什么都荣耀的事情。你到官场里去数数，真当上主官的女人能有几个？！

可万彤不同意我也去官场里拼搏，他说，你就在机关里当个普通工作人员吧。咱俩都在官场里混，万一遇到危险，连个退路都没有。我那时哪懂他这话，就一心想当官，他不帮忙，我就跟他闹，闹他个鸡犬不宁、寝食难安，他被我闹得没有办法，只好允许我借用他的影响力去找人活动，我最后也达到了当官的目的。当然，今天回头看，我那是自己在把自己往泥潭里推，自己督促自己赶紧向死路上走。

在我闹他这段时间里，我俩的感情受到了伤害。你想嘛，我给他冷脸，我跟他吵闹时，我当然不会让他动我的身子，这样的日子久了，他的眼睛就会转而去看别的女人，尤其是那些温柔听话比我还年轻的女人。我这样闹他，也等于给了别的女人接近他的机会。自然，这道理是我后来才明白的。

等我感觉到他对我身体的兴趣完全没有了的时候，事情已经很糟了。也就是说，我虽然当上了官，却失去了丈夫的心。我当然不甘，我开始侦察他下班之后的行踪，开始去观察那些经常和他打交道的漂亮女人。事情最后被我弄清楚了，那个女人最后也被我找到了。

她是谁？时至今日，已不是秘密了，告诉你已无关系。她叫殷菁菁，天全市豫剧团的一个演员。

殷菁菁当年虽不是名演员，但天生一副妖媚模样，柳叶眉，丹凤眼，长腿，大奶，肥屁股，再加上会打扮，穿得洋气，懂风情，多少男人的眼光都能被她抓过去缠到手上、掖到腰里，多少男人为她得了相思病。我不知道她是怎么跟欧阳万彤勾搭上的，我弄清情敌是她之后，一心想抓他们个现行，想把他们堵到被窝里，想彻底教训一次那个狐狸精，可不知怎么回事，一直没能得手，一直没有抓住他俩在一起的把柄。不知他们是停了幽会还是安排幽会非常巧妙。我无法拿到证据，追问欧阳万彤他又矢口否认，加上我当了主官之后确实很忙，最后就只好不了了之。

直到我与欧阳万彤离了婚，得知殷菁菁并未与他结婚之后，我才明白我对他俩是胡乱猜疑了。看来，我和很多没当过官的女人一样，也很容易被忌妒糊弄住眼睛，我说这一段惹你见笑了吧？当然了，哪个女人都有被忌妒蒙住眼睛的时候，我也没有啥丢人的。

我当初猜疑他俩的关系时，曾无数次地诅咒过他们，暗中骂过他们多次，后来才觉得自己做过分了，有点对不起他们。

人当了官，尤其是当了一个单位的主官之后，那种感觉真好！你所有的下级，尤其那些男人，你都可以随意支使，他们的命运都掌握在你的手里，让你觉得心里很舒畅；你权力所及的所有资源，听凭你来分配，让你有一种你无所不能的感觉，真的很爽，很开心！

我就是在这种情况下遇到那个老板简谦延的。

简谦延是我一个女同学岁灿兰的朋友，当时有三十七八岁的样子，人长得清清爽爽。第一次见面的饭局是他安排的，见面后他给我的印象不错。灿兰是我贴心的密友，她让我见的人我没有戒心。后来我才明白，当你做官掌握一定的权力之后，所有想和你结交的人其实都想有所求，不同的只是所求有轻有重、有多有少、有难有易、有险无险而已。当官的这时要随时提高警惕，要看透对方的用心。

可我那时哪懂这个？一看见别人的笑脸就高兴，一听见别人的奉承就欢喜，糊里糊涂地过着日子，以为与简谦延的聚会只是一场寻常的饭局。

那次饭局过后，简谦延就隔三岔五地打电话送来问候，他的问候简单亲切，不让你腻烦。再往后，他就隔三岔五地送来点礼物，我也没有在意。他给我留下深刻印象的，是请我去一家新开张的美身店美身。我过去只听说过美发、美容店，还不知道有美身店，带着几分好奇，我就去了。去了以后才知道，这真是为女性做的全身美服务：先是美脚，给你按摩双脚底，然后给双脚指甲涂指甲油；接下来美腹，用按摩和涂中药膏去掉腹部脂肪；再接下来美胸，用仪器吸揉你的双乳，使它们变大变丰满；跟着美容，对脸部进行护理；最后美发。把全套做下来你觉得浑身轻松，就像变了一个人，心里的那种感觉真美妙。我一下子就喜欢上了这种美身服务。那天临离开美身店时，简谦延往我手袋里塞了一张卡，说：林姐，你啥时候愿来美身，拿着这张卡来就行。我以为这就是一张优惠卡，里边有一点小钱罢了，没有在意，说了声谢谢就上车走了。

那家美身店我后来又去过多次，每次做完，我拿出简谦延给的卡，让服务员一刷，我就可以走人，这让我觉得很简单很开心。我那时以为，做一次美身也就几百块钱而已，直到有一次服务员刷完卡告诉我：大姐，这卡你记着充点值，里边只剩几千块，不够下一次消费了。我这才吃了一惊，问她：消费一次多少钱？她说：像你做的这种全套的，每次 9999 元。我听后吓了一跳，粗粗算了一下，我花掉已有近 20 万了。第二天，我打电话把简谦延叫到办公室，一边把那张卡递到他手上一边说：谢谢你了，那家店我以后不想去了，你以后有需要大姐我帮忙的事，只管说。他摇摇头说：我没有什么事，只是想让大姐变得更漂亮更年轻，活得更快乐更舒心！他没有提要求让我松了一口气，我对他的印象又好了一层。

又过了一段时间，他打电话来，说最近天全有一批留学的孩子要去美国纽约,问我愿不愿把儿子千籽送到美国。我说,当然愿意了,只是千籽在学校的成绩达不到公费保送的标准,已经毕业回天全安排了工作。自费留学嘛,家里又没有那么多钱。他一听,说:你放心,只要你想让他去美国留学,这点钱我先替你垫上,日后千籽学成归国赚大钱了,再还我。他这话让我一下子心动了。

我回家跟万彤说了这事,万彤摇头道:留学费用不是个小数,借这么多我们还不起,也容易留下把柄;再说了,千籽学的是人力资源管理,这种专业在国内完全可以学成,不留学在国内也能把工作做好,何必非要去美国镀这层金不可?

但我觉得万彤的担心有些多余,既然简谦延如此主动提出相助,回绝了不仅不近情理,而且也让千籽失去了一个去美国开眼界长见识的机会,我于是决定自己来把这件事办成。

决心下定之后,我去简谦延的公司里和他见了个面,他把预先准备好的70万现金装到一个提包里交给了我,我说给他打个欠条,他笑着摆摆手,就送我出门了。

我拿了这些钱后,就立马开始为千籽办自费出国留学的手续。

过了一段时间,简谦延打来电话说,他的一个纸厂因为排污被环保局罚了一百多万,他想请我给环保局的领导说说,少罚他一点。我拿了人家的钱,这点忙当然要帮,就当即答应了他。环保局的局长我本来就熟,加上他也在万彤的管辖之下,接了我的电话后,就爽快答应道:好了,既然简谦延是你的朋友,这笔罚款我们就免了,但你要告诉他,明年决不能再排污了。我把环保局长的回答告诉简谦延之后,他非常高兴,专门来我办公室一趟,说:林姐,你帮了我个大忙,前几日给你的那点钱算我自愿支持千籽侄子出国留学的,再不要说是借呀借的……

帮了简谦延这个忙之后，我心里借钱的压力也就没了，心想，你帮了我的忙，我也帮了你的忙。但我低估了他的欲望，仅仅半个月之后，他就又提出了新的要求：林姐，帮我一个忙，我想把银三角那块地买过来，再办一个造纸厂！而且把征地的报告都送来了。

我的心一"咯噔"，那块地紧邻市区，根本不能办造纸厂，即使我批准，市委市府也不可能同意。我告诉他：这事可能办不成。

他倒没说别的，只笑笑，就走了。我当时以为，他可能明白了我的话意，主动放弃了要这块地的想法。

过了些日子，有一天他突然又来到了我的办公室，进屋就掏出了一个文件袋递给我，我一愣，问：这是什么？

他笑着示意我打开，我狐疑地打开一看，原来是美国纽约一套两室一厅公寓房的产权证明和钥匙，产权证明上清楚写着欧阳千籽的名字。我大吃一惊：你这是？

千籽的留学手续不是快办成了吗？他去纽约留学总得有个住的地方呀，我托那边的朋友在他即将赴读的学校附近给他弄了一小套公寓，在26楼，不大，80平，两个卧室加一个小客厅，基本上够用，你日后去看他，也可以勉强住下。这算我送给千籽的一份心意。

这，这怎么好意思？我捏住那个文件袋又意外又惊喜，千籽能在美国纽约拥有一套房子，不用再为租房子操心，那可是太好了！

这有什么了？林姐我们不是自己人嘛！我也就只能帮你办这点小事，你帮我办的可都是大事。林姐你忙，我告辞了。他说完就起身走了。我坐在原处愣了好久，心里直觉得过意不去，咱没有帮人家要银三角的地，人家不但没计较，还送来这样一份大礼，我心里不安。

我决定想办法满足他要那块地的愿望。

几天后的一个上午，我打电话给简谦延，让他重新写一份报告，报告中不要写在银三角办造纸厂，而写成想在银三角开办一所培训技术工人的学校。他知道我的意思，高兴地答道：明白！

这期间，千籽的留学手续全部办好，机票也都定了。我到此时才决定给万彤说明千籽要出国的事。之前我娘俩所以决定对他保密，是怕他打横炮阻拦，怕他执意反对接受简谦延的金钱资助，把事情搅黄，我想把生米做成熟饭后再告诉他。现在饭既已做熟，就该向他揭开锅盖了。当然，简谦延代为买房的事仍要留待以后再说。我记得那是一个晚上，他晚饭后要坐飞机去广州谈一个大型商业项目的引进，我们一家三口坐在饭桌前，我让千籽打开一瓶红酒，斟满三个杯子，然后递给他爸一杯，我这才说：万彤，来，干杯，为我们的儿子顺利去美国留学！他显然吃了一惊，捏住杯转向千籽面露愠色责问：为何早不对我说明？

千籽红了脸扭头向我求助，我笑道：想给你一个惊喜！

小心这不是喜事！他冷冷地说罢，仰头喝了杯中酒，就起身要走。

我当时对他有些着恼，这毕竟是儿子人生中的大事，不让你出面办已经很不错了，办成了你还是这样一个不冷不热的态度？于是高声对他说：这事耽误不了你去当官，你放心！我没有使用你的职权和名声，一切由我自己搞定。我不用你来教训我！

他什么也没说，拎起包就出门了。儿子有些害怕地看着我问：妈，怎么办？

就着蒜汁拌！他不喝咱娘俩喝，我不信，死了张屠户，咱就要吃连毛猪了！来，喝！我举杯朝儿子的酒杯碰了过去……

几天后，我请假亲自去北京把儿子送上了去美国的飞机。待万彤由广州回来，千籽已经在美国落地了。千籽顺利住进了简谦延为他买的公寓，顺利在学校注了册报了到，我的一颗心算放下了。

我这时开始办简谦延买地的事。

我开始分别做我的几个副局长的工作，让他们先在心中有数。那时还没有土地拍卖的制度，局领导的态度至关重要。工作做到家后，这块地在专门研究土地出让问题的局办公会上得以顺利批准。之后，我又给分管土地局的副市长打了招呼，再三请他予以关照，他可能看在万彤的面子上，也批了“同意”。接下来，就到万彤那一关了。我给万彤说，银三角那块地有企业家想办一所技术工人培训学校，土地局已同意按目前的市价出让，报告不久就会送到他那儿，请他给予帮助。他听后皱皱眉头道：市委方书记和我已商定在那儿建一所儿童医院，你们的意见可能会被否决。我明确告诉他这所技工学校是简谦延想办的，暗示他务必帮忙。他当时未置可否，我以为他已同意相帮，谁知报告送到他那儿，他只批了一行字：这块地的用途我意仍建儿童医院，请方书记决定。方书记见到报告后批道：同意万彤市长意见，此地块仍用于建儿童医院。

事情至此已无法转圜。

我在办公室气得跌坐在椅子上半天没动。

没办法了，我只得打电话请简谦延来，想当面向他说明是方书记不同意将此地块出卖，请他再挑别的地块，也向他表示个歉意。未料到简谦延接到电话后态度非常冷淡，说道：我想不到竟是万彤市长不同意卖给我，我还能抱怨谁？我听了很吃惊，领导们的批示内容是秘密，他怎么会知道？于是就笑着说：别听他们瞎传，万彤市长怎么能反对？他拉长了声音回道：你就别骗我了，市委秦秘书长亲自给我说的，还会有错？

一听秦秘书长这几个字，我的心不由一紧：这秦秘书长当初曾和万彤竞争当市长，失败后对万彤一直耿耿于怀，两个人面和心不和，但愿他在此事上别再使坏心。

我这里正想着怎样帮简谦延再找一块合意的土地，未料简谦延已把我举报了。事后我才知道，原来他在借给我钱时，都预先在现场录了像录了音；纽约的那套公寓手续，他也都留有复印件。他把这些全说成是我索要的。当我在拘留所知道他做得如此绝情时，把肠子都悔青了。我那时才明白万彤的警告有道理，才知道人变了脸是多么可怕呀！……

再后悔我也无力扭转局面了。

事后我才知道，在我被抓的同时，千籽接到了我病重的电话，他很快坐上飞机返国，一下飞机就也被抓了。不久，万彤也被免职。是我不听万彤的劝阻，亲手把这个家毁了。

办案人员在审讯我时，有意在把事情向万彤身上引，这引起了我的警惕，让我意识到，他们的目的在万彤。也许，那位秦秘书长才是这桩举报案的幕后策划者，简谦延只是走在前台的角色。

之后，在所有的审讯过程中，我自始至终没有说万彤一个字。一切都是我做的。也确实全是我做的。保护住万彤，是我在里边唯一能为他做的事。我知道他为当官费了多少心，也知道他把仕途看得多么重,我不能毁了他。为了断绝办案人员往他身上引燃的念头,我在里边坚决地要求和他离婚并立即办理离婚手续。万彤一开始不同意,甚至托人去看守所说服我改变主意,但我执意要离,而且当着审查我的人的面把他说得一无是处,从性格到人格,从生活习惯到精神世界,我对他进行了全面诋毁,并将他骂得猪狗不如。而且我把他和殷菁菁的关系说得活灵活现,尽管我一次也没抓到他们幽会,但我编的场景非常生动,最终,我让那些办案人员成功地相信我和万彤的感情早已破裂,之所以还维持婚姻只是为了在官场保持彼此的面子……

还好,最后总算没毁了他……

我把所有的事情都揽在了我一个人身上,最终也解救了儿子。千籽只是受了个处分,虽不能再出国,但保住了一份工作。

那个在背后想对万彤动手的人肯定失望了,听说,他最终也提上去了。唉,祝愿他升官发财吧!一个人为了当官想把同僚往死里整,想想都让我感到心寒和害怕。

我现在一个人过日子,儿子和儿媳有时会来看看我,给我带来些吃的和用的物品,生活上没有任何问题。我出狱之后,那时万彤还在位子上,他托人传口信说想来看看我,我坚决拒绝了。再见面除了伤心之外还有何益?再说,对他现在的妻子也不好。罢,罢,罢,尘世上的那一页已经翻过去了,不必再折腾了。如今,我应该算作看破红尘的人了,我对尘世上的一切都不再感兴趣。我已经信了主了,唯有主活在我的心里。我能说的就是这些了,可能对你写他的传记没有啥用处,抱歉了。

愿万彤的灵魂已经进入天堂。

愿他也能和主在一起……

阿门！

19. 清河省纪委原副书记汪茫浒:

我与欧阳万彤老省长在一起工作过一段时间。他在任省委常委、省城市委书记的时候,我在省城市委纪委当书记。那一段日子因为工作的关系,我们联系较多,他曾多次交代我,要研究研究对权力的约束问题。他说,我们都是从权力台阶上走过来的人,我们都有体会,当你担任一个单位的第二、第三把手的时候,你手中的权力还多少受点限制,一旦当了一把手,就基本上没人限制你了。这不行。权力这个东西意味着支配和被支配,是人类为了维护社会的正常运行而发明出来的一种不平等的"恶"的力量,客观上具有较强的渗透性和扩张性,对正常人性具有极大的诱惑性和腐蚀性,倘若不为它设定边界,它随时可以利用其控制的资源和暴力,很快膨胀起来,从而伤及人类自身,甚至把好人变成坏人,把坏人变成更坏的人。我觉得他的想法很好,但当时全国都还没有对这个问题重视起来,我们设计的机制和制度很难落实下去。很多规定只是挂在了墙上,印在了文件里,没有得到真正落实,他的想法最终也没能实现。

此后不久,就出现了关越阶的案子。

关越阶是市财政局最年轻的副局长,他的案子是当年我们遇到的最棘手的案子。

关越阶一案的最初线索不是我们纪委发现的,是公安局转过来的。公安局治安队的两名警察在皇冠夜总会跟踪它的一、二、三号妓女时,发现每隔两天,她们中总有一人要在晚上九点悄悄离开夜总会,打的去长河小区 9 号楼 1018 室待上两个小时,在十一点多时再回到夜总会上班。这一、二、三号妓女都是绝色美女,是夜总会的牌子。她们在夜总会里陪人喝酒跳舞的价格就很高,据说陪睡一晚的价格高达 5000 元,那她们应召出门陪睡的价格应该更高,他们由此断定,1018 室有人招嫖而且是很有派头的男人。他们到物业公司查了一下,发现该室的业主是一个上了年纪的外地人。他们悄悄控制住了其中一个妓女,问嫖客的情况。那妓女说:嫖客是一个很有钱的年轻人,出手大方,只要按他古怪的性要求做他让做的动作,每次还会多加 500 块钱。警察可能是觉得这人与室主的年龄不同,遂申请入室密查。在报告领导获得批准之后,他们在一个白天的上班时间,悄悄搜查了 1018 室。搜查时他们发现,这是一套两室一厅的房子,两间卧室中有一间在使用,另一间装了铁门上着锁。他们在打开铁门后注意到那间屋里的墙壁里嵌放着一个很大的保险柜,将密置的保险柜打开后,他们吃惊地发现,柜里放的全是现金,估计会有一千来万元。于是他们又开始监视住在这所房子里的人,最后发现,隔两晚就要来睡两个小时的人,不是什么外地人,竟然是 35

岁的市财政局副局长关越阶。他们于是就把此案移交给了我们。

我听了案情汇报后，首先决定查证经常去这所房子的是不是仅有关越阶一人。如果还有另外一个年轻人也有这套房子的钥匙，那就不能断定招嫖的就是关越阶。办案人员用了一个来月的时间最终查实，经常去这所房子的人只有关越阶，而且查清那套房子是关越阶借用其舅舅的身份证购买的。他舅舅从未进过这套房屋。我于是去向欧阳万彤书记汇报，并请示要不要对关越阶采取措施。因为即使嫖娼不致采取强制措施，但保险柜里放那么多钱，极有可能涉嫌贪污。

欧阳万彤书记听罢后问：有没有这样一种可能，即这个保险柜和保险柜里的钱都是另一个人的，比如说是一个企业家的？它们并不是关越阶的，只是放在关越阶这里。

我被他问得一愣。

万彤书记说：对一个公务员采取强制措施，对他的名誉和家庭将产生极大的负面影响，必须慎之又慎。我们没有十分的把握，最好不要走这一步。

我明白他的意思，即必须拿到确凿的证据之后再动手。我于是组织精干纪检人员，插入到审查财政局账目的审计人员队伍里，最终发现关越阶非法把一笔三亿五千万的款子挪借给了一个叫简谦延的商人，那人将这笔款子使用了一段时间之后又归还给了财政局。保险柜里的款子，很可能是简谦延给的利息或谢礼。这时我们也弄明白了，关越阶原来是我们省委秦秘书长的女婿。关越阶这人平时行为低调，从不对外人说他的家庭背景，只有很少人知道他是秦秘书长的女婿。我把这个证据和关越阶的身份向万彤书记汇报后，万彤书记沉吟了半晌，叹口气说道：我和秦秘书长过去有些心结没有解开,对关越阶动手秦秘书长可能会以为我在报复他,嗨,怎么会这样巧呢?我听了万彤书记的话,以为他不愿再办下去,就试探着问:那就把案子再放放,看有没有新的情况出现?他闻言瞪我一眼说:为何要放放?只要是涉嫌挪用公款和贪污,不管是谁都要惩治。立即对关越阶采取措施!

我们于是立即动了手。

年轻的关越阶自以为行事聪明,根本没想到自己的事情会败露,根本没料到谁还敢对他采取措施。他又毕竟涉世不深,抗审讯的能力不强,仅仅在三天之后,精神上就垮了,就彻底坦白了:1018 室的保险柜是他的,是他主动给简谦延挪借了一笔三亿五千万的款子,柜里的钱是他索要的所谓利息……

我们把关越阶控制之后没有几天,我就开始接到各方面打来的询问关越阶情况的电话,有本省的,有邻省的,有北京的,全是有一定职务的官员,说是打听真相,其实是说情。这样的电话我一概打哈哈,只说正在调查之中,尚无结论。我去万彤书记办公室向他汇报这些情况时,万彤书记道:既然他贪了,那就要按法律惩办,不能因为他是谁的女婿,就放过。他说着让秘书拉过一个木箱,秘书将木箱打开后我看见一条纯金制作的船,金灿灿的闪着光。我问这金船哪儿来的?他一笑:昨晚有客人拜会,临走留下了这箱子,让她带走,她坚持要放下,今天一并交给你这个纪委书记。

我在箱子里发现一张纸条,上写:救人一命,胜造一艘巨轮。

我当时上前拎了拎那条船,估计重量在三十公斤左右。

关越阶的案子很快移交给了检察院。未料就在案子移交的第二天，我收到了一封快递，秘书拆开信封，掉下的是我女儿在中学门口的照片，照片的脖子处被刀划了深深的两道印痕。我惊骇无比，当即去向欧阳万彤书记报告。万彤书记看后，先叮嘱秘书让公安局派两个便衣警察全方位保护我女儿，然后从他的办公桌抽屉里拿出一个快递信封让我看，我刚打开信封，一颗黄亮亮的子弹就掉了下来。

我惊看住他。

他口气淡淡地反问我：你和我会被他们吓住?!

下边的话我不希望录音，就我们两个，我说你听，听罢算了，不能写进任何材料和书里，你即使写了，我也不承认是我说的，明白?

…………

20.原豫剧演员殷菁菁：

我估计，为我和万彤省长的事，早晚会有人来找我的，果然，你来了！你不是纪委的？我还以为是纪委派你来调查的。说？我当然要说！我怕谁？我认识万彤省长时，他还没当省长，他那时还在天全市当市长。我那时也没在省戏曲研究所工作，而是在天全市戏校上学。市戏校的学生，到双休日都会想办法出去挣点钱，有的去商人家唱堂会，有的去酒吧里唱戏歌，有的去茶馆里让茶客点唱戏剧唱段。我那阵子一遇双休日就和几个女同学一起，去槐荫街的五泉茶馆唱茶客们点的唱段。我那时唱的当然没有今天好，可因为嗓子的底子不错，已经多次得到老师的夸奖，所以在五泉茶馆唱点唱时，茶客们点我唱的段子便特别多。在五泉茶馆那个小空间里，我当时算是已经唱红了。

记得是一个周六的晚上，我和几个女同学一起，又去了五泉茶馆，我们几个先一人唱了一段，之后，就静等着茶客们的点单上来。这时我注意到，在唱台一侧的一个茶桌上，坐着一个穿夹克衫的中年男子和两个年轻小伙，三个人不像其他茶客一样在高腔大调地说话，而是一直在默然品茶，我觉得那中年男子的面孔似在哪里见过，挺熟悉，却又一时想不起他是谁，正当我要细想时，点单上来了，要我上场唱豫剧《花木兰》的唱段。我上台后一开腔，掌声就爆响起来。之后，就是一单又一单的要我上台，我唱得高兴和投入，因为每一单收费 30 元，其中抽给我的报酬是 10 元，我唱得越多，收入就越高。正当我和几个女同学唱得热闹时，茶馆里一下子涌进来了六七个一身酒气骂骂咧咧的小伙子，他们踉踉跄跄地刚在一个茶桌前坐下，其中一人就高声叫道：让殷菁菁唱段黄梅戏——夫妻双双把家还！

我一惊，心想糟了，黄梅戏我还没有认真学唱过哩，我在戏校里主攻豫剧，兼学了越调和曲剧，要点这三大剧种，我都可以唱，唯这外地剧种咱还真不行。我急忙对茶馆里负责点唱的刘姐交代，让她上台对点唱者说明我唱不好黄梅戏，替我表示歉意，请他们另点其他唱段。可刘姐拿着麦克风上台说明之后，他们几个人一齐高叫：不行，老子们就想听黄梅戏！没办法，我只好硬着头皮上台，唱了一段黄梅戏《夫妻双双把家还》，这不是我的拿手戏，唱得难免有瑕疵，还没唱完，他们中的一个就趔趔趄趄地走上台，夺下我手中的麦克风并搂着我的腰说：来，我的靓妹妹，让哥哥我教教你怎么唱黄梅戏！我过去从没见过这场面，一时吓得不知怎么办好了，就傻站在那儿，一边任他的手在我腰上和后背上乱摸一边听他在那儿干号：树上的鸟儿成双对——

那位男士，这样做不太好吧？就在这当儿，我一开始觉着面熟的那位坐在台子一侧茶桌前的中年男子，站起身替我解围。

你他妈的插什么嘴？那个要教我唱黄梅戏的小伙子此时恼了，朝他那帮同来的朋友一挥手：去把那个欠揍的给我推上台来，我教教他怎么说话！他的那帮随从轰地一下起身向那中年男人冲去，我的心顿时悬起来了，看来今天他要吃亏，我们遇到一伙存心找事的混混了！

我看谁敢乱动?！坐在那中年男子一旁的一个年轻人此刻忽地跳上茶桌叫道：我是市公安局的姜朝动副局长！他的一只手亮出了他的警官证，这位是咱们的欧阳万彤市长！

那帮想惹事的小伙子一听这个，呆住了。原本想跑出茶馆的其他茶客们，也都停了步子，静静地看着这场面。

还不快走！台上原本搂着我腰的男子这时把麦克风一扔就想跑，可刚跑到茶馆门口，又慌慌地倒退了回来。原来，茶馆门口，已经出现了荷枪的警察。警察们冲进来，三下五除二就把那几个滋事的混混制服并押走了。

对不起大家，由于我没把社会治安抓好，耽误大家喝茶听戏了！欧阳万彤市长这时起身，对着满厅里的茶客们鞠了一躬……

那是我第一次和他见面，在那之前，看见他都是在电视上。他所以让我觉得面熟，也是因为电视上常看见他的缘故。

再见到他时，我已经进了市里的豫剧团。我记得我们团里排了一个新编历史剧，我演配角——一个受欺凌的小媳妇。戏排好市里领导来审查的那晚，我到得早，在后台化妆那会儿，乐队里吹唢呐的老佟过来和我们说笑。正在这时，忽然听到乐池里传来唢呐声，吹的是《百鸟朝凤》，吹得挺专业也很好听，老佟大吃一惊，叫道：这是谁呀，敢动我的唢呐！边说边转身向乐池那边跑，我们几个年轻演员觉得好奇，也跟过去看。我们到时，只听老佟正训着一个中年男子：你怎么乱吹我的唢呐呀？你还懂不懂规矩？那男的急忙道歉说：是，是，不好意思，我只是想试试我忘没忘了吹唢呐的本领……我定睛一看，嗨，这不是欧阳万彤市长吗？！我急忙截断老佟的埋怨，为他俩做了相互介绍。那晚，审查完我们的新戏后，欧阳万彤市长还专门过来和我及老佟握手告别。老佟笑着说：对不起了市长，以后你想吹唢呐了，可以随时来团里，我保证吹笙相伴……

有了这两次见面，我自以为和市长已经熟了。此后每当听到关于他的什么好消息，我心里就会无缘无故地高兴一阵。

第二年春天，我主演的一出农村现代戏完成了排练正要上演时，资助这个戏的企业家生了歪心，他先是请我吃饭，饭后让我去他在酒店开的房间，我一进屋他就想对我动手，我拒绝了他，并正告他：我殷菁菁只唱戏不卖身！他也正色道：我所以资助这个戏，就为了得到你，若你不从，我立马撤资！我说了一句"请便"之后，就愤而出门了。

我回家哭了一个晚上。这年头，唱戏很难赚钱，靠卖票养活剧团的情景已很难再现，排一个戏要到处求爷爷告奶奶的找资助人。碰到好心的资助者，算你有福气，碰到这种有歹意的资助人，你只有自认倒霉。

戏突然不演了，剧团里的人自然要打探原因。老佟知道真相后替我着急，想了一个主意说：你和万彤市长不是相熟吗？请他帮忙给文化局领导打个招呼，听说文化局有一笔扶持地方戏的资金，要能给你一点资助就好了。走投无路的我听了这个主意觉得可以一试，大不了他不理会咱，碰一鼻子灰就是了。决心拿定，我就去市府传达室说要见万彤市长，并说我和万彤市长相熟。传达员知道我是市豫剧团的演员，而且稍有点名气，就没有赶我走，说可以替我打个电话问问万彤市长的秘书，看市长有无时间见我。电话打通没有多久，万彤市长的秘书就来了，领我径去了市长的办公室。

我知道市长的时间宝贵，进门就说原委，说时想到自己在那老板面前所受的委屈，还流了眼泪。万彤市长一边递给我擦脸的纸巾一边笑道：好了好了，遇到这点困难就开哭？咱们想办法解决嘛！……

我回来的第二天，市文化局局长就来看我们那出戏的彩排，第三天就答应提供演出的全部资金。戏一上演，观众普遍叫好，专家们也给予盛赞，我一下子红起来，省市的各家媒体都来采访，我的演出剧照上了省市的日报和晚报，省市电视台也播出了我演出的片段。我成功了。

成功之后，我第一个要答谢的人就是万彤市长。我那次去找他求助时，曾大胆要到了他办公室的电话号码，所以这时我就直接给他拨了电话，说想在晚饭后去他家看望他。他接到电话想了一阵才想起是我，知道是我后便吞吐着说他晚上要参加个会议，我一听就知道他是想推辞不见，于是便直截了当地说：万彤市长，我主要是想当面表示谢意，见面最多五分钟我就走，不会耽误你太久！他见我如此说，只好答应道：好吧，那你晚上七点半到碧溪饭店门口等我，我晚上在饭店里有个公务接待，估计那个时候应该结束了。

我高兴地应道：好呀，咱们不见不散！

我那天给他带的礼物是一件夹克衫和一根领带。我去时自然将自己打扮了一番，我想，万彤市长是我的恩人也是我今后的靠山，我得给他留个好印象。

不到七点半我就拎个提袋站到了碧溪饭店门外，我知道我站在那儿目标太大,就戴了副墨镜和一顶布帽子。那时已是暮春时节,天有点热了。

七点半的时候,万彤市长的秘书向我走过来说:市长已经宴请完了客人,请跟我来。我一听道了谢便高兴地随他向饭店里走去。我那刻高兴只是因为马上可以当面向市长表示谢意,还没想任何别的东西。

那还是我第一次进碧溪饭店。我随着市长秘书七拐八绕,最后来到了一个摆满沙发的休息室,室内豪华的家具和璀璨的灯光让我感到了一点压力。好在室内只有万彤市长一个人,他看见我进门迎了过来,说:殷菁菁你好!我急忙伸手握住了他的手,这同时我闻到了他身上有一股酒气。他大概是看见我吸了一下鼻子,急忙笑道:很抱歉,今晚因为公务接待我喝了点酒。我急忙摇头说:没事没事,我爸爸和我哥哥都爱喝酒,我早就闻惯了酒味。我知道市长的时间宝贵,于是急忙从提袋里掏出我准备的礼物说:万彤市长,你几次给我帮助,让我非常感动,为了表达我对你的深切谢意,我带了点不成样的礼物,麻烦你试试这件衣服,看我给你挑得合不合身。他好像对我的礼物有点意外,急忙摆手说:不用不用,我有衣服,拿回去给你爸爸或哥哥穿吧,谢谢你!我见他不想要我的礼物,有点急了,反正秘书那会儿已经出去了,屋里就我们俩,我就大着胆子走到他面前,带点撒娇的口吻说:你试试嘛,人家跑了好几家商场,专门按你的身高和胖瘦买的,你不要怎么能行?我边说边去拉他的手臂,想把坐在沙发里的他拉起来。他可能也没想到我会这样执拗,又不好拉下脸,只得说:好,好,我试试,如果不合身你一定得带走。我看他要起身,就去搀他,肯定是因为酒力发作的缘故,他就要站起身时又忽然向沙发一侧倒去,根本没料到有这情况的我,身子重心一变,也一下子向他身上倒去,他最后歪倒在沙发里,我却倒在了他的怀里。这个情景是我们两个都没料到的,我俩当时都只穿了一件衬衫和一件薄褂,我俩在身子接触的一瞬间都有些惊住。有一霎,我们谁也没敢动,但那种肢体相触的感觉飞快地钻进了我的心里,我有些慌,急忙想站起身,就在我想用力站起时,他的一双胳膊一下子环抱住了我的身子。我那年已经 21 岁,而且我很早就唱男欢女爱的戏,也有过恋爱经历,自然懂得他抱住我身子的意思。我不能再动,我明白这是他喜欢我的大胆表示,明白了这一点我没有任何不快和屈辱感,相反,我心里涌上来一股欢喜和自豪:一个大市长竟然会喜欢我一个小演员?!我从此不就有了一个实实在在的靠山?我再也不用整天小心翼翼看团长的脸色了!想到这儿,我把身子一下子放软,深深地伏在他的怀里,与此同时,我用嘴唇找到了他的双唇,主动地给了他长长一吻。我这一吻像猛然朝汽油桶里扔了火种,让他的身子一下子燃烧起来,接下来就再不需要我做什么了,他疯了一样地亲着我的脸和脖子,呢呢喃喃地说着滚烫的话语,双手慌乱地触摸着我的身子,我这时只需要鼓励着他就行。

很快就到了最后的那个关口,他已经想动手解我的衣扣了,我后悔我恰在那个时候开了口,我说:市长,我来解。就是这一句话,惊醒了他,只见他猛地停住手,惊看住我,那模样好像前一秒钟才看见我,似乎刚从一个梦中醒来,他慌慌地自语着:天呐,怎么会是这样?真糟糕!糟糕!然后抬头看定我,急急地微声道着歉:真对不起,对不起,我不该冒犯你。我是昏了头了,请你一定原谅!

我朝他撒娇地一笑,动手去解自己的衣扣,我愿意让他高兴,我真心希望他能得到满足。我刚才从他的双眼里看出了他对我的迫切欲望,我不会看错的:他喜欢我,想要我。不料此时却听他急切地说:菁菁快走,你快走!与此同时,他站起身来,朝门外喊道:洪秘书!

我吓得慌忙又把解开的一个衣扣扣好。我当时惊慌地望着他,不知他何以又突然变了主意,是怕这个地方不合适?

洪秘书应声走了进来,他对洪秘书说:你送小殷走吧。

我充满遗憾地看了他一眼,只好随着洪秘书向门外走去。

这就是我和他的第一次亲密接触。

回家的当晚和第二天,我都沉浸在一种无比的快乐和甜蜜里。啊,一个管着上千万人口的大市长竟然会对我动了感情,竟然对我说了那么多美妙的话语,这太不可思议了!自这天之后,我再在电视屏幕上看见他时,就感到特别的亲切,特别的激动,也特别的自豪。那些天,我太想向我的女伴们说说这件事,说说我的奇遇,说说我心中的快乐,但我又本能地知道:不能说!这件事必须保密,要不然就会给他造成麻烦……

也是自这天之后,我开始等他的电话,我坚信他会给我再打电话的,坚信他会想再见到我。因为我看见过他拥吻我时的那种迷醉,看见过他眼中对我身体的强烈欲念,我坚信这只是我们亲密关系的开始,坚信我们有着长长的未来。

但,一天一天过去,却一直没他的电话。

我有点着急,于是决定,主动给他打电话。他不好意思主动,我得主动,我保持矜持干什么?既然是我想要做的事情,既然是我喜欢要的人,就得果断,不能犹豫!我是在一个公用电话亭里给他打的电话,电话接通之后,我说:万彤市长你好,是我!

我原以为他猛然间听不明白我是谁的,没想到他一下子就听出了我的声音。他低声道：菁菁你好，很抱歉，我因为忙，没有同你联系。你有什么需要我帮助办的事吗？我说：没有，我就是想见你！我想你！他继续压低了声音道：菁菁，上一次见面是我糊涂，真对不起，从今往后，你要好好演戏，争取当一个出色的演员，为戏曲事业做出贡献，有什么需要我帮助的事，可随时打电话，我会尽全力相帮，但见面，就不必了。我担心一见面我又会犯混犯糊涂，那对你不好！你那么漂亮，又那么年轻，肯定有小伙子追你，碰见有合适的对象，要早下决心，我希望你活得快乐，祝愿你获得幸福！……

我听懂得了他的意思，但我以为他这是不好意思主动开口约我，在等我主动，我怕啥？我是真的喜欢他这个男人！我不能失去这个机会，于是我就把话说得更明白更直白：市长，我是真的很感激你也很想念你，我在樊梨街 27 号楼 1 单元 206 室租住着，我希望能在那儿见到你。你今天晚上什么时候去都行，那儿不会给你带来失望，不会给你造成任何麻烦，更不会有一点点危险。

我听得很清，是一声吸气，随后是一阵长长的沉默，接着是他微微发颤的声音：小殷，天凉了，多保重。再见了！

我害怕他放下电话，害怕他没有听明白我的意思，于是又急忙带着哭腔反问：你难道就没听明白吗？

他叹了一口气回答：听明白了。

我又紧接着问：那就是你不想要了？

他又叹了口气：想！

我再追问：既然想为何又——？

他说：怕毁了你！

我坚定地说：我不怕毁！我就是一个小演员，能毁我什么？

他说:能毁了你的生活,很可能是一生!那太沉重,会让我永远有负罪感,现在结束最好!我在世上比你活的时间长,我知道事情的严重性,我必须控制自己。

我再次表态:我不怕!就是毁了我我也不怕。

他又说:也会毁了我,我还有很多事情没做。

他说完这一句,我害怕了。我不想也不能毁了他,我就是想让他快乐才要主动找他的,既然会毁了他,我就该住手。我于是放下了电话……

从那之后,我们再也没有联系过,更没有再见过面。即使有见面的机会,比如他以后来看我们团的演出时,我也会主动避开。我害怕自己在他面前控制不住自己的感情。

这就是我和他全部关系的真相。

我也曾经想逼他与我建立亲密关系,但后来经过再三考虑,还是放弃了。

这之后很长一段时间里,我一直在想着他。他在我心里一直占着一个重要的位置,即使在我接受简谦延的追求时,也是这样。

对,简谦延,你认识他吗?他当年可也是天全市的知名企业家,也算是名人。他后来也到省城发展了。他在天全时也爱看豫剧,经常到剧场看我们剧团的演出。不知是我演的角色还是我的姿色吸引了他,他慢慢开始找机会和我接触。一开始是在演出前给我送花,后来就找理由请我吃饭。我那阵还陷在对欧阳万彤的思念里,所以就对简谦延爱答不理的。后来是我们的团长找我谈话,要我对简谦延客气点,说他有钱,也喜欢戏曲艺术,愿意资助艺术家,以后剧团会需要他的帮助。我这才开始接受他的吃饭邀请。

我俩第一次在一起吃饭时，他对我小心翼翼，唯恐我生气的样子。我那天直接问他为何请我吃饭，他献媚地笑着说：因为你是我喜欢的艺术家呀！他这话让我挺受用，使我对他不再反感。和他在一起吃了几次饭后，他就开始给我送礼物。化妆品、衣服、首饰、皮鞋、手袋，他什么都送。我得承认他是一个大方的人。接受他的礼物多了，我就不好意思拒绝他的一些要求，比如，过节时，去他的公司给他们的员工唱些折子戏；比如，他宴请商界一些朋友时，让我去给他的客人们唱几段；比如，新的工程项目开工时，让我带几个演员去助兴。交往的时间长了，相熟了，他就提出了那种要求，当然，他提得很婉转，说让我陪他去北京玩几天。我自然明白他的意思，就笑着问他怎么玩，他只好涎着脸说明白：实话告诉你，自打我第一次看你的戏，我就迷上了你，还从没有一个女人令我如此心动着迷。我爱你身上的一切，包括你的眉，你的眼，你的颊，你的头发，你的脖子，你的双肩，你的胸，你的腿，你的脚；你的一颦一笑，都牵动着我的心；我曾暗暗发誓，一定要让咱俩成为情侣，现在时候到了，就咱俩去北京，找一家五星级饭店，开一个大套间，你想怎么玩就怎么玩！每陪我玩一天，我给你二十万人民币。我那天直白地告诉他，我现在还不想陪他去北京玩，不去的原因不是他给的钱少，也不是看不上他，而是我心里还有一个人，等我把那个人的影子从心里赶出去了，就陪他去玩。他听罢，挺意外，问我：那个人是谁？让我帮助你把他赶走吧！我笑笑，没理他……

现在社会上有一种看法，认为我们演员、主持人、导演，在性的问题上都很随便，在感情上很难专一。其实这是偏见，是以偏概全，我们中也有许多人把感情看得很重，并不会乱来。像我，对万彤市长，原本只是一点感恩之情，可当他对我表示了一次情意后，就对他再也难以忘怀了……

大约是拒绝简谦延的一个多月以后，他又约我见面。我记得是在一家饭店的包房里，他一见面就说：我知道你心里的那个人是谁了！我当时撇了撇嘴，在心里道：你以为你是谁？吹牛不怕把天吹破，能猜出我的秘密？

你先别撇嘴！他一本正经地说罢，拿出一张天全的日报，指着报纸上欧阳万彤视察一个工厂的照片问：是他，对吧？！

我大惊失色：他怎么可能猜得这样准？我和欧阳万彤仅有的一次亲密接触只有他的秘书知道，过去和欧阳万彤的来往全是工作上的来往，任何人不会怀疑那些来往的性质，而且自那次亲密接触后我再也没有见过他的面，简谦延怎么可能猜到？

我说对了吧？你可能还不了解我简谦延的本领，在天全市在省城乃至全省各地，凡我想打听的消息，没有打听不来的；凡我想办的事，没有办不成的！

你从谁那里打听到的？我那时还没学会掩饰的本领，还不会在真相面前摇头否认，我这一问等于向他承认他说的对了。

这需要保密。他狡黠地笑笑，世界上所有国家的情报机关都有一个规矩，那就是对情报的来源保密，因为这涉及情报提供者的安全。

你知道就知道了呗，那又有什么？

我知道了就可以帮助你把他从你心里赶走！他说得一本正经。

吹吧，你！我不屑地笑笑，能把他从我心里赶走的只可能是我自己！

我也可以使出很大的力气！来，喝酒！他给我倒了一杯他自己收藏的法国拉菲葡萄酒,递给我。我同他碰杯,像往常那样不带多少感情地应付他。

那天过去,我就把简谦延的话忘到了脑后。我那段时间一边排戏演戏,一边在心里怀着希冀:说不定哪一天,万彤市长还会打电话来约我见面。我一直记住他那晚的热情拥抱和那些滚烫的话语,我不信他就能完全把我忘记,我自信我的青春我的美丽会对他保持吸引力。但他的电话一直没来,我最后盼来的是简谦延快递给我的一张照片:照片上是裸身的欧阳万彤搂着赤身的我。我看后先是大吃一惊,接着才看明白那是一张经过电脑制作的照片。照片上的两个人只有头部是真的。我气坏了,先想打通他的电话骂他一通,后觉得万一惹恼了他,他将照片一上网,那可就成了大新闻,即使你去辟了谣,可事情已经传开,人们会认为无风不起浪,谁还会再去听你的辩解?

你也不可能去向所有的人辩解。

那就真可能会毁了欧阳万彤的前程。

只要照片一上网,就不会有人相信欧阳万彤和我之间的清白。这是一个人们不信男女之间有清白的时代。

怎么办?

我被这张做假的照片惊着了。我开始意识到简谦延不是一个本分的做企业的人,而是一个流氓,他的做法很像是黑社会,对这种人物,得使用非正常的手段才行。

我于是想了个办法,在施行前我流泪了。我不知为什么会流泪,也不知为谁流的泪,可我就是泪流不止。就在我流泪的这个晚上,简谦延应我的邀请来敲响了我的房门,他像往常一样给我带来了不少礼物。我默默看着他把那些礼物在房间里摆好,当他走过来向我问好时,我一下子扑进了他的怀里。

他那一刻什么也没说,只是得意地抱住我说:我到底战胜了欧阳万彤!我听任他的手在我的后背上抚动,然后听任他的手滑向我身体的其他部位,听任他把我抱进卧室,听任他去解开我的衣服,听任他把我抱到床上,就在他迫不及待地想要去做他早就想做的事情时,我猛地推开了他的手,含了笑问他:告诉我,你真是一个商人?

他一愣:为何问这个?

我说:当我把自己的身体献给一个男人时,我起码得知道他的真实身份。

他笑了:这是一个很难回答的问题。如果我不回答呢?

那你当然可以继续占有我,但你得到的不过是一个与植物人相似的女人!

好吧,既然我俩的身子已经赤裸相对,而且你一定要问,那我就告诉你。我最初是一个官员,一个很小的官,县财政局的一个科员,有一天打麻将输了点钱,也就七八万块吧,赢家逼要得急,我没办法,就挪了点公款。可不巧,上边来查账,发现了我这点事。你说这能算啥大不了的事?可他们竟然把我开除了公职。我当时非常愤怒,他娘的处罚也太重了,那些拿公款送礼一送送几万的人有得是,他们还在平平安安的当官,为何单单对我如此绝情?我不断地向上申诉,但无人理会。伤心绝望之后,我就决定不再承认这世界上的任何政府。去他娘的,我要自己干,我要逐渐建立起另一个崭新的社会,建立我自己的政府。在那个社会和政府里,我的话就是圣旨,再无人敢对我说三道四,更没谁敢处罚我!感谢神灵的相助,让我遇见了一个人,一个在现政府里很有能力也很有实力的官员,借他的力量,我很快拥有了自己的一方天地,也可以说是一个帝国。我名下是有几个公司,但我不想也不愿当一个纯粹的商人。当真正的商人其实很累,要操的心太多,赚钱也太慢。我现在可以给你的保证是,我有的是力量来保护你,我的力量是由权力、财富和强力混合后生成的。不管你今后遇到了什么事,我都可以给你摆平,保你安然无恙,都能保你过上富有和美好的生活!你听明白了吗?

我回答他:听明白了,你现在是黑白通吃!

他得意地笑了,然后拨弄着我的乳头问:美人,我现在可以开始了吗?

我冷冷地看着他在我身上忙碌。

他高兴得浑身乱抖。

简谦延那晚就住在了我的宿舍里。第二天早晨,当他睁开一双满足的眼睛,看见我正默望着天花板时,说了一句:欧阳万彤终于被我彻底赶出了你的心里!我淡淡一笑说:你成功了,现在你走吧!

他心满意足很有把握地说:你的身子太美了!我也算见多识广了,还从没见过像你这么美妙的身子,可以说是所有的部位都合男人的心意,都很标准。我喜欢死你了!再就是你给了我太大的惊喜,我真没想到你一个唱戏的姑娘,还能这么保守,还能把处女的身子保存到今天,还能留给我姓简的,我太意外了!我他娘的太有福了!我得报答你,我要给你买一套大房子,那样咱们就可以经常在一起了!今后你想唱什么戏就唱什么戏,所有的资金都包在我身上!我要让你天天高兴,顺心顺意!

我淡淡笑着,听他说完,然后说:你走吧!

他恋恋不舍地离开了我的屋子。

当天下午,我给简谦延的手机上发了一条短信,告诉他:昨晚你和我在一起的情景,包括你和我的谈话,已全程录像并录了音，你不是省人大代表吗？你如果敢再对我和欧阳万彤的关系说一句诬蔑的话，我的几个朋友就会把昨晚的录像和录音分别交给省人大常委会、省公安厅、监察部和全国人大常委会，并同时发到网上，你可以让人来杀了我，但我死后也完全能毁掉你！……

我当天就搬了家，也退出了豫剧团。我不再演戏，先是到戏校给人家打杂，后来调到省戏曲研究所做点行政工作，我再也没见过简谦延这个东西……

我姨妈知道这件事的前半段，后半段我没有告诉过她，主要是怕她再为我操心。

经过了这件事，我告别了处女生活，也算成熟了。

我能说的也就这些了。我没有孩子，我现在的丈夫对我的过去表示理解，所以我敢给你说出这些，至于怎么写进书里，由你定吧。最好别写真名字，我毕竟还要活下去……

21. 原《新启蒙》主编、欧亚投资公司副总裁芮犁：

你找我谈对欧阳万彤的看法？有点意思！谁让你来的？好吧，我不问这个问题。首先我要告诉你，我与他见面的次数不是很多，对他的了解不会深刻，不可能说出很多对写他的传记有用的东西。其次我要告诉你，他与我见过的其他官员不太一样，我有点喜欢他。

我和欧阳万彤打交道是在他当省城市委书记的时候。那时我还在清河大学里读书，我和一帮同学血气方刚，我们觉得如今的社会，仍然需要一场启蒙运动，所以决心办一份校内刊物，刊名定为《新启蒙》。我们想通过这份刊物，把平时的观察和思考告诉读者朋友，达到对读到杂志的同学和普通民众再启蒙的目的。

我记得《新启蒙》的创刊号上，刊载了一篇重头文章，题目是《公民应该伺候政府还是政府应该伺候公民——论公仆》。这篇文章是我们约请一个在欧洲访学多年的教授写的，他在文章中写道：外国政府的办公场所，建筑都很普通；外国的政府官员，多是自己开车；外国的政府办公处，公民有事可以随时进去咨询；外国的市长，可以不带任何随员去见公民处理问题；外国的政府官员，除了工资，不能有任何其他灰色收入；外国的官员，届满卸任之后，回归原来的工作。而中国的政府办公楼，一个比一个豪华；中国地市级的政府，副处一级的官员都有专车和司机；中国的公民要进政府大院时得战战兢兢地先办各种手续，随时可能遭到传达员的呵斥；中国的一个市长出行得前呼后拥，秘书、办公室主任加上其他下属一大帮人跟随，有时还警车开道，派头十足；中国的政府官员，工资只是他们收入的一部分，大部分人都有灰色收入，收受下属下级的礼物，是寻常的事情；中国的官员，退休前还要把自己的儿女亲友都安排好工作，并享受终生的原级别待遇。外国的政府官员，说是管理者，却只能小心地在伺候着公民，因为公民稍不如意，再选举时就不会投他的票；中国的政府官员，说是公仆，实际上却是主人，是老爷，需要公民小心伺候，伺候得稍不如意，他就会雷霆震怒，呵斥和修理公民。人们组成社会，选出政府官员的目的，是为了让他们管理社会的公共事务，使社会得以正常运转，使人们的正常生活得以保障，而不是为了选出一个欺压自己的主人和老爷，把自己变成奴隶。中国的官员，要么在法律的约束下老老实实当公务员，为公民服务；要么就公开称自己为老爷，别再羞羞答答的自称公仆……

创刊号出来之后，立刻在学校里引起轰动，同学们争相传阅，并很快传到社会上，被翻印转抄。我们事后知道，三天之后，这本创刊号就放到了欧阳万彤书记的办公桌上，而且附有一个处理意见：建议以非法刊物之名要求学生停办此刊。欧阳万彤书记很仔细地看了一遍刊物上的内容，只对秘书说了三个字：再看看！

第二期《新启蒙》上，我们发表了一篇长文，叫《全体堕落，彼此加害——论公民》。在这篇文章里，我们列举了各个行业从业人员堕落的事例：在医疗卫生领域，院长、医生、护士和药商一起，为了钱合谋算计病人和国家；在教育领域，校长、职员和教授、教师一起，利用各种名目收受学生和学生家长的钱财；在文艺领域，演员、导演和演出经纪人，合谋怎么把观众和演出举办方的钱弄到手；在矿业开发领域，矿主为了钱疯狂开采矿业资源，根本不管开矿工人的人身安全和对环境的破坏；在粮食和蔬果生产及流通领域，生产者为了产量为了卖钱大量施用化肥和农药，销售者把旧粮、陈菜、陈果换上标签、刷上化学保鲜液再卖给消费者，哪管别人的死活？在熟食生产领域，生产者把死猪、死鸡肉加工后出卖，把过期的卤肉刷上鲜亮卤汤再卖，把过期的馒头粉碎后再重新加工出卖，哪管食用者的健康？在奶粉生产领域，有的企业领导和工人一起往里边添加三聚氰胺，哪管食用奶粉婴儿的健康成长？在军事领域，军人训练是为了让领导观看，演习时参演双方对谁胜谁负预先就清清楚楚，把演习搞成近乎演戏，不想着将来真打仗了怎么办；在学术领域，论文造假和抄袭现象屡禁不绝，没有创见只为发表之后评职称的论文很多，根本不想着研究结果是要造福人民；就连停车场的看车工人，向车主收费时，也要先问：你要不要发票？不要发票了少收你 10 元，以便自己把这笔小钱贪为己有。这样一种局面，分明是你堕落，我堕落，大家一起堕落下去；明显是你害我，我害你，大家互相加害下去。现在官员中的贪污犯是很多,但其实普通公民也很贪婪,如果制度不变,把100个普通公民提成官员,至少90人会很快变成贪官。眼下的我们,除了GDP,还有什么?……

这期刊物一出来即在学校引起激烈的争论。支持者说:目光犀利!反对者说:以偏概全!正是因为这种争论,人们争相来买刊物,使得我们不得不再次加印。事后我们知道,刊物出来的第二天,就被放在了欧阳万彤书记的办公桌上,上面附了一条意见:建议尽快封掉这份校内刊物,以免其在社会上造成恶劣影响。据说万彤书记看完这期刊物上的内容后,沉默半晌,又对秘书说了一句:再看看!

我们的第三期《新启蒙》刊物上,发表了一篇长文:《就业何时能不拼爹——论公平》。这篇文章列举了中国年轻人就业时拼爹的种种情状:省部以上领导干部的儿女,就业根本不必自己操心,父母早为他们设计好了:从政的,最差也能当到司局一级的官员;经商的,不是国企的老总,就是自办公司,且有外资支持和参与。地厅一级的官员,其儿女也不必自己寻找工作,从政的,最差也能干到县处级;经商的,也都会在其他国营和私营企业的支持下办一家自己的公司。县处一级官员的儿女,就业也都有保障,从政的,最差可以干到科一级;经商的,也会得到其父在政界各种朋友的支持,挣笔钱是没有问题的。普通公务员和老百姓的孩子,只有通过各种各样的考试,凭本领去竞争各种各样的岗位。这部分人中,爹是校长的,儿女当个教师大致上没有问题;爹是警察的,儿女当个警察大致上没有问题;爹是法官的,儿女当个法官大致上没有问题;爹是检察官的,儿女当个检察官大致上没有问题;爹是医生的,儿女当个医生大致上没有问题;爹是律师的,儿女当个律师大致上没有问题;爹是演员的,儿女当个演员大致上没有问题。

只有很少一部分好的职业岗位，是留给普通人的儿女去竞争的。这就是说，这个社会在就业上和封建的世袭制没有太大的不同，公平，根本没有得以实现……

后来知道，万彤书记看完这期的这篇长文后，在办公室里踱了很长时间的步。他依旧没有表态。

第四期《新启蒙》刊物上，我们发表了对一个农业科学家的长篇采访，题目是《中国的食物危机——论公险》。在这篇采访记中，我们公开了这位科学家的深重担忧，他说，中国目前面临的危机可能很多，比如信仰危机，比如金融危机，比如领土危机等等，但只要我们国家的军队稳定，老百姓有东西吃，这些危机都有办法克服，但食物的危机是个例外，如果人们没东西吃了，那就真要出危险了，真要天下大乱了！

他说，中国目前的超市里都在卖米、面、油，看起来很丰富，但其实，我们的粮食自给率只有80%，另外的都依赖着进口；我们食用油的80%都是用进口原料加工的。有的年份，光进口黄豆就达6000万吨，摊到每个人头上，是将近100斤。我们现在家家都不留储备粮了，包括农民，我们吃的都是新粮，国家的粮库里，大概也就是一年的存量，而粮食生产的周期是一年。一旦有战事，我们具有抗风险的能力？到那时外国还会按时卖给我们？美国国家情报委员会预测，中国到2030年将出现比较严重的粮食短缺。

他说，过去农民种粮，种子都是农民自己留的，这家没有那家有，比较安全。现在都是去种子公司购买，从种子公司买的种子只能种一季，是不能留种的，如果某一年种子公司提供的种子突然不出苗了，怎么办？这不是不可能的，因为目前我们国家的种业公司一半以上都控制在外资手里。更重要的是农民的种粮积极性没了，老老实实种粮不但发不了财，连生存都很困难，一斤稻谷一块二到一块四，辛苦一年种一亩地，扣掉农药、化肥、种子、农机等投资，还剩下什么？大家都在宰割弱势的农民，谁还愿当种粮的农民？还有就是水荒的问题日益严重。目前中国约有405万公顷土地在用污水灌溉，这也会对作物产量和粮食质量产生重要的影响……

第五期《新启蒙》发表了一篇谈论中国群体性事件的文章：《怎样表达我们的抗议情绪——论公愤》。

这期刊物出来的第二天上午，我被通知去学校党委宣传部办公室，说有人要跟我谈谈《新启蒙》刊物的事。我们几个编刊物的同学当即判断，这是要对我们的《新启蒙》动手，很可能是要查封。大家最后给我的建议是：据理力争！不行我们就上街抗议。我随后就向宣传部走去，我是带着一腔抗争的怒气进屋的。

进屋就看见一个中年男子独自坐在桌前喝茶，并非如我想象的那样满屋子都是指责者，也没有看见那个平日盛气凌人的宣传部长。那人见我进来，微笑着问：是芮犁主编吧？快请坐。

我气宇轩昂地坐下了，静等着他开口。我当时并没认出他是谁，我只是在迅速搜索脑子里的词句，做好反驳他的准备，只要他一开口说《新启蒙》刊物的不是，我立马就开始还击。出乎我意料的是，他在递了一杯茶给我之后，含笑说：你们的刊物办得很好！

我愣在了那里，一时忘记了该怎么回话。

你们这样年轻，看问题就这样尖锐准确，令我高兴！

我准备好的那些词句无法派上用场，只好干咳了一声。

我有一个提议，不知你们愿不愿意答应。他含笑看着我。

什么？我机械地问。

你们这个编辑部,就作为市委的一个智库。

市委的智库?你怎么可能有权把我们编辑部变成市委的智库?你是什么人,想给我们开一张美丽的空头支票?

我是市委书记欧阳万彤,我有这个权力。

哦?我站了起来,我当时确实很吃惊,我没想到我的对话者是这个城市的最高长官。

尽管市委目前也有几个智库,但那里的年轻人少,缺少锐气。如果你们同意,你们的刊物《新启蒙》就变成了市委的内参件,我就可以随时看到你们的刊物。

等一等,你是说你想收买我们?

不要用"收买"这个词,这不符合我们之间的实际关系。你们想让政府和社会好,我也是,我们是志同道合者,起码是同道者。当然,我今天的提议可能太过突兀,应该给你们一个思考选择的时间。你们三天后再答复我怎么样?

我只能点头。谈话完全超出了我们最初的判断。我有点被动。

我那天回到编辑部向大家讲述了谈话的内容后,可能是太出大家意料,屋里陷入长久的静寂。之后两天的课余时间,我们便一直在讨论这个问题。最后,在反复的争论中,大家在以下两点看法上达成了一致:其一,我们办《新启蒙》的目的,不是为了煽动人们闹事,而是着眼于社会管理水平的提高,着眼于人们生活质量的改善,因此,发行范围在校内还是在市委机关内,不是特别重要的问题,重要的是看能不能达成目的。其二,先对政府官员进行启蒙,从而带动普通民众明白社会发展的方向,符合我们的创刊目的。《新启蒙》成为市委的《内参》,能更快地达到对官员进行启蒙的愿望。

我们最后决定:同意《新启蒙》编辑部成为市委的智库;

同意《新启蒙》刊物成为市委的《内参》。决定做出后,我被大家推举为去见欧阳万彤的代表。

我记得那是一个上午,我带着新出版的第六期《新启蒙》去市委机关大院,欧阳万彤果然如约在市委小会议室等着我。那天我告诉他,我们同意将《新启蒙》变成市委机关的内参件,编辑部愿意当市委的一个智库。他听罢笑了,说:谢谢芮犁,看见你,我就想起了我自己上大学的时候。我那时和你今天一样血气方刚,我也和你们一样想改变社会,改变世界。人年轻了真好,有抱负,无顾虑,有雄心,无负担。

他那天还说,我从你们发表的系列文章中有一个令人欣喜的发现,那就是你们虽然年轻,虽然对现实不满,虽然壮怀激烈想改造社会,但你们不倡导激进,不倡导极端,我很欣赏这一点。如今,激进主义在很多地区和国家都出现了,这种主义的信奉者主张采用极端的手段,把他们改造社会的设想付诸实现,谁不同意,就要消灭谁,不仅要在精神上压服反对者,还要在肉体上进行消灭。这种主义的信奉者最后要走的路,就是恐怖主义。他们最后的结局,也就是被最初的追随者所抛弃,被整个社会所抛弃。我们都想通过政治手段来改造社会,使社会变得更适宜人类生活,使社会能给人类带来福祉,但政治需要妥协,没有任何妥协的激进政治造成的结果,不仅达不到改造社会的目的,常常还会给社会造成破坏……

我觉得他说的有一定道理。

他那天和我告别时说:从下一期的《新启蒙》开始,市委每期资助你们 3 万元经费,让你们不必再为办刊经费操心,你们好把精力全用在把刊物办好上……

我那天从市委机关出来时满心欢喜,我以为我为我的同学和同行们办了一件大好事。没想到就在当天晚上,学校就传开了我被政府“收买”的消息。第二天，就有同学当面叫我“宋江”，意思是我已被朝廷“招安”了。我气得一连三顿没吃饭，办《新启蒙》的心一下子凉了，左思右想之后，我决定退出《新启蒙》编辑部，以示清白。至于他们今后怎么和政府合作，我一概不管了。尽管编辑部后来不断有人来劝我回去，但我的心已经被那些误解我的人伤透，我从此不再参与《新启蒙》的任何编辑工作，我和此后的《新启蒙》已无任何关系。为了证明我没被别人收买，我毕业后没去省级市级任何机关当干部，而是自办了一家公司……

经商之后，我原以为我这一生和欧阳万彤再不会有任何关系，但没想到世界这样大，我的交往圈子却如此小，我后来竟会又结识了他的继女常笑笑，和常笑笑谈起了恋爱。

和常笑笑的相识十分偶然。有一天，我去拜会清河大学的教授任一鸣，向他请教投资方面的问题。和任教授谈完出来，一个非常漂亮有气质的姑娘迎面走来，问我任教授的家是不是在这栋楼上，我点点头并转身给她指了指任教授家所在的单元和楼层，她粲然一笑谢我一声就向楼里走去，我却不能立刻移步走开，她的美丽是那样强烈地打动了我，一下子抓住了我的心。我一直看着她走进楼里进了电梯，才转身去找我的车。我坐进车里后，并没有立马去启动引擎，我变得有点心神不宁或者说六神无主，眼前全是刚才那个姑娘的笑脸。这个姑娘的美丽像电光石火般击中了我的心。说实话，在大学读书时和在后来的经商过程中，我不是没见过漂亮女人，但如此清纯美丽的姑娘的确还是第一次见到，我的心跳一下子就失去了正常的节律，我有了过去从没有过的被吸引的感觉。直觉告诉我，她就是我一直在找的那个女人，是这世界上我最中意的那一半。

人生的哪个机会不是稍纵即逝？

我不能任她在人海里消了踪迹，我得动手！

我当即决定就在车里等，一直等到她出来。今天一定要和她搭上话，要弄清她是谁，住在哪里，要想法弄到她的联系方式，我不能让自己留下遗憾。追自己心仪的女人，不能犹犹豫豫，这世上比自己好的男人太多，比自己有竞争力的男人太多，决不能让别的男人抢去了她。

我那天差不多等了一个半小时，才算把那个美极了的姑娘等出来。见她袅袅娜娜地出了电梯向这边走来，我赶紧发动车迎上去问她：任教授下楼了吗？

她看清我是刚才给她指路的人，又是粲然一笑说：没有。

我“哦”了一声，假装自语道：看来他是取消了今天去演讲的计划，也罢，他不用车我就走了。我装着要挂挡启行的样子，之后才又向她问道：你去哪里，捎你一程？

她摇摇头道：谢了，我去昌达街，你不可能顺路。

我笑道：巧了，我正是向那个方向去的，你若是不嫌我的车档次低，就请坐进来吧。

她大方地一笑，伸手拉开我的车门就坐进来了：有顺路车当然要坐，辛苦你！

车启动之后，我就开始迅速想法打探她的职业和姓名：看你的样子，好像是在清河大学艺术系读表演专业的学生。

她惊奇地低头看了看自己的衣着，然后反问我：你觉得我像读表演专业的学生？

你长得这样漂亮美丽，不学表演岂不是亏了？

她羞羞一笑：谢谢你的夸奖，我读的是金融，今年刚毕业。

那我得赶紧给我在省人民银行当副行长的朋友打个招

呼,让他立马聘用你,要不然别的外资银行必会把你挖走,到那时,他们就会多一个强大的对手!

她呵呵笑了:你这人,可真会开玩笑。谢谢你的好心,我已被省工商银行聘用了。

是吗?我也笑了,已经弄清了她的工作单位,下一步要弄清的就是她的姓名。你愿意猜猜我是干啥的吗?

猜不着。她摇摇头。

我开了一家投资公司,我经常要跑的,就是你们省工商银行,认识你太高兴了,我以后要再去工商行,就不会两眼一抹黑地乱找人,就可以直接就一些不懂的业务向你请教了。咱在工商银行,也不是没有一个熟人了!

别客气,凡我能帮上忙的事,尽管说。她很大度地摊了摊手。

那太好了,能给我留个联系方式吗?

她略略迟疑了一下说:好吧。

我顿时心花怒放,怕她待会儿再变卦,急忙把车停到了辅路上,掏出笔和纸递给了她。

我于是知道了她叫常笑笑,不过那时,我还没有把她和欧阳万彤联系在一起,还不知道她是省长大人的继女。

这之后,我就开始不屈不挠持之以恒地追她,一开始是打着向她请教投资方向的幌子约她见面喝茶,后来说是为了感谢她的投资建议约她吃饭,再后来是以察看投资地域的环境约她出来旅游,再后来是送花,再再后来是找借口送衣服,最后是送首饰,直到把她的心打动,直到她自觉自愿地扑到了我怀里。

我说这些你不反感吧?不会把我错看成一个采花高手,一个浪荡男人吧?

我和笑笑交往了将近一年后，她才向我发出去她家见她父母的邀请。此前，她从不谈论她的家庭，我见她不谈，也坚持不问。我原来估计她的父母可能是大学里的教授。那天去她家，一看进的是省府住宅区，我便很惊奇，同她开玩笑说：你不会让我成为一个官员的女婿吧？她含笑答：现在还说不定。及至进门看见欧阳万彤省长，我才大吃一惊，欧阳万彤省长也认出了我，意外地叫道：嗨，想不到是你要当我们的女婿！真是巧啊……

我当时因为意外话都没说出来。

我的天呀！这是谁安排的？天意吗？

这次见面的第二天，我问笑笑她爸妈对我的看法如何，她说他们对我都很满意。她说她爸爸要她特别对我说明的一点是：他们家目前的这种热闹状况不会持续很久，我必须对此做好思想准备。

我没听明白这话的含义。我记得我当时问她：这话是什么意思？她摇摇头道：我也不明白，反正他就是要我这样对你说的。

两个月之后，我和笑笑举办了婚礼。按欧阳万彤省长的意见，婚礼没请别的宾客，就是她的父母和我的父母参加。她的亲生父亲也来了，就坐在她妈妈的另一边。

她的亲生父亲刑满释放后在一家工厂当保洁工，身体状态和精神状态都不太好，先上来是不停地咳嗽，酒斟上后又不停地喝酒，而且还一根连一根地抽烟。我看出笑笑和她妈妈都很尴尬，是欧阳万彤省长不断地说话活跃着婚宴的气氛，并小心地照顾着那位亲生父亲。

婚礼办完的第三天，按规矩我带着笑笑回门，去看望她妈妈和万彤省长。在她家，万彤省长特意把我拉进他的书房，郑重其事地说：芮犁，我和笑笑的妈妈都很高兴你能成为我们的女婿，我们也都相信你俩在一起是因为真诚相爱。你俩结婚前，我和她妈妈在保护着她；你们结婚后，我们希望你能负起保护她的责任。眼下，我们这个家庭还有些外加的光环，但这些光环总有一天是要退去的，也许很快就可能失去。在我们这个家庭失去外加的光环变成一个普通家庭之后，我盼望着你能仍像过去一样对待笑笑。

我当时不太明白他的话意：是在担心我看中了他们的家庭而不是他们的女儿？

又过了几个月，当我突然听到欧阳万彤省长辞职的消息后，我才一下子清楚了笑笑当初向我转达的欧阳万彤省长那番话的含意，清楚了那场书房谈话的用意。

我这才明白，在欧阳万彤省长的内心里，很早就有了辞职的精神准备。至于他为何想自动终止自己的官场生涯，为何想主动丢弃众人梦寐以求的高级官位，我说不清楚，恐怕你得去问别人。

所幸，他没有辞成职，一直干到了退休。

我们结婚后与他相处得怎样？应该说很愉快。我和笑笑住在我买的房子里，我俩通常是双休日过去，与他们在一起聚聚吃顿饭。和他在一起时，我发现他的确很忙，双休日也电话不断，间或还有人送来文电要他立刻处理。逢了这时，他就不得不中断与我和笑笑的聊天，回到他的书房里去忙。我还能感受到他的压力很重，这从他接电话的声音中和走出书房时依然紧皱的眉头可以明白。不过一旦他坐下和我们一起聊天，眉头就会舒展开来，就好像把那些压力推开了。他会笑得很响亮。他没有批评过笑笑，更没有批评过我。也许是因为他不是笑笑的生身父亲，他认为自己没有批评的权利；也许是因为他失去了亲生儿子的爱，他在有意改变自己的为父做法。总之，我和笑笑在他面前很放松。他和笑笑聊的，多是金融界的情况，他与我聊的，多是商界的情况。他对我说，与你和笑笑聊天，也等于我在调研。有一次，笑笑说，现在在一些银行里，有一个公开的秘密，那就是很多笔大额存款，并未进入银行的账本，而是在柜台上一转，就被行长贷给了另外的开发商人，贷款的利息收入成为该行的福利，国家却没有任何收益。欧阳万彤省长听罢吃了一惊，很快让人去做了深入调查，发现这是真的。他随即向北京有关部门做了反映，使这种情况得到了遏止。还有一次，他问我现在的经商环境如何，我告诉他，每逢过节，我必须让我的财务买上一堆每张千元的购物卡，然后派上七八个人分别去工商、地税和几家派出所里送，所有可对我公司行使管理权力的国家工作人员，一人一张，钱不多，但必须给，我把这叫作润滑剂。没有这张卡，他们就会找各种借口来找公司的麻烦，使你很难开张。他听罢沉默一霎，随即打电话让办公厅就经商环境做个专题调研，然后发文对这种利用公权力对商人卡和要的情况进行了纠正。

我平时能感受到，他把他心里的那份无法释放的父爱，都给了笑笑。我和笑笑结婚的当年秋天，笑笑怀孕了。这事不在我们的当年计划里，因此我俩决定流掉孩子。在去流产的前一天晚上，我俩忍不住又做爱了。这件事说出来可能会让你笑话，年轻嘛，忍不住，你也是从年轻时过来的，应该能懂。可我俩都不懂这个时候的做爱规则，还是像往常那样大幅度的激烈运动，结果灾难发生了，笑笑的下体开始血流不止。我慌了，带着哭音给岳母打电话问怎么办，我岳母根本没经过事，一听我说笑笑血流不止，她竟然吓晕了过去。结果赶来的是欧阳省长,他在路上就打电话要了救护车,然后上楼指挥我抱上昏过去的笑笑下楼,还帮我把满是血的床铺用一条床单遮盖了起来。到了医院,他一直坐在楼道上守候,直到手术完毕没有了问题,他又陪我把笑笑送到病房,看着笑笑醒过来喝了点蛋汤才走,那个时候,天已经亮了……

在我的内心里,我是把他看成了我的真岳父……

22. 继女常笑笑：

听说你已经采访了很多人，这样好，兼听则明，偏听则暗。要把一个人的全部人生弄明白，不容易。你知道，我不是欧阳万彤的亲生女儿，但我一直叫他爸爸，我在心理上和感情上都愿意把他看成我的亲人，看作我的父亲。

我来到他身边时，大概是四岁半。这个年龄虽分不清一个男人是不是自己的亲生父亲，但已经可以凭直觉知道他对你是不是真好，能辨别出他对你爱不爱，能感觉出他值不值得亲近。我现在能记得的关于他的最早一件事，是我在玩耍时不小心撞掉了他摆在客厅桌上的一个钧瓷花瓶。花瓶掉地时发出了“砰”的一声巨响，碎成了片，我被这响声和闯下的祸吓哭了。我妈妈和他几乎同时从别的房间跑了过来，妈妈看见那些碎片后惊呼了一声：天哪，那是名品呀！她叫完这声后就朝我扬起了巴掌，我从妈妈那恼怒的样子和手臂扬起所带动的风声里知道妈妈是真要打我了，我恐惧地闭上了眼睛，不想就在这时我的身子一下子被人抱起，待我睁开眼时，我发现我已躺在爸爸的怀里。我听见他说：孩子又不是故意的。瓶子已经碎了，再打她有何意义？这同时又抚着我吓得发抖的身子劝我：笑笑不哭，那个花瓶爸早就不想要了，刚好，我们可以换个新的了……那一刻，我觉得他的怀抱是那样的温暖，是那样的令人依恋……

大概就是因为类似的事出现得多了，让我慢慢觉得，在我们家里，最可能给我保护的，是这个爸爸。也是因此，每当我做了什么错事，或是在考试时没有取得好成绩时，我最先想告诉的，是他这个爸爸，然后，依托他的保护再让妈妈知道。当我后来知道我还有一个亲爸爸时，我对他的依恋也没有改变。我上高中时，有一天突然接到了一个男同学的求爱信，让我非常紧张和慌张，那是我此生第一次面对这样的信件，怎么办？那一刻我第一个想到要求教的人，就是他这个爸爸。我记得那天傍晚，我心神不定地回到家，拉住爸爸的手去到他的书房里，然后满脸羞红地掏出了那个纸条给他看。他看后高兴地笑了，说：嗬，我们的笑笑终于长成一个大姑娘了，已经能够赢得男孩子的爱慕了，好！这证明我们笑笑漂亮、优秀，值得我和你妈为你骄傲！但是，你现在还不到谈恋爱的时候，心智和身体还都没有发育成熟，当务之急是完成高中学业。我建议你给他回一封信，告诉他你谢谢他对你的爱慕，告诉他眼下两个人都应以完成学业为重，待两个人日后都考上大学了，再谈感情问题……

我照他说的这些给那男孩回了一封信，那男孩挺感动，表示待考上一所好大学之后再正式向我表达爱意。这件事处理过去之后，我并没有毁掉那个纸条，我想留作纪念，未料被妈妈洗衣服时看见了。她以为事情刚刚发生,吓得大惊失色,又喊又叫地要我从实招来,一副要严惩我的样子,这使我越加相信,假如我一开始就先向妈妈报告,事情肯定不会处理得那样好。

他对与儿子也就是我千籽哥哥不和谐的关系非常在意和伤感,不止一次地给我说,他其实是一个很失败的父亲。他说,儿子小时候非常需要他的陪伴,愿和他在一起,可他那时因忙于官场事务且醉心于在官场奋斗,很少关心过儿子,更少陪伴儿子;等他后来有了闲暇,想与儿子在一起,儿子又不愿和他在一起了。

他生前同我有过几次长谈,让我印象深刻。那几次长谈都是在我的人生遇到坎儿的时候。头一次长谈是在我首次高考落榜之后,心高气傲的我,从来没做高考失败的心理准备,一当这个结果出现时,我被它砸懵了,我觉得再也无脸见人了。我在家一连不吃不喝地睡了两天,任妈妈怎么劝我也不起床。这之后他来了,他在我的床前坐下说,500多年前,有个湖北蕲州的小伙子,一连三年遵父之嘱去武昌考举人,但都没考中,失败之后的他沮丧之极,觉得对不起父母,于是就爬到一个山崖上,想一跳了之,这时被一个采药人看见,笑道:一个大男子汉跑到山崖上,该不会是寻死吧?死了好,死了这世上就少了一个软蛋。那小伙子一听,很羞臊,就不跳了,回家后,专心跟父亲学医,后又穿上草鞋,远涉深山旷野,遍访名医宿儒,搜求民间验方,收集药物标本,最终写成了巨著《本草纲目》。结果,这个名叫李时珍的男人为后人世代敬仰,那些当年在武昌考上举人的人没有被任何人记住。笑笑你考大学,其实就是为自己争取一个学习机会,以学会一门今后谋生的本领。他说,一个女孩子,当然可以通过将来的嫁人寻找一个生活依靠，但那样做的保险系数不是很高，倘若自己有一门谋生的本领，则生活的主动权就会操在自己手里。比如，万一遇到一个不好的丈夫，就可以随时离开他而不用委曲求全。但上大学并不是唯一的学习机会，掌握谋生本领的地方也不是只在大学里，也因此，考上了，固然好；考不上了，也没必要寻死觅活，社会还给人留着很多学习机会和掌握谋生本领的地方。何况，你明年还可以接着再考。也许，命运没让你今年考上大学，是为了把另外一个更适宜你的学习机会留给你，不过就是晚上一年罢了……他的一席话让我心里一下子轻松了……

另一次是在我上大学遭遇失恋的时候。从大学二年级开始，我爱上了班里的一个男生，主动向他示爱，他也做了热烈的回应，我们有一段时间爱得如胶似漆，但后来另外一个女生插了进来，他开始逐渐对我降温，最后竟慢慢不理我了，这让我痛不欲生。在妈妈劝我无效的情况下，他又一次坐在我的床头，对我说，人们找对象其实就是想寻找一个能共同生活一生的伙伴。如果一个人只和你好了几个月就想离开你，这说明此人不适宜做你一生生活的伙伴。你对他现在就离开你应持感激的态度，假如他现在凑合着和你在一起，到你青春消失之后再离开你，那时你受的伤害会更大。我们知道，男女对彼此肉体上的爱意和激情都不会维持很久，肉体上的相互吸引会随着时间的延长而逐渐消失。再漂亮的一对男女，时间长了也会对对方的身体失去兴趣，那么接下来怎么办，维持男女伙伴关系的主要纽带就是双方的责任心和善意了。所以你找对象时，不要只相信爱情，爱情在任何一对夫妻那里都不会终生持续下去，爱情最后会演变成亲情，与血缘关系一样的亲情，会连肝连心，当然，这种演变是有条件的，条件就是彼此都有责任心和善意,所以你要注意看那个人的心里有没有责任感和对他人有无善意……

他的话让我心中因失恋而生的疼痛大大减轻。

还有一次是在我做运动时不小心摔倒擦伤了右耳朵,医生说我的耳轮会恢复不了原样,这让我大吃一惊,破相的恐惧吓得我又一次不想活了。他这时再一次告诉我说:你只是耳轮少了一点有了个小缺陷你就不想活了,那这世上那么多残疾人该怎么办?那些失去了胳膊、腿和脚的人怎么办?都不活了?造物主在给了我们生命之后,尤其是在人享受了青春的快乐之后,就开始逐步回收当初给人的东西,包括美貌、视力、听力、运动能力和生命本身,你现在因为一点耳轮上的小回收就要死要活,将来造物主要从你身上回收更多更重要的东西时你怎么办?譬如说日后让你中风半身麻痹口眼歪斜怎么办?

他的话让我冷静下来,让我开始去接受身体上的这一点点变化……

对他为何突然提出辞职这件事,我也说不清原因。我只记得有一段时间,他开始对我说他对权力的看法。他曾经问我:笑笑,你是不是觉得权力这个东西很好?我点头说:对,所有的人包括在校大学生都想追求权力。在校大学生中的一些人为争取当上学生会的干部,闹得不可开交。他慢悠悠地说,权力这个东西,从远处看,它的确很好,可以为拥有它的人带来荣耀,带来物质享受,带来精神快乐。但从近处看,它其实是一个充满危险的东西,是一个披着华丽外衣的妖,接触和拥有它的人若稍不小心,就可能被它伤害,被它戳痛,被它弄得生不如死。当然,离它远的人是看不清这点的,这也是历代人们前赴后继朝它拥去的原因……我记得我当时笑了，问他：你是怕别人夺你的权才故意这样说的吧？他叹了口气，答道：我是想提醒你，在你今后的生活中，可别把权力作为唯一的追求目标，这也算我给你的人生忠告。权这个东西，如果它被世势推到了你的手边，那你就抓住它，但不必强求，强求的权力与强求的婚姻一样，都会带来苦果……

后来，他就开始问我对生活在这个家庭有什么感觉。我说，我生活在这个家庭很快活，有你和妈妈对我的爱，尤其是你的宽容，允许我经常去探望我的亲生父亲；有省府机关那么多叔叔阿姨对我的关照，很多事根本不用我操心，办事很方便，我没有什么可忧愁的，我很高兴妈妈把我带到了这个家里。我记得他淡淡一笑说：现在我们家办什么事时的确很方便，可这不是因为我和你妈有超过别人的本领，而是因为权力在起作用。权力给了我们很多方便，但这种生活不可能一直持续下去，你恐怕得做好一种心理准备，就是将来去过一种失去权力庇护的生活，就像一个普通市民那样生活……今天回想起来，他可能在那个时候就开始准备辞职了。

又过了一段时间，我发现他买回来几支画笔和一把唢呐，这让我很好奇，我问他买这些东西干啥，他笑说：为打发退休之后的生活做准备，这画笔，是用来练作画的；这唢呐，是用来驱除寂寞的。妈妈在一旁插嘴说：你离退休还早着哩，瞎忙活啥呢！

我过去不知道他还会作画，没想到他画出的门神很有点朱仙镇年画的味道；他画出的麒麟像极了我在农村屋脊上看过的那种麒麟图案。他还会画梦，问我最近做过什么梦，我说，我梦见一个男孩紧紧跟在我的身后边。他于是画了一个年轻妈妈身后跟着一个胖娃娃，娃娃笑得那个好呀，让人心动。我喜欢得赶紧把那幅画贴到了我卧室的墙上。他告诉我，如果不是他爷爷的阻挠，他如今就会是农村里那种很权威的画匠了……

他第一次拿起唢呐的时候，我根本不相信他会吹这东西。他在试音的时候，我说：你别装模作样了，这东西可不是谁都可以吹的。他笑道：在咱家里吹会影响邻居休息，吃过晚饭你跟我一块儿去一趟公园，咱到那里我给你吹一支曲子你听听试试，你要感觉不好听我就不吹了。

大约是好奇吧，那个晚饭后我就拿上唢呐拉他去了公园。到公园后他领我钻进一片小树林里，然后就开始吹。唢呐正式吹响的第一声就让我吃了一惊：那是内行人吹出的声音！他那晚吹的是《百鸟朝凤》，因为我经常见他在家里的音响里听这曲子，所以我知道这个曲名。即使我是一个完全的外行，也听得出他吹得很专业。他把这首曲子吹到一半时，很多在公园散步的人都围了过来，大家全都兴致勃勃地站那儿听。曲子吹完后，人们还鼓掌叫起了好，好多人围上去同他说话。幸亏当时天已黑了，大伙以为他只是一个唢呐爱好者，要是知道吹奏者是在任的省长，那肯定会引来更多的围观者……

还有一件事我不知道该不该给你说，你会绝对保密吗？所谓绝对，就是不对这世界上的任何一个人说！更不能写出来。不是关于政治的，也不是关于政界的，只是关于家庭的。我所以想给你说，是因为它憋在我心里太难受了。你愿承诺吗？那么好吧，请关掉录音机……

23. 原服装模特丰润韵：

我的案子已经公开审过，罪名是洗钱，想必你已经知道，与死去的欧阳万彤省长没有丝毫关系，我不知道你写他的传记为何要来找我？简谦延和他有关系？是吗？那好吧，我就实话实说。我从来没接触过欧阳万彤省长，我认识他只是在电视里和报纸上，要不是简谦延总在我面前说欧阳万彤这个名字，让我传递过几次关于他的材料，我根本记不住他是谁。你想，我一个从没在政府当过官的人，哪有兴趣去关心一个省长的事？我闲疯了？

我怎么认识简谦延的？很偶然。那一年太阳花服装有限公司招模特，我去面试。我没想到报考的姑娘那样多，挤得跟赶集似的，真可谓美女云集。我是后来才听人说，这年头美女最多的地方就是模特报考处和电影学院的考场里。看见有那么多穿着漂亮的美女竞争，我先就泄气了，估计自己一个电工的女儿不可能取胜，所以就想走。没料到刚走出人群，一个中年男子就朝我迎过来说：嗨，姑娘，面试还没有开始，你怎么就走了？我当时苦笑了一下答：实力不够呗，只好退出了。他一本正经地说：我看你的外形条件和气质很好，符合模特的标准，别走，试一试，万一成了呢？他的话让我重新燃起了信心，就没走。面试开始以后，我才发现那个男子也坐在面试台上，才知道他是负责面试的人之一。轮到我走到面试台前时，因为有这个所谓的熟人在当面试官，加上我在学校里当过晚会的节目主持人，还在实习时当过两次省城电视台一档节目的主持人，所以我能做到不慌不忙回答面试官的发问，现场发挥得比较好。面试一完毕，我就听见他先开口道：这个姑娘行，过！他这话一说，其他的面试官没人反驳，于是我就通过了面试。后来我才晓得他叫简谦延，才知道太阳花服装有限公司原来就是他办的。

知道自己被录取之后，我很感动，就去向简谦延致谢。去前，我想给他买个礼物，没有他的帮助，我很难获得这份工作，我应该感恩。我用父亲给我的200块钱，给他买了条领带，这是当时我有能力买得起的最贵重的礼物了。我上班的第一天，拿着这个礼物走进了他的办公室，我说：谢谢你简总，不是你，我这个大专生可能还在家里待业。这件礼物很小，只是表达我的一份感激之心。他听后笑了，接过领带珍重地看看说：润韵的审美观和我有点相近，这个领带的颜色正是我喜欢的，谢谢你！你在模特队里要好好学习，先把本领学好，争取将来能为咱们公司的发展做出贡献。我急忙点头道：简总放心，你如此看重我，我一定会对公司尽心尽力，我会把要我做的事做到你满意……

进了公司的模特队接受训练之后，我方明白，模特队员除了在各类展销会上展示公司所设计制作的衣服之外，还有一个任务，就是担负公司的公关工作，也因此，我们每个模特都要学习两项本领，一个是穿衣走T台的本领，一个是待人接物的公关本领。好在，学这些都不需要数理化知识，只要不让我学习数理化，学其他任何的本领我都不害怕，也都有兴趣。我学得很快，走T台和公关的本领我很快就学会了，三个月后在省城举办的服装展销会上，我正式走上了T台。可能是因为我走得认真，也可能是因为父母给我的相貌不错，还可能是因为人们希望在模特队伍中看到新面孔，我第一次上台就获得了大成功。我的大幅彩色照片上了省里的报纸，我展示的服装收获了很多订单。

简谦延高兴地把我叫到了他的办公室里，专门给我献了一大捧鲜花说：祝贺你！还当即宣布说：从今天起，你就是我们公司模特队的队长兼公司公关部经理，月薪一万八千元。我当时高兴得几乎要晕过去，天呀，一万八千元，这对我来说是天文数字了！我感激万分地握着简谦延的手说：谢谢简总，润韵这一辈子不会忘记你的恩德！简谦延当时笑道：别说这些客气话，今天晚上，我要在贵宾饭店举办一个欢庆晚宴，请务必参加！

我那晚向贵宾饭店走时，还以为这次欢庆晚宴会有很多人，进到包间一看，原来只有简谦延和我两个。我当时一怔，也很惶恐，我还从没有和当老总的男人单独在一起吃过饭哩。在桌前坐下之后，简谦延说：今晚原想请模特队的所有姑娘们一起吃饭，可因为忽然有个任务想交给你完成，就缩小范围了。一听说有任务交给我，我很高兴，我正想用工作成绩来回报他呢，就问他是啥任务，他摆手说：咱先不提任务的事，咱先喝酒，为你当模特成功和荣升干杯！

我在学公关业务时学过喝酒，但酒量不行，喝几口脸就红得厉害。简谦延这晚让上的红酒是拉菲，我知道这是法国波尔多五大著名酒庄之一的拉菲酒庄的出品，其花香、果香突出，芳醇柔顺，十分典雅，是葡萄酒王国中的皇后。简谦延举杯说：你要学会喝这种酒，你将要去完成的任务，与喝这种酒有点关系。我听了更感兴趣：什么任务会与喝拉菲酒有关系？

简谦延与我碰了三次杯之后才开口说：你的任务是去北京，与我们生意上的一个重要关系人接触，争取获得他的好感，进而为我们公司的业务拓展争得支持，而这个人，有一个嗜好，就是喝拉菲酒。我"哦"了一声，心想，嗜好喝这种酒的人一定有钱，要不然怎能喝得起？不过一听是去北京做事，我心里还是很高兴。我长这样大，还从没有去过首都北京哩，有这样一个机会，正可以开开眼界。

又喝了几杯酒之后，简谦延一本正经地说：润韵，因为你去执行的这个任务对我们公司非常重要，所以明天想对你做个体检，你愿意吧？

我当时没想别的，觉得做体检又没有什么坏处，就痛快地答应道：愿意……

第二天去了医院才知道，简谦延说的体检，其实就是抽点静脉血和查查妇科，而妇科检查又着重看我是不是处女之身。我对这一点有些生气：去执行公关任务怎么还查这个？岂有此理！

体检后的第三天是个星期五，一大早，简谦延就让他的秘书通知我，要我当天上午和他一起坐飞机去北京。接到电话后我欣喜异常，长这么大我一没去过北京二没坐过飞机，没想到这两桩期盼在同一天里得以实现。

走进机舱的那一刻，我还满心欢喜，只顾新奇地看着机舱内的设施和乘机的乘客们的举止，我一点也不知道在北京等待我的是人生的一场巨变。

在首都机场下了飞机，出港口处有一个中年男人来接我们。我原以为坐上车就会向北京城区走，我也好好看看北京的市容，未料到那辆车把简谦延和我拉向了郊区。车最后停在一个高档别墅区内的一栋别墅院里，简谦延告诉我说：这栋别墅是我们公司买下的，是公司在北京的办事处，从现在起，它归你使用，你就是它的主人；别墅内雇有一个厨师、一名司机和一位保洁工，他们也归你支使，你是他们的领导。我当时非常意外地站在装饰豪华的别墅大厅里，看着墙上挂的大幅风景画和造型优美的水晶吊灯，真有点置身童话世界的感觉。

简谦延领我看了别墅的所有房间，让我明白每个房间的用途。我这才知道，厨师、司机和保洁工是住在别墅右前侧的平房里。

那天下午，简谦延告诉我，他晚上要宴请他给我说过的那个生意上的重要关系人，是京城一位有名的公子，在官场在商场都有极大的影响力。他让我换上新衣服化好妆抹上香水做好接待的准备，同时还递给我一张银行卡，说卡上有100万元，密码是我的出生年月日，只要我把那个重要人物接待满意了，这卡上的钱就都是我的了。我很意外：我怎么可能一下子要公司这样多的钱？急忙把卡又递还给简谦延，并向他表态：一定尽全力接待好客人，请简总放心！可简谦延还是把那张卡硬塞到了我衣袋里。我当时想，也许接待那位客人需要进市区花钱，待回到公司后再结账吧，反正咱不会乱花钱的。

傍晚时分，别墅门前停下了一辆轿车，开车的还是去机场接我们的那个中年男人，从车上走下来一位三十七八岁的男子，人长得白白胖胖，戴着一副黑框眼镜，显得文质彬彬。简谦延急步迎上前抱拳叫道:童兄好,许久不见,真想你呀!

那位被称为童兄的男人淡淡一笑,道:你简谦延是发了财的大亨,围着你转的人多得是,平时是不大会记起我们这些闲人的!

哪敢哪敢!简谦延含了笑小心翼翼地陪着那位童兄向楼里走,我见状急忙按平日学过的礼节上前搀那位姓童的上台阶。

这位美女是——?他看着我问简谦延。

我们公司的模特队长兼公关部长,清河第一美女,绝对的清纯,专门来负责照顾你的。简谦延笑得满脸是花,他平日在公司里颐指气使,不料会在这个比他还小的男人面前低三下四奉迎巴结。

晚餐开始时,我服侍他俩入座并擦了手脸后,正准备去帮助上菜,简谦延却也让我在饭桌前坐下,说:润韵,菜不用你去端,你陪你童哥喝两杯。我慌慌地坐下,发现酒杯里已经倒上了拉菲红酒。在整个晚餐过程中,我注意到童哥的目光一直在我身上晃,晃得我心里有点发慌,直担心自己的接待动作有让他不满意的地方,担心出差错,这儿毕竟是京城呀。

几杯酒下肚后,我觉得燥热非常,我觉得今晚喝的这拉菲酒好像与我在清河省城喝的有点不一样,劲儿很大,而且让人从里到外都感到热,热得只想脱衣裳。我的脸肯定也红得厉害。那位童哥看着我笑道:润韵姑娘现在是一脸桃红,不用化妆就可以登台演出了。我听见简谦延说了一句:她马上就可以为你演出了!

我当时还不明白他说的演出是什么意思,只是努力让自己保持住庄重神态,控制住自己想要去脱衣服的冲动。

润韵,你该再敬你童哥一杯酒的!这当儿简谦延又给我斟了一杯酒，示意我起身去敬那位童哥，我此时已经头晕得厉害，可又不敢不起身去敬。我摇摇晃晃地站起来，两脚像踩在棉花上，软得厉害，完全没有稳定感。我刚走到那位童哥身边，就两腿一软向他倒过去，那人好像有准备，一下子就把我抱到了怀里。我这时听见简谦延笑道：演出开始，第一幕！人家既然扑到了你的怀里，你就应该给人家抱送到卧室里去……

我当时意识到这不是一句好话，我不能让一个刚刚认识的男人抱自己，这成什么体统？可惜，我的脑子虽然还清醒，但手脚全软得没有半点力气，而且张嘴也喊不出声。我想挣脱那位童哥的胳膊，可根本没有可能，我眼睁睁地看着那位童哥把我横抱起来，笑着把我抱上了楼，而且抱进了那间主卧室。我当时心里慌得厉害，这间卧室说好是让客人住的，怎么能把我抱到这里？我看见他把我放到了那张大床上，就急忙想去滚到地上，我不能睡在这儿，可谁知我连滚动的力气也没有。我眼睁睁地看着他去关上了主卧室的门。我这时已经明白事情不好，想喊想叫，可嗓子里出来的声音连我自己也听不清楚，我明白这不是拉菲酒的问题，我过去喝过这种酒，它不可能让我变成这个样子，让我变成这样的只可能是药，是他们给我下了药了，什么药？谁下的？是这个童混蛋还是那个简谦延？姓童的把我在床上放好之后，去了卫生间，我再次想到要跑，却依然是挪不动身子。他从卫生间出来后，先是站到床边含笑看了我一霎，然后就动手来脱我的衣裳。我惊恐地想要躲开他的手，可哪有力量躲闪？身子好像根本不听我的指挥，我感觉到他一颗一颗解开了我的衣扣，解开了我的乳罩，我只能用目光去向他哀求，但他根本不理会，他只是欢喜地看着我的身子在他的手下一点一点裸露出来。当我的全身全部裸露在他的眼前之后，他忽然弯下头来噙住了我的乳头，我痛苦地闭上了眼睛，我心里恨死了这个王八蛋，这是我第一次在男人面前裸露身子，我恨不得抓一块砖头砸烂他的脑袋，可我只能眼看着他噙罢这个乳头又噙那个乳头，一条舌头在我的胸脯上像狗一样乱舔。大概是因为给我吃了药的缘故，我的身子原本就燥热无比，经他在我胸脯上的这一番折腾，我觉得浑身火烧火燎地难受。我用牙狠咬着自己的舌头，想用疼痛去抑制住这种难受。这个时候，那个混蛋又开始去吻我的下腹，我绝望地想把头撞到床头柜上，撞死作罢，我不能受这种侮辱！可我连这点力气也没有，只能再一次眼睁睁地看着他的舌头在我的腹部乱舔，看着他的两道目光和两只手像冰凉的蛇一样爬行在我身体的所有部位，我只能屈辱而无奈地闭上眼睛。我知道最坏的结局很快就会来到，果然，大约十几分钟后，他开始脱他自己的衣服，然后爬上床，淫笑着掰开了我的双腿……

在他对我施暴的全过程里，我始终在无声地流泪，这个混蛋看见我流泪后，笑着来亲我的眼睛，还用舌头来舔我的泪水，我什么都不能做，只能去承受他对我所做的一切……

那一刻，我才明白简谦延让我当模特队长和公关部主任的真正用心。我后悔极了，我是一步一步走进了他预先给我设好的陷阱，我真蠢呀……

不知道在什么时候，我在锥心的痛苦中沉入了昏睡。当我再次睁开眼睛的时候，发现天已经亮了，而姓童的仍裸身睡在我的旁边。我试着动了动手脚，好，我的肢体恢复了活动能力。我做的第一个动作就是举起拳头，狠狠地朝他的脸颊砸去，可惜，大约是因为药力尚未完全退去，我打出去的拳头毫无力气，只起到了把他碰醒的作用。他睁开眼见是我，一点也没有在乎我满眼的愤怒，而是翻身就抱住我说：嗨，小韵韵，我一点也没想到你是真正的处女。从今以后，你就是我的小宝贝了！他边说边一下子掀开了我们身上的被子，让我看床单上留下的鲜红的印迹。我这时用头朝他猛地撞去，期望能将他一下撞死，可仅仅是碰了一下他的胸部。他没有着恼，而是呵呵笑着抱紧了我，我奋力反抗，他极力抱紧我，我俩在床上翻来滚去，最终，我恢复过来的体力又被消耗净尽，他再一次控制了我，并再一次强行进入了我的身体，我能做的就是死死咬住他的肩头，他疼得叫了起来，但没有住手，只是更加疯狂地撞击我的身体。鬼使神差，尽管我心里对他充满仇恨，可他的撞击竟然让我的身体有了一种从来没有过的奇怪的近似好受的感觉，我恨起了自己，不知道是什么时候放弃了对他肩头的死咬……

当他再次松开我的时候，他说：小韵韵，我真心地喜欢你！现在摆在你面前的有两条路：一条，从今往后高高兴兴地跟我在一起，我虽然不能同你结婚，给你妻子的地位，但我保证你能过上最美好的生活，你的父母也能得到最好的照顾；另一条路，哭哭啼啼地去找你们简总闹，抗议昨晚发生的事情，最后回到你父母所在的街道去给人家继续打工挣点小钱，再去过你父母一直在过的苦日子，而你的身体，是不可能再恢复到过去的样子了。究竟何去何从，你来决定，如果定下跟我在一起，你现在就老老实实地起床穿衣洗漱化妆，和我一起下楼去见简总吃早饭，像什么事情也没发生过。

他的话让我冷静了下来。我呆呆地躺在那里，默想着他所说的两条路。继续哭闹？第一条后果是简谦延会生气，现在已经明白，这整件事是他策划的，我若是坏了他和姓童的关系，他必会对我发怒，说不定立即会把我从公司里开除，使我没有了饭碗；第二条后果是这位姓童的会变脸否认对我做的事，在这样一个偏僻的别墅里，我不可能拿走受到侵害的证据，即使我要求体检，最后闹得满城风雨，这位姓童的也不见得会付出什么代价。连神通广大的简谦延都怕他，他必定是一个极有势力的人物。再说，哭闹到底，我也恢复不了女儿身了，亏已经吃过了，无可挽回了。要怪只能怪自己对简谦延太信任了，怪自己瞎了眼睛。也罢，就咬咬牙把眼泪咽进肚里，吃一次哑巴亏吧！……

想到最后，我只能咬咬牙坐起身，去穿姓童的昨晚为我脱下的衣服，然后去卫生间洗漱。姓童的看见我做出了决定，在我洗漱完后过来一把将我搂到怀里高兴地说：韵韵果然是个懂事的姑娘，从今往后，你就是我的人了，我会对你负责的！我忍住反感努力对他一笑，生生算把对他的恨意咽下去了。

那天早上我和姓童的出现在餐厅里时，简谦延欢喜地迎过来为我俩拉好椅子，就好像我的身份一下子改变了一样。他俩的早饭吃得很快乐，欢声笑语的，我也努力在脸上浮出笑容，尽管我的心在流血。

早饭后，趁着姓童的去卫生间的当儿，简谦延微声对我说：我没看错你，我昨晚给你的那张卡上的100万元是你的了！你要紧紧抓住他，让他迷上你，离不开你！你的命运会因此变得越来越好的！我今天回清河省城，你就在这儿住下，他啥时候来，你就陪好他。记住，过个十天半月，找一个他最高兴的时刻，把这份材料给他，就说临来京时公司一些员工委托你带来的，让他一定看看！他说着把一个信封塞进了我的手袋里……

简谦延走后，姓童的又迫不及待地把我拉上了楼，扯进了卧室,先是抱起我在那儿摇晃,然后就把我扔到了床上,急急地来解我的衣服,又像昨晚那样做他想做的那些事。昨晚我是无力反抗,现在我是放弃反抗,我欲哭无泪,任他去疯狂尽兴。

在他完事后睡死过去,我才拿出简谦延交给我的那封信去看,原来那是一份举报材料,材料上的标题是:省长欧阳万彤又庸又贪,清河近亿百姓苦不堪言。材料最后的签名是我们服装公司的十几名员工,那些人我大都认识,平日都是些不问政事的人,欧阳万彤又与他们相隔十万八千里,根本不可能有利害冲突。他们为何联名来举报省长欧阳万彤?一定是简谦延炮制的这份材料。我当时可没心情去细读那份材料,更不想去关心欧阳万彤的什么事情,我只想找个机会把材料交给姓童的,把简谦延交代的这件事完成就行。

星期一早晨姓童的被司机送回了城里。他临走前嘱咐我好好在这儿休息,把身体养好,等着他找时间再来看我;然后把厨师和保洁工叫到面前,交代他们把我照顾好,若我出了一点问题,他就要追究他们的责任……

仅仅三天后,他就又打电话让司机去接了他来。我当然知道他来是要干啥。在那个晚上,当他又急不可耐地要解我的衣服扣子时,我推开他的手说:你先等等,我有一件事要麻烦你,我临来北京时,我们公司的一帮员工托我把一封举报的材料带来,要我交给有关领导,我在北京哪认识什么领导,你能不能替我转转这封信?他因为急着要上我的身子,忙说:快拿来呀!我从手袋里掏出那份材料给他,他翻着看了一阵,说:这材料你给我算是给对了,我保准会把欧阳万彤的劣迹向有关领导报告清楚。这个欧阳万彤给我的印象也不好,我有个哥们儿想请他帮忙弄一点建设高速公路的标段,他嘴上答应得很好，背后又玩手段，把我的那个哥们都捉弄了。你想想，欧阳万彤都敢跟我的哥们儿玩手段，这人能地道？你告诉托你交材料的那些员工们放心，这份材料交给我就行了，我保证会让他喝一壶的……

第二天，我打电话把这些情况给简谦延说了，简谦延非常高兴，连连夸我办得好，并说过些天他会再来北京，要同姓童的再谈谈欧阳万彤的事。

我与姓童的有了这层关系之后，应该说他对我还真是不错，不断地给我买首饰、衣服和用品，我在别墅所住的房间里很快堆满了各种名牌产品，从戴的、穿的、用的、玩的、吃的到喝的，我过去从来没听说过的好东西，源源不断地被姓童的派人送了来。我看出他是真心喜欢我，对我用的是真情，原先对他的那股恨意就慢慢消掉了。恨意没有了，像我这样还没有真正爱过男人的人，就渐渐对他生出了一点爱意。有了爱意，对他也便温柔多了。我明显地感到，有了这份柔情，他对我更加满意了，对我的迷醉也更深了。在一次欢爱过后，他对我喃喃道：韵韵，实话给你说，我过过手的女人很多，但像你这样冰清玉洁又浑身充满暖意的，还没有碰到过。你是第一个把初夜给了我的女人，我会珍惜你……

也是从此之后，我开始真心诚意地叫他童哥了。

我只能这样了，除此之外我还能怎么办？

那天审判我时我听见几个女人在低声骂我，她们为何不想想，我到了这个地步还能怎么办？

简谦延是在几乎一个月之后才来的。他来的当晚，童哥也应约来了。我让厨师做了一桌子酒菜，我服侍童哥和他喝酒，我自我感觉，我的身份有点像女主人了。就是在这晚的酒桌上，我听见简谦延说：童兄呀，有件事我斗胆给你做个汇报，我们清河的省长欧阳万彤可是个整人的主呀，动不动就让纪委查人，查完这个查那个，把不少官员和企业家整得生不如死，根本不考虑别人的死活，这人要是再掌握更大的权力，那绝对是我们省和国家的祸害呐！童哥笑道：看来谦延兄也在忧国忧民哩。前不久，韵韵也给我递了一份你们公司十几个员工写的材料，反映欧阳万彤的各种问题。我过去也听我的一些朋友说过他耍滑头不办事不可信不可靠，放心吧，我虽无一官半职，但你们正义的声音，我一定会让上层领导知道，这样的人，用他何益？撤他何惜？……

简谦延这次临走前，又悄悄告诉我说，公司打算在清河省城近郊建一个高尔夫球场，在球场周围再建50栋别墅另加一座五星级酒店，他已写好了报告，但欧阳万彤省长坚决不批，嘱咐我在童哥最高兴的时候，把报告给他看看，请他在北京给协调协调。若协调成功，给他的回报不会少了，可以给他说明，我简谦延从不是忘恩负义之人，他想要占股份了，给他五分之一；他如果担心占股麻烦，想当即要现钱了，五千万一次给他也行。说罢，就把报告塞给了我。

我不知道这样的事办起来究竟有多难，也不知道童哥能不能办成这事，但简谦延既然给了我100万，既然让我当他的公关部长，我得把他的报告转交了。于是在下一个周末童哥来别墅与我欢爱前，我挡住他解我腰带的手说：简总快递来了一份材料，让我交给你看看。他照样急吼吼地催：快拿过来呀！我把报告给他，他翻了一遍后低声道：这种事难度很大，简谦延给我出难题了。我见状急忙把简谦延的回报方法说了，童哥一听，皱起的眉头慢慢舒展开来，说：好吧，看在他把这世界上最好的女人送给了我，我就把他这个心愿圆了。说罢，便把我拉进了他的怀里……

也就二十来天之后,童哥告诉我简谦延让办的那件事办妥了,要我打电话让简谦延来一趟。我很吃惊,这么大的事他这么短的时间内就办成了?! 简谦延接到我报喜的电话后也很惊奇:这样快? 好,润韵,这是你的功劳,我会记住的!

简谦延第二天傍晚赶来了,进到别墅先是给童哥深深鞠了一躬,然后一连声地向童哥道谢:太感谢你了,你帮我这么大的忙,简谦延此生不会忘记你的恩德! 这个项目,原本压在欧阳万彤那个杂种手里,说我侵占耕地一直不批,没想到被你救活了,谢谢谢谢! 童哥一直坐在沙发上,连身子都没站起来,听简谦延说完后,淡淡一笑说:我不要你的什么股份,我就要点现钱能让我以后吃饱饭就行。

简谦延听罢一笑道:我带来了。说着从衣兜里掏出了两张银行卡,这两张工商银行的银联卡上各是 2500 万,一共 5000 万整,密码是兄的出生年月日,你明天就可以去银行提现或转存。

童哥这时又叹口气说:唉,我吃饭的问题你解决了,好,小弟无忧了。可韵韵的境况有点可怜,一直借住在你的房子里,能不能也帮帮她把住的难题解决了?

我闻言急忙插嘴说:我不需要,我住在这儿挺好的。我不想让简谦延觉得我是在通过童哥逼他给我回报。

没想到简谦延又是一笑说:这好办! 这栋别墅我正想出手哩,明天我把产权转到润韵名下不就行了? 你是在这儿和润韵过的蜜月,还是在这儿长住好! 产权转让的事明天上午我就和润韵一起去办。

我当时惊异无比,这么好的别墅怎能就归我了?!

第二天上午,简谦延果然要拉我进城去办房产过户手续,我不知道他内心是怎么想的,我怎么敢去? 正推托着,姓童的开口道:韵韵,你知道我给简大老板办批的那个项目能赚多少个亿吗?他送你个芝麻你还跟他客气?去吧!他这一催,我只得和简总去了。在车上,简谦延给我说:这套房子是你应得的,你帮我把这样大的一件事办妥,我怎么能不给你回报?记住,今后要继续抓紧姓童的,我们还有很多事要求他帮忙呐,他是我们的财神爷呀……

当我拿到那套别墅的产权证,看着上边我的名字时,心上原来对简谦延所存的气恨也就彻底消失了。我一个普通工人的女儿,在北京城能有这样大的一套别墅,能存上 100 万元的钱,能拿那么高的工资,也真可以了。当然,我付出了,是简谦延变着法子逼我付出了,可这世界上,有不付出就可以得到的东西吗?

我知足了。

当天晚上,童哥看了我的房产证后,才把简谦延那个项目的正式批文交给了他。童哥当时对简谦延说:你小子从这个项目里至少可以赚十个亿,要不是看在韵韵的面子上,我是真舍不得给你哩!……

这之后,简谦延又让我找童哥办了好多事。我到今天还觉得童哥这人虽然好色,但他心地善良,乐于助人,说话算话。他的毛病是有些浪荡,好玩,交友太随便,不会辨别与他交往的人。我觉得他对我用的是真情,他是真喜欢我。我知道他过去有好多女人,这从找他的电话中就能听明白,但与我相识后,都陆续断了与那些女人的联系。他后来让我办了个公司,用的就是简谦延给他的那 5000 万。

那个公司叫韵美文化传播公司,是童哥起的名字,用了我名字中的一个字。童哥说,我的韵韵长得美,公司就叫韵美吧。

我对童哥说，我从来没办过公司，更别说办文化传播公司了，怎么来让这个公司开张呢？

童哥说，你只管放心，公司的成立和运营都不用你去忙，你只需每周去你的办公室坐坐就行。说罢，就见他打了几个电话。一周后，他领我去了北京东三环的一栋写字楼里，在28楼，我看见了一排五间办公室的门上都用红漆喷着一行字：韵美文化传播公司。他指着中间最大的那间房子说：这就是你的办公室。

我惊喜地走进去。屋里有沙发，有宽大的老板桌，有电话，有电脑，有一个五十多岁的女子坐在屋角的一张小桌前。童哥给我介绍道：这位陈姐是你的秘书，她负责处理公司的日常事务。然后向陈姐介绍我：她就是公司总裁丰润韵，她平日很忙，每周只能来这里一次……

你说我除了感激童哥还能说什么？

但简谦延这个人心机太深了，我不知道你跟他接没接触过，你要跟他接触，一定要加倍小心，小心他算计你。童哥对他多好呀，给他办了那么多的事，帮他摆平了那么多的麻烦，帮他除掉了那么多的对手，可他怎么对童哥的？他竟然把童哥在别墅里的所有举动都录了像，包括和我在一起的。我俩赤身裸体的录像他都有呐，这个混蛋！我和童哥都没想到，他在别墅的各个地方都安了微型摄像头，他安排的那个司机就操控着录像装置，他对我们是全程录像啊。童哥出事被抓后，他就凭着那些录像资料，证明了自己是被童哥敲诈的，是童哥索贿，他没有任何责任，如今，我和童哥都在监狱里，他倒逍遥法外，继续吃香的喝辣的，不公平呀！

我和童哥事后才知道，他在投靠童哥的同时，还投靠有别的大人物。

你这个写文章的,能不能为我和童哥呼吁呼吁,我们冤枉呀……

冤枉呀!

24. 康仁食品集团公司总裁宫和先：

欧阳万彤省长当省委副书记的时候我就熟悉。那一年我的公司因为资金链断裂濒临倒闭，所有的银行都对我关上了门，拒绝向我贷款，最后是他帮了我，让我起死回生。当时，为了贷到钱，我四处求爷爷告奶奶，寻关系找门子，可没有一家银行愿意贷款救我。那阵子我才知道，世界上最势利的人是银行家，你发达的时候，他们热情上门，唯恐你不贷他的款；当你遇到困境的时候，他唯恐离你不远，就怕你来贷他的钱，怕你贷款不还，增加他的坏账。眼见厂子停产债主上门，绝望之中，我已做好了自杀的各样准备。这当儿，正上大学二年级的女儿听说了家里的情况，从学校回来了。我不知她是不是发现了我要自杀的征兆，反正她一反平日不愿出面见生人的习惯，主动跟我说：爸，我学的是金融，福商银行的行长去我们学校讲课时，我认识了他，让我去他的银行里试试。我苦笑了一下，心想，我出面都不行，你一个小丫头还能贷来钱？但是她坚持去了，我自然没抱希望，仍抓紧处理自杀前必须处理的事情。没想到她午饭前回来说：爸，行了，福商银行的行长同意贷给咱钱了，下午就让我去拿批件。我先是一惊又是一喜，看来真是没白送女儿去学金融，她竟然能说动福商银行的行长，那可是一个铁石心肠的人，我当初去求他时就差没下跪了，可他到了也只给我一句话：不行，我不能再添坏账，我不能拿我的乌纱帽去冒险……

午饭后，女儿出门去拿批件时，我忽然又对这事生了怀疑，觉得那位行长没有善心，不太可能这样快就转变态度，于是就开车跟在女儿身后想去看个究竟。结果就发现女儿不是去福商银行的办公楼，而是去往一个小区的一栋楼里，这更让我起疑了，我后来发现女儿站在六楼一个房间的门口，她敲了门后，是那个行长出门亲热地把她拉进了屋，我一下子明白了事情的前因后果，气得眼睛都充血了。我上楼拼力撞开那扇门时，那个杂种行长正在脱我女儿的衣服，我气得"嗷"一声冲过去，将他按到地上没命地捶他，直捶得他像被杀的猪那样嗷嗷叫……

捶完那个行长后，我回到办公室开始给女儿写遗书，我想告诉她爸爸爱她，爸爸懂她想救企业的那份苦心，爸爸希望她好好活下去并照顾好妈妈……

未料到就在我写遗书的这个下午，欧阳万彤副书记视察我的企业所在的工业园区。有关部门安排他这天视察的企业并没有我们康仁，因为我的企业已经要垮台了，但他从我们康仁公司门前经过时，听说我是一家即将倒闭的民营企业，便让车停下径直走了进来。当我的办公室主任告诉我省委副书记来了时，我刚把遗嘱写好。我把遗嘱叠好揣进衣袋，不慌不忙地下去迎接他，心想，反正是个死，早一会儿晚一会儿都行，送走书记后再跳楼也不迟，不就几分钟就可以跳下来了嘛！没想到万彤副书记问清了企业所陷的困境后，当即转向随他视察的省工商银行的行长说：这家民营企业经营的是食品，是粮食深加工企业，是我们这个粮食主产省特别需要扶持的公司，它陷入困境不是因为原料不足，也不是产品无销路，而是扩张太快急于求成，怎么样，你出手救一救?！把你们给房地产公司的贷款匀一点给康仁，我们省的经济发展不能只靠房地产，如果需要担保的话，让省属大企业来做，行吧？那行长一听省长这样说，急忙表态说：好，我们马上来办。我当时可真是喜出望外，天呐，救星来了！我当即决定不死了，活下来再搏它一搏，我一定争取翻过身来……

仅仅一年后，我的企业就起死回生了；三年后，我们有了很大发展；如今，在清河省的所有食品企业里，说句不客气的话，我已是龙头老大，真正是日进斗金哩。我现在的产品，除了供应国内市场外，还远销欧美和非洲的许多国家。我和我的企业能有今天，全靠欧阳万彤的挽救和支持。看见了吗？那个镜框里镶挂的，就是我原来写的那份遗书，我把它挂在那儿的目的，就是想让自己记住以往管理企业的教训，记住谁是我的救命恩人。

也是因此，我对欧阳省长有一种特殊的感情。如果不是他来视察，哪有今天的康仁集团？哪还有我这个人？他在世时，我常去看他，每次去看他，我都想带点礼物以表达感谢之意，但他给我规定，价钱不能超过500块。你想，这年头，500块钱能买个啥？没法子，我就只能给他带点公司里的新产品：用小麦粉做的几样饼干啦，用粗粮做的几样点心啦，用玉米做的木糖醇啦，用小米做的黄酒啦，用葵花籽做的食油啦。到了他那里，他总要留下吃饭，让保姆做一桌子菜，花销有时比我送的礼物还要值钱些。

感恩的心意一直没有表达出来，我很着急。有一年春节，我也学别的老板的做法，在一个大饼干桶里装了一对用1000克纯金做的鹿，鹿衔福嘛，也算是送一份吉利吧。没想到大年初一的上午，他又让他的司机把那个饼干桶和桶里的金鹿送回来了。司机转述了他的话：不是我不想要，是不敢要，我家已经有人进了监狱，你不是也想把我送进监狱吧？这话说得让我无地自容，从那以后，我再也不敢给他送重礼了！

就在他退休半年前的一个下午，他突然亲自给我打了一个电话，说：和先，我有点急事找你求助！我当时非常开心：我终于有了一个回报他的机会了。我说，没问题，需要我做什么，你尽管说！他说：我们有一个攻关项目，需要100万元，你先借给我，我打借条。我说：没问题，我现在就给你送去。放下电话，我立刻让财务给我了一张存有100万元的卡，然后坐车向省政府赶去。平日我们联系，都是通过他的秘书，他亲自打电话，这还是第一次，我意识到必定是有特别紧急的事。郑秘书在楼下迎接我，进到他的办公室我看到的第一个场景，是他把电话听筒摔到了话机上。

他满面怒容地站起身。

我没敢开口说话。

他在办公桌后来回走了两趟，好像在平复胸中的怒气。

之后才转向我说：和先，谢谢你跑了一趟，现在不需要钱了，我们绝不下跪，绝不跟这帮混蛋打交道！我不信这个国家就成他们的了！

我不知道他指的是谁。

更不知道他为何发这样大的火。

我只是觉得惊奇:省长竟也会发火说粗话!

我把卡又拿了回去。

这是他唯一一次向我求助,但中途又取消,直到他去世,我都再没遇到回报他的机会……

我心里难受呀……

25. 清河汽车制造厂装配工赖传东：

你问我拦车的事？我是拦过欧阳万彤省长的座车，你不是来追责的吧？不是就好，你要真是来追责的我要跟你辩论辩论！我不怕球你们！我他娘的就是一个普通工人，就因为拦过省长的一次座车你们能把我杀了?！你知道我为何要拦省长的车吗？因为我的儿子在省城里上不了初中。我来省城已经六年了，被汽车厂招聘干了四年工人，可你们还是叫我农民工，还是只给我暂住证，还是不许我的孩子在你们城里的学校上学。我们农民出身的人永远被你们轻看，永远都是人下人，这是什么天理？往前追上几代，你们他娘的有几家住在城市？不都是农民吗？就因为你们早几代进入城市，就这样轻看俺们？装什么牛逼？

我当然信访过，可那些信不知转到了哪里，根本没有回音。我也去上访过，我去过信访局，可那儿有各地市的警察和政府的人守着，一问清你是哪个地方的人，就会强行把你塞进车里拉走，说你破坏稳定，根本不听你的哭诉。没有办法，我只有选择去拦省长的车了，不然，我能眼睁睁看着我儿子上不了学吗？

我儿子的小学课程是在俺们农民工自己筹资办的学校里读的，想着初中总该叫俺们上了吧，没想到还是不行。国家明文规定所有的孩子都可以读完初中，偏偏俺们农民工的儿女上不了初中，这公平吗？得求人？你以为我没求过人吗？从市里的教委到区里的教委，从街道上的领导到中学里的校长，俺们十几个家长都去求过，没球用！那些人一个个牛得要命，给俺们看各种文件，给俺们说各种规定，说到最后就是一个意思：你们农民工的孩子无权在城里上学。送礼？你以为我不知道送礼吗？我准备了两万块钱现金，包在一张报纸里。你知道两万块钱对我意味着什么吗？意味着我四个月的活算白干了，四个月的班白上了，意味着俺们家今年别想再买水果和青菜了，就吃咸菜吧。我那天就拿着这个报纸包进了离我租住的地方最近的一个中学里，进到了主管招生的那个副校长办公室里。我向他讲了我的工作和我孩子的情况，我求他收下我的孩子，我边说边把那个包了钱的纸包放到了他的手边，他把纸包又朝我推过来，我以为他是客气，不好意思收，于是就按俺农村人的礼让规矩，强行拉开他写字台下一侧的柜门，想把钱放进去，未料柜门拉开后我发现，那柜子里放的全是钱，一沓一沓，一扎一扎。我一下子明白我拿这两万块钱人家是看不上眼的。那位副校长见我强行拉开他的柜门，非常生气地朝我吼了一句：你想干什么？我意识到自己触到了人家最隐秘的地方，忙把柜门关上说着：对不住，对不住。我退出他的房门后明白，我的孩子是上不了这所中学了。就是在这个时候,我听说省长欧阳万彤要来我们厂里视察,奶奶的,我当时就在心里想:这是一个机会,我得拼死一搏,为我儿子争取一个上学的机会。我于是想尽一切办法,打听到了省长来视察的时间,我然后就在俺们厂的大门口里边转悠,当我看见有三辆车朝厂门口开过来时,我估计省长应该坐在中间那辆车上,于是不顾一切地向那辆车前扑去,扑到车前我就爬到了车前盖上喊:省长,你得管管教育局那帮不为农民工办事的人呀!省长的司机反应很快,急忙刹车,车一下子停住,险些把我甩倒在地上。几个警察大概以为我想暗害省长,“呼啦”冲上来把我死死按在了车盖上。我急忙喊:我是为我孩子上学的事来找省长的,我不会伤害任何人,你们不能抓我!大概是我这声喊起了作用,我听见车门一响,万彤省长走下了车。我在电视上和报纸上见过他,认得他,他来到车前,挥手示意警察们放开我,然后上前扶住我的一只胳膊问:你说你有什么事找我?

我于是含着眼泪把我孩子不能上学的事说了一遍,我知道他事情多,时间宝贵,不敢啰唆,说完就问:省长,你说我们农民工的孩子能不能上学?

省长用两只手抚着我的肩膀说:当然能上,这件事我马上让人去办!迫使你用这种办法来反映情况,是我的失职。我对不起你!你叫什么名字?赖传东,我记住了;你就是在这个厂里工作?好,你放心去工作吧,剩下的事我会去办的。

我没想到他说话这样诚恳、实在,我朝他鞠了一躬,就离开了。

那件事过去的第三天,我就接到了区教育局的通知,让我当天就带着孩子去一所初中办理入学手续。第五天,省报上就登出了一则消息:全省所有农民工的孩子,都可以在父母打工的城市就近读小学、初中。

我高兴呀！厂里很多和我一样的农民工高兴得把我抬起来向半空里抛，他们也高兴呐！

我的目的达到了。不过我们厂里的领导和附近派出所的警察还会时不时地训我几句，说我是个胆大包天的家伙，担心我早晚还会给他们惹祸。也是因此，我今天担心你是来找我麻烦的……

这个事过去之后，我就在想，为什么这样一桩小事，都需要我用这个办法去找省长？为何不能把孩子上学的事变成一项法律？倘若有了法律，任何人不让孩子上学就都是违法，我们都可以去法院告他，那不就简单了？……

26. 清河省委副书记秦成康：

我听我的秘书说你一直缠着他，还到省委办公厅去反复要求，非要让他们安排我与你见面不可，为何这样强人所难？为何这样不讲道理？就因为你是一个作家？就因为你要为欧阳万彤写传记？作家我见得多了，有什么了不起？你们写的那些小说那些文章有几个人看？别自视甚高！告诉你，我就从来不看！不读小说、不读散文、不读诗歌我就不能治省理政了？没有作家，大家照样过日子！还有，作家不是属文联管吗？告诉你，清河省文联就属我管。你要是在清河，我可以做到让你向东，你不敢向西！你信吗？你信就行了。说吧，你想从我这里听哪些关于欧阳万彤的好话？不是这个意思？那你是什么意思？

我明确告诉你，对欧阳万彤我没有好感！当然，他已经死了，我在他死后这样说有失厚道。可我不想再隐瞒我的观点！

再说，他生前对我也从来没有厚道过。今天既然说开了头，那我就讲讲他这些年是怎么对我的，我也冒冒心里的气。当年，我和他同在天全市委组织部工作时，都还年轻，他当科长，我当副科长。科里后来进了个漂亮姑娘，那姑娘和我一个办公室，我俩自然接触就多些，说话随便些，后来那姑娘的男朋友吃起了醋，就闯进办公室骂了我，还对我动了手，这事你科长应该管吧？应该替我撑腰出气吧？可他竟然要求我注意影响，还把我和那姑娘分开了办公，这就在机关里造成了我和那姑娘真有私情的影响，这不是害我吗？后来，他提升了，空出的科长位置应该是我吧？我跟着他当了几年的副科长，没有功劳也有苦劳，可当部长征求他的意见时，他竟然推荐别人来当科长。你说他还有人情味吗？再后来他当天全市副市长，我在下边当县委书记。他到我那个县里检查工作时，不看我的成绩，专挑毛病，我好不容易引来一笔资金办了个大型造纸厂，他说厂里排出的水污染土地，坚决反对，结果把那个带着大笔资金的企业家生生吓走了。他当天全市长时，我当了市委秘书长，有一次省委书记的侄子带着媳妇来天全想找一块土地搞房地产开发，我安排市委书记和他一起请那小两口吃饭，他不高兴，在饭桌上一直黑着一张脸，自始至终不回应人家的要求，弄得我非常尴尬。饭后我问他为何对人家这样不客气，他说，这些人都是为了卖批文，根本不是正经的开发商。把我气得呀，大骂他一顿的心都有。我也是从有利于天全今后的工作出发呀！你摆什么谱？

他老婆出事后，他老实了一段时间。不过复出之后，尤其是到省里工作之后，就开始找企业家的毛病。今天说这个企业家污染水体，明天说那个企业家行贿，后天说另一个是黑社会，好像企业家里没好人了，这怎么行？你一方领导，不让企业兴盛你这个地方怎么能富起来？我觉得他就是有些偏执，人格不健全。

你问谁？简谦延？我不熟悉。全省这么多的商人，我不可能都认识。

他整完企业家之后，又开始收拾公务员，今天说这个局长贪污，明天说那个厅长受贿，后天说另一个市长堕落，一会儿批准双规这位，一会儿要调查那位，一会儿免这个的职，一会儿又换那个的位，总之，弄得洪洞县里没好人，收一盒月饼都可能受处分，用公款吃一回酒席都可能遭通报，用一次公车就可能被停职，一个又一个官员被整倒，一个又一个官员被吓坏，使得官员们人人自危，惶惶不可终日。有的被吓得患了抑郁病，整夜睡不着觉；有的被吓跑到外省、外国失去了联系；有的被吓得上吊，跳楼，服毒药，真可谓官不聊生呀！本来当官是一件比较舒服的事，现在好了，成了一个只能奉献没有回报的苦差事，你说这样下去，将来谁还会去当官？一个社会里，倘是大家都不愿去当官，那这个社会谁去管理？还不得乱套了？那不成无政府社会了？

这是生生要把我们省的官员队伍搞乱呀！

这是生生要搞无政府主义呀！

典型的哗众取宠！

你一个省长，让你的下级都不敢办事、都不想办事、都不愿办事算你有本领？说到底，欧阳万彤是想在社会上博取一个反腐和清官的名声，想说他执政的时期是清河的新政时期，是万彤之治，是开明盛世，想在历史上留一笔。可惜他不是皇帝，只是一个省长，弄得再花哨，史书也不会记载他的事迹！到头来，使得官员们怨声载道，谁也不说他的好！话语权在谁手里，还不是在各级官员手里？官员们不说你好，甚至恨你到咬牙切齿的地步，你能好到哪里去？官员们口口相传的力量那可是巨大的，我敢说，他死了以后，要不了几年，就会变成清河政界史上的一堆臭狗屎！你要不信，咱们走着瞧！

一堆臭狗屎！

我和他有什么过节恩怨？说无，就无。我和他只是执政理念不一样，他想要人人自危，我想要和和睦睦；他想要清汤寡水，我想要有福同享；他想要鸡飞狗跳，我想要安安宁宁。说有，也有。我的女婿，一个很有前途的小伙子，已经当到了省城财政局的副局长，可欧阳万彤竟然以嫖娼和受贿的罪名把他抓进了监狱，可怜我的小外孙女，才7岁，就见不到了父亲，整天哭着要找爸爸。我事后听说，说我的女婿嫖娼，而且是在他舅舅的房子里嫖，这说不过去。哪个男人也不会专门跑到他舅舅的家里嫖娼，这不是明白着要找骂嘛！他这明显是要栽赃！

我女儿也是省政府里的一个处长，每天只能以泪洗面。就这他还嫌不够，说是在她家的杂物间里发现了一个别人送来的大纸箱，里边装着八十万块现金，断定我女儿也受贿。我女儿再三讲明，对方只说送她一点铁棍山药，所以她就收下了，可因为忙一直没有想起去打开。但欧阳万彤不听这辩解，在退休前又亲自批准对我的女儿实行了双规。我就这一个女儿呀！就为一箱伪装的铁棍山药呀！钱我女儿并没有拿出来花呀?！她没有贪呀！他这不是要赶尽杀绝嘛！……

整人的人都没有好下场，这是被历史反复证明的真理。他这不是不得好死了吗?！现在的男人一般都能活到八十岁，可他却只活了六十九岁，老天见他在人间作恶，就提前收走了他！不能让这样的人长寿啊！老天爷有眼！

报应啊！

你想在我这儿听关于他的好话，关于他的伟大事迹，关于他的颂歌，我明确告诉你，没有！我能给你说的，就这些了。你肯定不满意，肯定很失望，肯定很生气，那也没办法，是你自找的！钟秘书，来，送客！

27. 妻子常小韫（第二次采访）：

我听说你采访了不少人，素材收集了不少，辛苦你了。如果你觉得可以动笔写，就开始写吧，不知你今天见我有什么事？当然可以直接说嘛。你问我还有什么要说的？没有了，该说的上次见面都说了。关于感情的？你什么意思？关于什么感情？你不该提出这样的问题！你想听？你想听我就应该说吗？好吧，好吧，你不必这样，请把定金收起来，我不希望你退出。我相信你能把他的传记写好，我们不会再换人。如果你一定想弄明白我和欧阳万彤的感情真相，那么我就告诉你，现在再隐瞒此事也没有什么意思。

我直白地说：我和欧阳万彤结婚不是因为我爱他。我没有爱过他，直到今天，我花钱请你给他写传记，也不是因为爱他，我对他只是出于同情！你没有表现出吃惊，这么说，你经过这么多天的采访，你是看明白了。也许，是有人给你说了什么？

他当初愿意和我结婚，可能是真爱我，我年轻，又长得还算漂亮，加上不愿当官，这符合他对自己夫人的要求，所以他就向我示爱，向我表示了娶我为妻的意思。而我，所以会接受他的示爱和结婚要求，是因为我在生活中已经看明白了一个重要问题：由于中国官本位文化长期持续的影响，由于中国评价一个男人价值的全部标准，就是看其官位高低，由于中国把所有的生活资源都交给当官的来掌握和分配，所以，女人在中国要想找到一个真正不愿当官的男人，其实很难，甚至没有。如果我再婚，找到的还是一个愿当官的男人，我就不得不继续和他一起为升官的事操心，与其那样，还不如我干脆找一个大官当丈夫，从此不用为当官的事烦恼，而且，我一下子就站到了食物链的上游，在所有的生活资源分配上不用担心吃亏。

这就是我虽然不爱欧阳万彤，但答应和他结婚的理由。你既然想问真实情况，那我就直率地说出来。

事情的真相都不好看！

你问他明不明白？不知道。我从未让他感觉到我不爱他，他想从一个妻子身上要的东西，我都会给他。

再说，像我这样经历过婚姻失败的人，谈爱已经很困难了，我差不多已把男人看透，但凡看透了的东西，都很难再对其生出感情，我已经很难再爱别的男人了。何况，咱们中国的婚姻，真正因为爱而不是因为算计和利益的，能有多大的比例？

和他结婚以后，我发现我的选择无比正确。当一个大官夫人的好处实在太多：第一，你再不用为自己在工作单位的处境操心，所有糟糕的事，都不会让你摊上。所有的好事，都会有你的一份。工资的提升、奖金的发放、实物的分配、休假、出国访问、评优评功、职务的晋升等等，你的单位领导都给你想好了。他们唯恐你不满意，都愿意和你结交，所有的单位领导都愿当你的朋友。第二，再不用为家庭生活琐事操心。吃的、喝的、用的，秘书都会为你考虑周全，做饭有保姆，买东西有司机，打扫卫生有公务员，你只管操心买衣服、配首饰、做美容这类事，一句话，享受生活就行。第三，你的娘家人会得到最好的照顾，老人们的住房，兄妹们的工作调动和职务晋升，侄子、外甥们的升学、就业，地方官员都会全力相帮。你有时连问都没问，当地的官员就替你想好、办好了，你往往是事后才知道人家帮了忙，那时，你只需向他们说句谢谢就行了。

我是结了婚后才觉得，万彤的前妻想当官实在是太傻，不当官就什么都有了，为何一定要去辛辛苦苦的当官？去操那些闲心？还把自己也搭进去了？不傻吗?!

我就从来没有生出当官的心愿。我满足于我的夫人身份，我满意于我的处境，我后来的工作变动都是组织上给我调整的，我没提出要求，万彤更没插手，组织上说是按惯例办的。

当然，当夫人也有不方便的地方，那就是注视你的人太多，你的一举一动都会有人关注，你不能随便去一些地方，比如足疗店、按摩院；你不能随便与其他的男人开玩笑或在一起吃饭，更不能打情骂俏。

与万彤婚后生活的这些年，我当然也有遗憾。我们的年龄相差有点大了，对许多事情的看法很难统一，比如哪种时装的样子和颜色好，哪种手袋和首饰适宜我，哪种发型和妆容好看，吃什么东西对身体健康有益，晚上几点入睡合适等等，我们大都难统一看法，好在这无关紧要，不必强求统一。再就是在夫妻生活上，与大多数老夫少妻一样，不可能很和谐，但对这一点我一开始就有思想准备，我本来也不是一个欲望强烈的人。何况,事情哪有样样都好,你有所得,自然就有所失。

这些年和万彤朝夕相处生活下来,权力笼罩在他身上的金光自然在我眼里已经消失,他在我面前只是一个手握着权力的男人罢了。没有了距离,我就发现,人当了高官想洁身自好太不容易了。你第一个得面对你的亲戚、朋友、同学的索取压力。他们都想从你身上得到一点东西,不是权力,就是利益,把你当作一个权力批发者和摇钱树,你不给或给得少不合他们的心意,他们就露出不满甚至在背后骂你,你就像一大块红烧肉,哪个亲友同学都想上前咬你一口。那一次,他的一个堂兄叫欧阳万胜的,来到家里,一定要让万彤把他刚从大学毕业的儿子分到省人事厅,万彤告诉他,现在的公务员都是要经过考试的,不经考试谁也不能进到省政府机关。那位堂兄说:谁还不知道一个省长的权力有多大,提一个厅长都只要你一句话,那可是知府级的,把你侄儿安排到省人事厅里还不是你嘴角一撇的事,就看你看不看我这个老面子,帮不帮老哥这个忙了。万彤再三向他说明此事不能办的缘由,不料他最后恼了,对万彤发火道:你 8 岁那年跟我一起下河洗澡,你腿肚抽筋眼看要淹死,我当时也才 11 岁,是我拼了命潜到水底把你救上来,你对你的救命恩人都打官腔,你还有没有良心?! 罢罢罢,你当你的大省长,俺当俺的小百姓,你看不起俺们,俺们也不求你了! 咱们从此谁也不认识谁! ……说罢,摔门就走了,我去拉也拉不回来。那位堂兄走后,万彤双手抱住头在沙发上足足坐了一个多钟头,难受得晚饭都没吃。

第二个你得满足你的一些上级的索取。他们有些人认为,我当初举手同意把你放在这个位置上,你就应该给我办点私事,一旦你办得不合他的心意,他就会变了脸色,开始说你的坏话,想把你从这个位置上撵走。北京那边有个领导,是谁我就不说了，隔一段时间就给万彤打一次电话，交代要把谁谁提升起来。他交代第一个人时，万彤让组织部去考察了一下，说这个人表现还行，就给他办了。没过多久，他又交代了一个，组织部考察后说这人表现很差，万彤觉得不能办，就推托说让组织部门考察考察再说。又过了一段时间，他再次交代把一个人提起来，万彤觉得这不行，就找各种理由拖。北京那位领导大概是收了人家的礼物或是钱，一个劲地催万彤抓紧提。万彤看搪塞不过去，就说这事得上党委会，我一个人说了不算，那领导一听恼了，在电话里大声地训斥：我还用你来告诉我提干部的程序？你跟我也打起了官腔？算了，不找你了！训完，“啪”的一声把话筒砸到了电话机上，我在一旁都听得清清楚楚的。那天，万彤气得脸色铁青，坐在电话机前一动不动，饭都没吃就去上班了。

第三个你得面临同级别官员想交换利益的压力。大家都到这一级了，互相关照点吧，帮我把这件事办了，不费你什么事，你说不定也有求我的时候，你拒绝了他，他就会在别的地方给你颜色看，想办法挤对你。有个邻省的领导，有一天打电话来，说他的弟弟开了一家汽车零部件生产公司，想为清河省的一家汽车生产厂家供货，请万彤给搭个桥。万彤说，他平时从不过问汽车生产厂家的零部件采购之事，很难帮上忙。那位省领导一听，声音当即一变，嘲弄地说：好嘛，万彤省长不插手商界里的事，值得我们学习呀！说完就把电话话筒扔了。后来，在金凤河水资源的分配使用上，因为那个省在上游，清河省找他们商议时他百般刁难，协议一直达不成。万彤亲自打电话他都让秘书回掉，这事把万彤气得在屋里不停地转圈，水杯子都摔了三个。

第四个你得小心一些老板与你的亲密接触。有的老板想利用你手中的权赚钱，而你又替百姓们掌握着能赚钱的资源，于是他们就千方百计地接触你，想要与你建立起亲密的关系，给你送礼，让你舒服，然后向你要求回报，给他可以赚钱的东西。你只要伸手要了他给你的礼物和钱，你不回报，他就会置你于死地。万彤的前妻出事，原因就是这个。假如你油盐不进坚持不要任何人的礼物，他们中也会有人造谣中伤你，想把你从这个位置上赶走。

第五个你得小心那些跑官要官的下属。这些人的官瘾特别大，他们找你接触你的全部目的，就是要个官职，为了这个目的，他们瞅准节日、假日和你家人的生日、喜日给你送东西，啥都会给你送，送钱、送物、送女人。你最后给他官职了，他欢天喜地，他回去就向他的下级和百姓再索要东西和金钱；你最后没给，他们就会变脸骂你、咒你、污蔑你、败坏你，恨不得让你明天就下地狱。

第六个你得小心班子里意见不合者的算计和挤对。用人、用钱、上项目，一个班子里的人不可能都同你一个看法，监督、审计、处置人，一个班子里的人不可能都同你一心，工作上的不同意见时常演化成彼此间的争斗和博弈。这方面的情况他从不在我面前说，但我能从他的神情和心情上感觉到，但凡他回来就打开音响听《百鸟朝凤》，边喝茶边仰坐而听，说明他没遇见与他人的冲突；若他回来往沙发上呆呆一坐，保姆为他打开音响，他虽然也在听《百鸟朝凤》，可心不在焉，那一定是他在班子里与人发生了冲突。我有一次发现他在音乐声中悄悄抹着眼泪，问他怎么了，他一声不吭。我追问秘书，秘书也只说了两个字：背叛！背叛什么？谁背叛？背叛了谁？无人告诉我，我也不便追问。

你说，一个人要活在这样一个环境里，他能活得快活舒心吗？

我渐渐发现我和我的女儿两人活得很好，他却活得很糟！

我心里开始不安。我曾经劝他：既然世风和官场风气已经这样了，你是不是也学着诸事变通一些，顺着风走？须知，水至清则无鱼呀！他叹了一口气，说：也不是不行，可那样我心里同样会很难受，因为对不起自己的良心。而且，那样顺着风走，总有一天，我的下场也会和我的前妻一样……

我听到这话心里一震：我可不想让他出事！他是这个家的支撑者，没有了他，我难道还要再嫁第三个男人？

我于是想要用我的力量去支持他。

我给他的第一个支持是：把我过去背着他收受别人的一些薄礼，变换成钱，退还给送礼的人。我过去收过别人送的一些衣服、首饰和化妆品，再退还那些原物不可能了，我就按市价退给他们钱，而且，让他们都打了收条。

我给他的第二个支持是：绝不再接收新礼品。不收礼不是因为我高尚了，不是我不想收，是因为我害怕了。我明白只要我收礼，别人早晚有一天会找到扳倒他的理由。

我给他的第三个支持是：绝不再通过秘书或其他人悄悄为我娘家人谋取利益。既不谋取官职，也不谋取工程项目。不是因为他们不再需要，而是因为那样做，早晚会连累到万彤的。

我给他的第四个支持是：不再高调做人。不再以夫人身份出席各种活动和宴请，不再对本职工作以外的事情随便发表议论，不再穿名牌服装和佩戴高档饰物。不是我不想出头露面和让别人羡慕，而是怕我的招摇给他惹来祸端。

我虽然不爱他，但我同情他，并想保护他。

因为我已经离不开他，我不想让自己的生活再次破碎，我已经经不起生活的大风浪了。

这些你能听明白?

你还想问一个问题?问吧,问十个都可以!什么?知不知道一个姓阮的?你怎么会有这么多的问题?阮什么?阮若?你从哪里听说了这个人?你应该采访欧阳万彤的事迹,不应该什么人的事情都管。好吧,好吧,请把定金收起来。我不是想要你退出,我只是一时有点生气,我的确没想到你会问到这里。罢,罢,那就无保留地给你说了——

我当然知道阮若,因为他是我的亲叔叔。我应该姓阮而不姓常,常是我养父的姓氏。我叔叔和婶子自杀后,我父亲因精神受到强烈刺激而得了重病,不久也去世了,我母亲远走另嫁之后,住在另一个县的我父亲的一对同学夫妇收养了我和我堂妹。为了我俩能心理健康地成长,我们的养父养母一直没有告诉我们的身世,我俩也一直不知道自己是父母的养女。

直到我大学即将毕业时,养父母才告诉了我和妹妹的身世,才领着我俩去父亲、叔叔和婶子的坟上进行了祭拜。

在我和欧阳万彤结婚前,我当然不知道他与我家的瓜葛,他也根本不知道我是那个阮若的侄女。我是什么时候知道的?是在我俩结婚很长一段时间之后,是在我把母亲也就是我养母接到家里来住之后。

我的养母很早就因为中风不能下床,所以她一直没有来省城我家里住,怕成为我的累赘。我养父去世之后,我才坚决要把她接到我这儿住,以回报她的养育之恩。

我记得很清楚,我把养母接到省城是在一个中午,那天,万彤特意推掉了中午的一个应酬,回来见我养母并陪她吃饭。在那之前,他们从未见过面,我也一直没有告诉养母自己新找的丈夫的名字,她也从未过问。我只告诉她我又找了一个职位不低的官员。养母看见万彤时倒很正常,但在听我介绍了万彤的名字后神色却陡然一变,她的神色变化引起了我的好奇,在万彤去上班之后我向养母追问原因,养母这才告诉我,当年侵犯我婶子的那个罪犯,就是受到了欧阳万彤的保护。欧阳万彤当时在担任县长。

我惊骇无比:原来命运给我俩做了如此残酷的安排!

我该恨他!

可我的生活早已与他搅在了一起。

我该怎么办?

感情告诉我应该向他报复,他应该为他的行为付出代价;理智又告诉我,那是过去,那只是他在使用权力时犯的一个错误,他不是罪犯。

我该离开他以对得起死去的叔叔、婶子和父亲?

可我和我女儿的安稳日子又将彻底消失。

在我没做出决定之前,我努力在万彤面前掩饰我心中的痛苦,但他很快发现了我的异样,问我是不是病了,我只能假装身体不舒服。我的养母看出了我在两难之间挣扎,开始劝我:他后来还是主持了公道,使罪犯得到了惩处,何况事情已经过去了这么多年……

我最后的决定是:离开他,长痛不如短痛。若继续坚持与他生活在一起,我会不断想起叔叔和婶子的自杀,我会活得更加艰难。

在决定离开他的那个晚上,我想和他做一次长谈。在那次长谈的开始,我直接地向他发问:你当官这么多年,有没有做过使你感到良心特别过不去的事?

他怔了怔,然后低头想了一霎,说:当官每天都得表态决定事情,做决定多了,难免会出错,事后感到愧疚的事情自然不少。现在回想起来,我在良心上感到特别不安的事情有两件:一件是让蔷薇进了监狱,不管她有多少错处,其实原因都在我,我没有真正地帮她踩刹车,最终导致了她在政治上的毁灭;另一件,是在我当县长时,因保护自己提拔的干部而导致了一对夫妇的自杀。我至今还记得那个叫阮若的男人,我对不起他们,我一直在找他们遗下的女儿,想给那孩子一点帮助,可一直没能找到。我因此常常想,与其他的职业相比,人一生选择当官选择行政管理这个行当,最可能留下无法弥补的人生缺憾。我对阮若的女儿一直存有着负罪感……

就是他这最后一句话打动了我的心,让我动摇了要离开他的决定,并渐渐融化了我与他之间的冰块……

直到他死,他都不知道我就是那个阮若的侄女,我不想再给他造成心理震撼,也是在那时我才觉得,他活得其实和我一样不容易……

现在,我对你再也没有隐瞒的事情了,你还有什么想问的?

三、欧阳万彤私人保险柜所藏之物品

以下三件东西收藏于清河省交通银行地库第03175号欧阳万彤的私人保险箱内：

1. 画一幅。纸色泛黄，画面上除了树林、云团之外，就是一只飞过天空的大雁。画的左下侧署有名字：欧阳万彤。

2. 唢呐独奏曲《百鸟朝凤》简谱一张。纸经过多次折叠，泛黄发脆。简谱右上角有一行用钢笔写成的字：要把百种小鸟朝拜凤凰时的那份喜乐吹出来。字迹已经模糊。

3. 信一封（原稿为打印件）。内容如下：

欧阳万彤省长：原本有很多其他的表达方式，所以选择写信，是为了方便你以后重温下边的内容，当然也是为了郑重。我奉命郑重地告诉你：你阻挡不了我们！

在今天这个时代，权力是可以倒腾来的，你可以用政府给你的权力来制约我们，我们也可以用倒腾来的权力来制约你！你可能已经感觉到了，我们倒腾来的权力有时是可以压倒你的权力的。我们要郑重地提醒你：别自不量力！

你本来可以过更好的日子，也可以在仕途上再向前走，走到更辉煌的位置，但你自愿选择了另一条路：想在历史上留名。你难道没有用心去数数，在中国厚厚的史书里，曾留有几个省官的名字？再说了，历史不是人写的？只要是人写的，金钱就可以左右史书的内容！因为你的同僚和我比你年轻，我们要坚定地向你保证，在你百年之后，会有人为你写一本传记——一本你可能不太满意的传记，谁不让写都不行！

好好过你的退休生活吧！我们现在能向你预告的是：我们依靠自己的力量，完全可以做我们想做的任何事情！顺便给你说明一点，我们固然希望你下台，但迫切企盼你下台的，可不仅仅只有我们！

这个省不是你的！

它很有可能是我们的，当然，名义上还是属于全省人的！

你最好先不要急着死，等着看接下来我们参与导演的好戏！

鉴于你已经知道我是谁，就不署名了！

四、《清河晚报》关于欧阳万彤遗体告别仪式的报道

本报消息：2015年2月17日上午9时，清河省原省长欧阳万彤同志遗体告别仪式在成州银山殡仪馆举行。省委、省政府、省人大、省政协的领导和欧阳万彤同志的亲友前往殡仪馆与他告别，上万名群众自发在殡仪馆前排队送别逝者。按照逝者的遗愿，仪式上没有播放哀乐，而是播放逝者生前一直喜欢的唢呐曲《百鸟朝凤》，欢快的唢呐声响彻告别厅，最后一遍《百鸟朝凤》曲终时，其妻常小韫扑向欧阳万彤同志的遗体失声痛哭……

在殡仪馆大门外边，静静站着一群戴墨镜戴口罩的男女，他们中有人在敲锣打鼓，还有人拉出一个巨大的红色横幅，上写着：热烈欢送酷吏欧阳万彤去地狱报到！

警察在大门前站成一线，以阻止他们进入殡仪馆内……